Mord & Totschlag

Kurzkrimis vom Feinsten

Hans Garbaden

Mord & Totschlag

Kurzkrimis vom Feinsten

Alle Rechte am Text, insbesondere für Aufführungen, Sendungen, Bearbeitungen für Bühne, Hörfunk, Film und Fernsehen, beim Autor.

Titelbild und Umschlaggestaltung:: Hans Garbaden
Technische Realisation: Manfred Deul

Bibliografische Information der Deutschen Nationalbibliothek:
Die Deutsche Nationalbibliothek verzeichnet diese Publikation in der Deutschen Nationalbibliografie; detaillierte bibliografische Daten sind im Internet über http://dnb.dnb.de abrufbar.

© 2015 Hans Garbaden
Herstellung und Verlag: BoD – Books on Demand, Norderstedt
ISBN 978-3-7392-7210-8

Nach einer Episode als Schiffsjunge auf einem Frachter des Norddeutschen Lloyd machte Hans Garbaden eine Schriftsetzerlehre. in Bremen. Daneben nahm er Schauspielunterricht an der Niederdeutschen Bühne. Ein Fachstudium zum Werbekaufmann schloss sich an. Nach 17 Jahren in der Marketingabteilung einer Bremer Brauerei und zehn Jahren Tätigkeiten in internationalen Werbeagenturen wechselte er als Darsteller vor die Kamera.
Seit 1997 in bisher über 700 Film- und Fernsehproduktionen war Hans Garbaden als Episoden- und Nebendarsteller im Einsatz. Seit 1998 hat er als freier Mitarbeiter beim NDR in bisher über 350 Sendungen wie „Aufgepasst, Gefahr!", „Dennis & Jesko", „DAS!" und „Extra 3" als Darsteller mitgewirkt.
Seit 2003 schreibt Hans Garbaden. Auch Kriminalromane, in die er seine Erlebnisse vom Set einfließen lässt.

Bisher erschienen:
„Wer erschießt Jürgen Prochnow", Erlebnisse bei Dreharbeiten / **„Paulas Töchter"**, Ein Worpswede-Krimi / **„Ein Mordsdreh am Jadebusen"** Krimi aus der Filmszenerie / **„Im Strom"**, Ein Roman aus Hamburg-Wilhelmsburg" / **„Hunde vor der Filmkamera"**, Skurrile Erlebnisse mit seinen Hunden beim Dreh / **„Was geschah auf dem Priwall?"**, Ein Politkrimi aus Travemünde

www.hansgarbaden.de

Inhalt

Herbstwind	9
Miss Marple	155
All Inclusive – auch der Tod	173
Nette Nachbarn	200
Lichtenmoor	210

Herbstwind

MAI 1945

Staffelkapitän Martin Trevor Scott Rumbold erreicht in seiner Typhoon die Lübecker Bucht. Seine Staffel der Royal Air Force fliegt in den modernsten englischen Kampfflugzeugen.

Die Maschinen haben ihr Angriffsziel, die „Cap Arcona", im Visier. Jede der acht Typhoons hat acht Raketen unter den Tragflächen. Dreihundert Meter vor dem Schiff sieht Kapitän Rumbold auf die Mattscheibe und gibt seinen Befehl „Fire Salva", Salve feuern. Hätte er nicht auf die Mattscheibe gesehen, sondern auf das Schiff, wären ihm vielleicht die dicht gedrängt stehenden, jubelnden Menschen aufgefallen, die von Deck der „Cap Arcona" den Flugzeugen zuwinkten.

Doch nun ist es zu spät. Gleichzeitig mit ihm drücken auch Mark Hamilton, Ronnie Proctor, Dave Morgan, Eric Coles, Mike Luck, Larry Saunders und J. A. Smith auf ihre „Salva"-Auslöser. Dann ziehen sie ihre Maschinen hoch.

Über ihnen fliegt Don Saunders. Er sieht, wie alle vierundsechzig Raketen auf der „Cap Arcona" einschlagen und ein riesiger Feuerball aufsteigt. Er sieht auch die zweite Welle der Maschinen. Wieder acht Typhoons. Jede hat zwei Bomben unter den Tragflächen. Die erste Bombe einer Maschine fällt ins Wasser. Die zweite trifft ihr Ziel. Das Schiff scheint einen Augenblick aus dem Meer gehoben zu werden, bevor es als lodernde Fackel zurückfällt.

Auch Don Saunders dreht ab. Er sieht nicht mehr das Inferno auf der „Cap Arcona", die inzwischen schwere Schlagseite bekommen hat. Die Menschen, die zum Teil Feuer gefangen haben, stürzen ins Meer. An Bord liegen überall Leichenteile.

Nicht nur die „Cap Arcona" mit über siebentausend Menschen an Bord liegt am 3. Mai 1945 in der Neustädter Bucht. In ihrer Nähe ankerte die „Thielbek". In den engen Laderäumen des Frachters waren zweitausendachthundert Menschen zusammen gepfercht. Als drittes Schiff kam die „Athen" mit zweitausend Menschen an Bord hinzu. Bis auf die Schiffsbesatzungen, Wehrmachtsangehörige und SS-Männer, handelte es sich um Gefangene aus dem Konzentrationslager Neuengamme, dem Elendslager Reiherhorst bei Wöbbelin und aus einem Lager bei Magdeburg.

All diese Gefangenen waren im Industriehafen in Lübeck an Bord gebracht worden. Die Fahrt nach Lübeck hatte nur jeder zweite Gefangene überlebt, denn die ohnehin geschwächten Menschen hatten weder zu essen noch zu trinken erhalten. Viele waren deshalb bereits während der Zugfahrt gestorben. Und wer bei Verlassen der Waggons nicht mehr gehen konnte, wurde von SS-Männern erschossen und mit den anderen Toten in Gräben geworfen, die in der

Nähe der Getreidesilos am Holstenhafen ausgehoben worden waren.

Kapitän Bertram hatte sich zuerst geweigert, die Häftlinge an Bord der „Cap Arcona" zu nehmen. Allen war klar gewesen, das die „Cap Arcona" ein Todeskommando war und das Schiff mit den Gefangenen versenkt werden sollte. Gestapochef Graf Bassewitz-Behr hatte daraufhin seinen persönlichen Referenten, den SS-Hauptsturmführer Horn, zum Vorstandsvorsitzenden der Reederei Hamburg-Süd, John Eggert, geschickt: Kapitän Bertram habe die Befehle der SS-Männer zu befolgen und die Konzentrationslager-Häftlinge an Bord zu nehmen. Sonst würde er erschossen. Bertram hatte nachgegeben. Sein zweiter Offizier Thure Dommenget will von Bertram gehört haben: „Ich habe eine Frau und zwei Töchter, für die ich Verantwortung trage. Aus diesem Grunde werde ich den Befehlen des Wahnsinns Folge leisten."

Die SS-Leute hatten sich bei der Einschiffung zurückgehalten, während die Kapos mit der Reitpeitsche in der Hand für den reibungslosen Ablauf der Aktion sorgten. Sie gingen dabei mit großer Brutalität vor.

Schon beim Auslaufen aus dem Lübecker Hafen waren die Schiffe von englischen Flugzeugen überflogen worden. Die Häftlinge glaubten deshalb, dass die die „Cap Arcona" anfliegenden Typhoons ihre Rettung seien. Die Schiffe hatten die normale Handelsschiff-Flagge mit dem Hakenkreuz gesetzt.

Unter Aufsicht von SS-Männern durften die politischen Häftlinge – die sich im Gegensatz zu den kriminellen Häftlingen nicht als Kapos betätigten – zuerst an Deck. Dagegen mussten die sowjetischen Kriegsgefangenen – Soldaten und Offiziere – im untersten Bunker der „Cap Arcona" ohne Luftzufuhr und fast ohne Licht auf ihr weiteres Schicksal warten.

John Jacobsen, der Kapitän der „Thielbek" schrieb im letzten Brief seines Lebens, der für seine Frau bestimmt war: „Mir sterben laufend die Leute weg. Jeden Morgen müssen die Toten aus den Räumen entfernt werden. Zum Teil Konzentrationslager-Gefangene, Arrest- und Untersuchungshäftlinge aller Alters- und Gesellschaftsklassen. Vom Minister, Professor, Doktor, Kapitänleutnant bis zum Arbeiter. Alles ist vertreten. Deutsche, Ungarn, Polen, Franzosen und so weiter."

Mit Ferngläsern hätten die englischen Piloten ein unglaubliches Bild gesehen: Viele hundert Menschen auf dem Deck des Schiffes winkten den vermeintlichen Rettern zu. Sie schwenkten Stofffetzen und hielten Laken hoch. Vielleicht hätten die Piloten sogar die merkwürdige Kleidung dieser Menschen an Bord der der Schiffe entdeckt: Gestreifte Jacken und Hosen, wie Pyjamas. KZ-Kleider. Aber die Piloten benutzten keine Ferngläser.

Siebentausend Menschen waren an Bord der „Cap Arcona". Auch auf der nicht weit entfernt liegenden „Thielbek" standen die Menschen an der Bordwand und winkten und jubelten den Rettern zu.

Staffelkapitän Martin Trevor Scott Rumbold gab über Sprechfunk den Befehl: „Fire Salva" und an Bord der Schiffe brach das Inferno los.

SEPTEMBER 2014

DER FINANZBEAMTE

Der Mann war ein Eigenbrötler. Er war es schon sein Leben lang. Vor Jahrzehnten hatten die Nachbarn ihn als Hagestolz bezeichnet. Es gab keine Familie, keinen Stammtisch, keine Freunde, die ihn besuchten, keine Frauengeschichten und keine Vereinsmitgliedschaft.

„Nicht Fisch und nicht Fleisch", hatten die Kollegen in der Finanzbehörde gelästert, als er wieder einmal die Einladung zu einem schnellen Feierabendbier abgeschlagen hatte. Nur seine abendlichen Spaziergänge wurden von den Nachbarn registriert. Und dass er eine Katze hatte, das wussten sie.

Er ging nur seinen geraden Karriereweg. Nach der Schulzeit im Mittleren Dienst begonnen, gelang er durch Fleiß und Schulungen in den Höheren Dienst der Oberfinanzdirektion. Niemand kannte sein Hobby. Eigentlich war es auch mehr als ein Hobby. Er führte es im Verborgenen. Gummikleidung war seine Leidenschaft. Genauer gesagt: Latex- und auch Gummiunterwäsche. Seine abendlichen Spaziergänge führten ihn sehr oft in einen Club. Es kam vor, dass er manchmal tatsächlich nur einen Spaziergang unternehmen wollte. Aber er verlor dann doch seine sonst so ausgeprägte Selbstbeherrschung. Sein Drang wurde unwiderstehlich und er konnte nicht anders, als seine Schritte zum Club zu lenken. Dort gab es Frauen, die seine Leidenschaft teilten oder vielleicht nur so taten. Er war sich da nicht sicher. Aber es war ihm auch egal.

Inzwischen war er ein unattraktiver alter Mann geworden. Eine auffallend kleine Nase und blutleere Lippen beherrschten sein plattes, breites Gesicht. Durch mehrere Leiden – er hatte trotz der Behandlung durch Ärzte und viele Aufenthalte in Krankenhäusern immer wieder Magengeschwüre – war er bleich und klapprig geworden.

In der Gummi- und Latexszene ließ er sich immer noch von Dominas demütigen. Besonders gefiel es ihm immer, wenn er auf den Knien vor seiner Lieblingsdomina liegend aus einem Hundenapf fressen musste, nachdem sie ihn an einem Halsband auf allen Vieren laufend durch das Haus geführt hatte. Das gab ihm den ultimativen Kick. Die Spiele mit den Frauen brachten ihm die Befriedigung, die er benötigte. Jetzt im hohen Alter wurden seine Besuche seltener, aber er brauchte sie noch. So wie in den letzten Stunden.

Gestern Abend war es wieder über ihn gekommen. Er war nicht in der Lage gewesen, das Bedürfnis, den Club zu besuchen, zu unterdrücken. Nachdem seine Katze versorgt war, konnte er zu seinem abendlichen Spaziergang aufbrechen. Es wurde nur ein sehr kurzer Spaziergang.

Seine Lieblingsdomina spielte mit ihm etwas Neues. Nachdem sie ihre hochhackigen Schuhe abgestreift und ihre eng sitzende Lederkleidung abgelegt hatte, führte sie sich den langen Absatz einer ihrer Stiefeletten wohlig stöhnend in die verschiedenen Körperöffnungen. Anschließend musste er seine Latexunterwäsche ausziehen. Während die Frau die Prozedur an sich wiederholte, hatte er es kaum erwarten können, dass sie ihn mit diesem Fetisch beglückte. Befriedigt hatte er den Club verlassen. Mitternacht war lange vorüber. Nach der stickigen, schwülen Atmosphäre im Club benötigte er etwas Frischluft. Er ging in Richtung Hafen. Es war nicht zu übersehen, dass es Herbst geworden war. Der Bürgersteig lag voller Blätter. Fast wäre er beim Überqueren der Fahrbahn darauf ausgeglitten. Vor einem Holzschuppen musste er einen Moment stehen bleiben und tief durchatmen. Es waren nicht nur sein Alter und die Magengeschwüre die ihm zu schaffen machten. Die strenge Frau hatte ihn seinen Wünschen entsprechend diesmal besonders hart rangenommen. Er hörte nur ein ganz leichtes Zischen, bevor er sich an die Brust fasste, röchelnd zusammenbrach und nach einigen Sekunden seinen letzten Atemzug tat.

Der fast immer griesgrämig aussehende, hoch gewachsene siebenundfünfzigjährige Kriminalhauptkommissar Godehard Hollersen war gerade dabei, sich die erste Pfeife des Tages mit Golden Virginia Tabak zu stopfen. Ihm gegenüber saß Kriminalkommissar Jens Jensen. Dessen Aussehen vermittelte etwas von jungenhafter Unbekümmertheit. Gleichmäßige Gesichtszüge und neugierig blickende Augen erweckten einen insgesamt sympathischen Eindruck. Er beobachtete etwas missbilligend das umständliche Prozedere, das sein Kollege beim Pfeifestopfen veranstaltete und wollte gerade etwas sagen, als sein Telefon läutete.

Der Achtundzwanzigjährige hob den Hörer ab, meldete sich, nickte ein paar Mal, beendete das Gespräch mit einem „Wir kommen gleich" und legte auf.

„Ein Toter am Hafen", klärte er den interessiert schauenden Kriminalhauptkommissar auf.

Godehard Hollersen legte seine Pfeife mit dem noch kalten Tabak in einen Aschenbecher, schloss den Reißverschluss seiner Ledertasche mit zwei weiteren Pfeifen und verschiedenen Raucherutensilien und stand auf.

Die beiden Beamten der Kriminalpolizei in Neustadt verließen das Kommissariat in der Linaustraße. Sie begegneten auf der kurzen Fahrt zum Tatort Menschen, die in die Büros und die Werkstätten der Stadt eilten.

„Erschossen, erschlagen, erstochen oder erwürgt?" fragte Godehard Hollersen seinen jungen Kollegen als sie von der Linaustraße in die Straße Am Hafen einbogen.

„Erstochen", antwortete Jens Jensen. „Der Tote hat einen Gegenstand in der Brust."

„Einen Gegenstand?" fragte Hollersen etwas gedehnt. „Was für einen?"

Jens Jensen antwortete nicht. Eine weitere Diskussion erübrigte sich, weil sie bereits an ihrem Ziel angekommen waren.

Vor einem hölzernen Lagerschuppen drängte sich eine große Ansammlung von Gaffern um den Tatort wie ein Bienenschwarm um seine Königin. Passanten, die auf dem Weg zur Arbeit waren, wollten auch noch einen schnellen Blick auf das Innere der Menschentraube werfen und versuchten, sich einen Weg durch den Kordon aus Neugierigen zu bahnen. Während dessen waren uniformierte Beamte damit beschäftigt, die Menge zurückzudrängen. Ein Rettungswagen traf auf dem Gelände ein. Polizisten machten den Weg für die Sanitäter frei. Auch der mit einem weißen Overall bekleidete Spurensicherer war eingetroffen und hatte Mühe, sich durch die Menge der Schaulustigen zum Tatort durchzukämpfen.

Ebenso erging es Godehard Hollersen und Jens Jensen. Gerade kam der Notarzt aus einer gebückten Haltung über einen am Boden liegenden, älteren Mann hoch und erblickte die Kommissare.

Er nickte den Kriminalbeamten eine Begrüßung zu: „Moin, nichts mehr zu machen. Wir brauchen keinen Rettungswagen sondern einen Leichenwagen."

In dem Moment traf auch der Gerichtsmediziner am Tatort ein und auch der Spurensicherer nickte grüßend in die Runde der um die Leiche Stehenden.

Den uniformierten Polizisten war es inzwischen gelungen, den größten Teil der Gaffer zu zerstreuen und die ganz Hartnäckigen soweit zurückzudrängen, dass der Spurensicherer und auch der Gerichtsmediziner mit ihrer Arbeit beginnen konnten.

Jetzt beugte sich Godehard Hollersen über den Leichnam: „Was war das denn mit dem Gegenstand?"

Er ging noch etwas tiefer in die Knie und sah einen älteren Mann mit wenigen grauen Haaren und auch grauer, gepflegter Kleidung, der auf dem Rücken lag. In seiner Brust steckte ein Pfeil aus Metall; erkennbar an der blauen Befiederung an seinem Ende. Die Spitze musste sehr tief in den mageren Körper des Mannes eingedrungen sein, denn der Pfeilschaft außerhalb des Brustkorbes erschien dem Kripomann sehr kurz zu sein.

Der Gerichtsmediziner Victor Köhler sagte anerkennend: „Ein sauberer Schuss. Er muss genau ins Herz getroffen haben. Sozusagen eine Zwölf."

Die beiden Kriminalbeamten sahen den für seine makabren Scherze bekannten Arzt an.

Der Gerichtsmediziner äußerte auch noch eine Vermutung: „Vielleicht hat ein Bogenschütze die Holzwand des Schuppens im Visier gehabt, und das Opfer ist ihm in den Schuss gelaufen."

Godehard Hollersen wurde etwas ungehalten: "Das festzustellen ist unsere Aufgabe!"

Was Hollersen jetzt schon feststellte, war die Tatsache, dass es sich nicht um einen Raubmord handelte. Persönliche Dinge wie die Brieftasche, ein

Päckchen Papiertaschentücher, zwei Kugelschreiber und ein Gutschein für eine Probepackung Katzenfutter wurden von dem Spurensicherer in einen Plastikbeutel gelegt. In der Brieftasche befand sich neben Bargeld in Euroscheinen und verschiedenen Kreditkarten auch eine Anzahl von Visitenkarten. Davon ließ sich Hollersen von dem Spurensicherer eine reichen. Die anderen Karten ließ der Spusi in den Beutel gleiten.

Godehard Hollersen verließ das Opfer und folgte Jens Jensen, der sich in ein paar Schritten Entfernung mit einem uniformierten Beamten und einem Mann mit Angelrute und Kescher in den Händen unterhielt. Hollersen hörte, wie der Mann gerade erzählte, dass er den Toten auf dem Weg zu seinem Angelplatz, der am Ufer des Hafens sei, gefunden habe.

Jens Jensen stellte die in solchen Fällen üblichen Standardfragen: „Haben Sie hier etwas verändert?"

„Nein; ich habe nichts angefasst!"

„Haben Sie in unmittelbarer Umgebung etwas Auffälliges beobachten können?"

„Nein, außer mir war hier kein Mensch. Ich bin an dieser Stelle immer der erste Angler. So früh am Morgen beißen die Fische am besten. Bis die anderen mit ihrem Hintern hochkommen, habe ich schon ein paar Fische am Haken."

„Gut, Herr . . .?"

„Brinkmann ist mein Name."

„Danke Herr Brinkmann. Wenn Ihnen später noch etwas einfällt, rufen Sie uns bitte an."

Nachdem Jensen den Namen, die Adresse des Anglers und den Zeitpunkt des Auffindens des Toten notiert hatte, gab er dem Mann seine Visitenkarte.

Die Arbeit des Spurensicherers ergab auch noch keine brauchbaren Hinweise. „An dem Pfeil sind keine Fingerabdrücke. Der Täter muss Handschuhe getragen haben. Ob wir DNA-Spuren finden, kann ich noch nicht sagen. Ich werde mich schnellstens melden, wenn ich Erkenntnisse habe", meinte er.

Der Gerichtsmediziner hatte seine Untersuchung beendet. „Zeitpunkt des Todes und weitere Ergebnisse habt ihr morgen auf dem Schreibtisch."

Damit verabschiedete er sich von Hollersen und Jensen.

Nachdem zwei Bestatter den Leichnam in einem Zinksarg zu ihrem Fahrzeug getragen hatten und in Richtung Pathologie davon gefahren waren, zerstreuten sich die letzten Gaffer. Auch Angler Brinkmann konnte nun seinem Hobby nachgehen.

Die beiden Kripobeamten sahen sich auf dem jetzt leeren Platz noch einmal um.

Jens Jensen dachte laut: „Von wo kann der Bogenschütze seinen Pfeil abgeschossen haben?"

Godehard Hollersen winkte ab: „Um das zu klären, müssten wir einen Ballistiker hinzuziehen. Aber was bringt es uns, wenn wir wissen, dass der Pfeil die Bogensehne aus vier, acht oder zwölf Metern verlassen hat?"

„Vielleicht lag der Gerichtsmediziner mit seiner Vermutung richtig, dass der Tod nur ein Unfall war."

„Kann sein, glaube ich aber nicht. Außerdem sind wir hier doch nicht im Wilden Westen, wo Indianer gegen Siedler mit Pfeil und Bogen gekämpft haben. Bogenschießen wird heutzutage in vielen Vereinen auf Schießanlagen betrieben. Klären wir doch erstmal das persönliche Umfeld des Toten", knurrte Hollersen.

Er sah dabei auf die Visitenkarte aus der Brieftasche des Opfers: „Harald Bartels, er wohnt im Parkweg hier in Neustadt. Besuchen wir doch mal die Familie."

Jens Jensen setzte sich auf den Fahrersitz und ließ den Motor an. Im Polizeidienst war er ein Späteinsteiger. Nach dem Abitur war er lange unschlüssig hinsichtlich seiner Berufswahl gewesen. Eine Laufbahn bei der Polizei mit Beamtenstatus war nicht seine erste Option. Einige seiner Lehrer hatten ihm immer Kreativität bescheinigt. Er konnte sich sehr gut einen Job bei Film, Funk und Fernsehen vorstellen. Um sich Klarheit zu verschaffen, hatte er drei Jahre als Backpacker in Indien und anderen Ländern Ost-Asiens verbracht. Dabei hatte er auch in verschiedenen der opulent ausgestatteten Bollywood-Produktionen für fünf Dollar Tagesgage als Komparse mitgewirkt. Immer wenn das Drehbuch ein europäisches Gesicht verlangte, kam sein Einsatz. Nachdem er die durch weitere Aushilfsjobs und mit Unterstützung seiner Eltern finanzierten Asienjahre beendet hatte, war seine Entscheidung gefallen. Er hatte sich für die sichere und solide Lösung seiner Frage entschieden.

In der ersten Zeit mit Godehard Hollersen waren ihm Zweifel gekommen, ob seine Entscheidung richtig gewesen war. Hollersen verkörperte alles, was er nicht akzeptabel fand: Vorgefasste Meinungen, Schubladendenken, eine latente Ausländerfeindlichkeit, Schwarz-Weiß-Ansichten, eine autoritäre Einstellung und Vorbehalte gegen Minderheiten und Menschen mit Migrationshintergrund. Er würde sich nie an diese nicht hinnehmbare Geisteshaltung gewöhnen. Zum Glück für ihn würde die Zusammenarbeit mit Hollersen durch den näher rückenden Altersruhestand des Kollegen bald enden.

Unabhängig von der Einstellung seines Kollegen gab es noch einen weiteren Punkt bei der Polizei, der ihm nicht gefiel. Es waren die unregelmäßigen Arbeitszeiten. Kurzfristig anberaumte Überstunden und oft auch Nachtdienst hatten Verabredungen platzen lassen. Eine Freundin hatte sich bei ihm bereits darüber beschwert, dass sein Job ein Beziehungskiller sei.

Es schien eine gutbürgerliche Wohngegend zu sein. Gepflegte Einzelhäuser und ein paar Doppelhäuser. Harald Bartels hatte in einem Einzelhaus gewohnt. Der Rasen war kurz gemäht und unter den Büschen war auch das letzte Blatt beseitigt.

Nach dem Klingeln der Beamten rührte sich nichts. Nur das Mauzen einer Katze war zu hören.

Aber eine Frau, die im Vorgarten des Nachbarhauses das Laub einer riesigen Blutbuche zusammenharkte, sprach die Kripoleute über den Gartenzaun an: „Wenn Sie zu Herrn Bartels wollen, der ist nicht im Haus."

Hollersen und Jensen wiesen sich aus. Die Augen der Frau weiteten sich: „Oh Gott, ist Herrn Bartels etwas passiert?"

Nachdem die Kommissare der Frau die Umstände des Todes von Harald Bartels kurz geschildert hatten und sie sich von dem ersten Schreck erholt hatte, wurde sie äußerst mitteilsam. Es stellte sich heraus, dass Harald Bartels ledig war und nur mit einer Katze im Haus lebte. Bis zu seiner Pensionierung hatte er als Beamter in der Oberfinanzdirektion gearbeitet. Ob er Verwandte hatte, wusste die Frau nicht. Sie hatte nie gesehen, dass Besuch zu ihm gekommen war. Nur der Gärtner, der seinen Garten in Ordnung hielt, kam öfter an seine Haustür, um sich für seine Arbeit bezahlen zu lassen.

„Er führte ein Eremitendasein. Er hatte nur seine Katze. Die hatte die Freiheit, nach der er sich vielleicht in seinem Inneren gesehnt hat. Sie durfte frei herumlaufen und stromerte hier durch die Nachbarschaft."

Jens Jensen hakte nach: „Also kein Kontakt mit anderen Menschen?"

„Nein, er war sehr häuslich. Nur seinen abendlichen Spaziergang machte er bei jedem Wetter."

Hollersen beendete die Befragung mit der Übergabe seiner Visitenkarte.

Die Nachbarin nahm ihre abgelegte Laubharke hoch, als ihr noch etwas einfiel: „Was ist mit der Katze?"

„Sollen wir das Tierheim verständigen?"

Die Nachbarin wirkte etwas entrüstet: „Nein, natürlich nicht. Die Katze ist Freigängerin. Ich werde mich um das Tier kümmern."

Bevor Godehard Hollersen mit seinem Kollegen Jens Jensen am nächsten Tag die Pathologie besuchte, aß er seine beiden Soleier. Als Frühaufsteher frühstückte er in seiner Wohnung schon um sechs Uhr. Um die für ihn lange Zeit bis zum Mittagessen zu überbrücken, verzehrte er jeden Tag gegen zehn Uhr zwei mitgebrachte, in Alufolie verpackte Soleier.

Nachdem er die Eierschalen in den Papierkorb, der für ihn als Abfallkorb galt, geworfen hatte, verschob er die erste Pfeife des Tages auf später.

„Mal sehen, was Victor Köhler herausgefunden hat", meinte er, als sie ihr Büro verließen.

Der Gerichtsmediziner Doktor Victor Köhler übergab dem Kriminalhauptkommissar einen Beutel aus Klarsichtfolie, in dem sich der Pfeil befand: „Hier das Mordwerkzeug. Die Spitze ist aus massivem Stahl. Das Herz war nur noch eine blutige Masse. Der Täter muss sehr kräftig sein. Der Pfeil ist mit einer solchen Wucht in den Körper des Opfers gedrungen, dass er sogar Rippenfrakturen bewirkt hat."

„Was ist mit dem Zeitpunkt der Tat", fragte Jens Jensen.

„Der Tod des Opfers muss um Mitternacht herum eingetreten sein."

„Danke Doktor."

Hollersen und Jensen wollten die Pathologie schon verlassen, als Viktor Köhler sie zurückrief: „Moment mal, da ist noch etwas."

Die Kripoleute kehrten an den Edelstahltisch, an dem der Pathologe stand, zurück und blickten auf den toten Harald Bartels. Doktor Köhler hatte das weiße Laken noch nicht wieder hoch gezogen. Sie sahen auf den inzwischen wieder einigermaßen zusammengeflickten Brustkorb und blickten beide fragend auf den Mediziner. Der nahm mit einer großen Pinzette, die er einer Schale, die auf einem Beistelltisch stand entnahm, etwas Klumpiges hoch und hielt es den Kripobeamten hin.

„Was zum Teufel ist das", fragte Hollersen etwas angewidert.

Doktor Köhler grinste: „Ein Slip aus Latex. Unser Kunde hatte vielleicht – sagen wir mal – etwas bizarre Vorlieben. Achtzig Prozent der Männer, die hier bei mir auf dem Tisch liegen, tragen weiße Feinripp-Unterhosen mit Eingriff. Hier ist auch das passende Unterhemd zum Schlübber."

Er ließ den Slip in die Schale fallen und zog mit der Pinzette etwas hoch, das durch verkrustetes Blut und Körpermasse nicht mehr als Hemd zu erkennen war.

Godehard Hollersen stieß seinen auf die Kleidungsstücke starrenden Kollegen an: „Gehen wir. Damit haben wir jetzt zwei Baustellen. Einmal müssen wir uns in den Sportvereinen, die eine Bogenschießabteilung haben, umhören. Vielleicht ist ein durchgeknalltes Vereinsmitglied der Täter. Und wir müssen in der Gummi- und Latexszene ermitteln. Wenn der Bartels dort Kunde war, könnte er da auch Feinde gehabt haben.

DER BAUER

Der leicht gebückt gehende Mann hatte den Kuhstall ausgemistet, frische Streu eingebracht und anschließend seinen beiden Rinder, die er heute von der Weide hinter dem Gemüsegarten hereinholen wollte, frisches Heu in die Raufe geworfen.

Das Aufstehen war ihm schwer gefallen. Er spürte sein Alter immer stärker. Die schwere körperliche Arbeit in der Landwirtschaft, als es noch keine Agrarindustrie war, sondern die Arbeiten auf dem Hof und auf dem Feld überwiegend mit der Hand gemacht werden mussten, hatten seinen Alterungsprozess beschleunigt.

Für den Kauf von größeren Maschinen wie Mähdreschern, der Anschaffung von Melkmaschinen oder Investitionen für eine Spezialisierung auf Geflügelzucht, Rinderhaltung und Milchwirtschaft oder Getreideanbau hatte er sich vor zwanzig Jahren schon zu alt gefühlt. Da der einzige Sohn sofort nach seiner Volljährigkeit nach Kanada ausgewandert war und es somit keinen Nachfolger für den Betrieb gab, hatte er die paar Morgen Land, die zum Hof gehörten, an seinen nächsten Nachbarn verpachtet. Zwei Kühe und etwas Kleinvieh wie ein paar Hühner, Enten und Gänse wurden noch für den Eigenbedarf gehalten. Hinter dem Haus befand sich ein Nutzgarten, auf dem seine Frau Kartoffeln, Bohnen, Gurken, Kohl und Kürbisse anbaute. Zusammen mit dem Geld für das verpachtete Land kamen sie zufriedenstellend über die Runden.

Er hatte gerade die Stalltür geschlossen und drehte sich um. Da war ihm, als ob er einen gewaltigen Stoß vor die Brust bekommen hatte. Vor ihm, von wo der Stoß gekommen sein musste, war aber niemand. Er fasste sich an den Oberkörper. Bevor er den Pfeil ertasten konnte, traf ihn das zweite Geschoss. Die Spitze aus gehärtetem Stahl bohrte sich in den Bauch und zerfetzte seine Eingeweide. Stöhnend sackte er zusammen. Aus seinem Mund quoll ein Gemisch aus Speichel, Blut und Mageninhalt. Am Boden krümmte er sich, und es dauerte Minuten bis zu seinem letzten Atemzug.

Kriminalhauptkommissar Godehard Hollersen hatte seine beiden Soleier verzehrt und setzte seine anschließend gestopfte Pfeife in Brand. Seine Bruyerepfeifen waren neben dem abendlichen Rotwein der teureren Sorte der einzige Luxus, den er sich gönnte. Die handgefertigten Stücke aus dem Wurzelholz der Baumheide liebte er nicht nur wegen der besonderen Maserung. Sie zogen sehr gut und lagen auch geschmeidig in der Hand. Er hatte sich mit seinem

Kollegen Jens Jensen – der Nichtraucher war – darauf geeinigt, dass er entgegen der Vorschrift auf der Polizeistation diese eine Pfeifenfüllung am Morgen rauchen durfte.

„Wenn es denn deiner Kombinationsgabe dient", hatte der junge Kollege am Anfang ihrer Zusammenarbeit einmal etwas ironisch gemeint.

Die Pfeife qualmte noch, als Jensen das Zimmer betrat: „Na, Jens", fragte Hollersen, „was hat dein Besuch im Sportschützenverein für Erkenntnisse gebracht?"

„Eine Überraschung", sagte der, während er seine Jacke über die Stuhllehne warf.

„Was für eine?"

„Das Mordinstrument ist kein Sportbogen, sondern eine Armbrust!"

„Eine Armbrust?"

„Ja, in den Vereinen gibt es auch Abteilungen, die ihren Sport mit der Armbrust betreiben. Unser Pfeil ist eindeutig nicht von der Sehne eines Bogens geschnellt, sondern von einer Armbrust abgeschossen worden. Ich habe mir gestern Abend eine Trainingseinheit in einem Verein angesehen und mich sachkundig gemacht."

„Prima", meinte Hollersen und zog an seiner Pfeife.

„Also", sagte Jens Jensen, setzte sich auf seinen Stuhl, blickte Godehard Hollersen an und begann seinen kleinen Sachkundevortrag: „Die Armbrust ist eine bogenähnliche Fernwaffe aus Glaskohlefaser, Leichtmetall oder hochwertigem Kunststoff und damit relativ leicht. Mit ihr werden Pfeile oder Bolzen aus Metall oder Kunststoff verschossen. Die Spitzen der Pfeile lassen sich durch Schraubgewinde je nach Bedarf wechseln."

„Je nach Bedarf", wiederholte Hollersen, nahm noch einen Zug aus seiner Pfeife und schob eine Frage nach: „Und so ein Mordinstrument ist bei uns frei verkäuflich?"

Jens Jensen wedelte mit der Hand eine Tabakwolke weg: „Ja, die Armbrust ist im waffenrechtlichem Sinn im Gegensatz zum Bogen zwar Schusswaffen gleichgestellt; für Erwerb und Besitz braucht man aber keine Erlaubnis. Für Jugendliche unter achtzehn Jahren darf sie bei uns nur unter fachkundiger Aufsicht genutzt werden. Eine Altersuntergrenze, wie für das Schießen mit Waffen, gibt es nicht.

Godehard Hollersen sprach jetzt mit der Pfeife im Mund: „Das heißt, dass bei uns jeder Vollidiot mit so einem Ding in der Hand herumlaufen kann. Und wir schimpfen auf die laxen Waffenbesitz-Gesetze der Amis, bei denen sich jeder ohne Probleme bis an die Zähne bewaffnen darf."

Jens Jensen kommentierte das nicht, sondern berichtete weiter: „Die Sportschützen schießen mit der Armbrust in ihren Wettkämpfen über drei Distanzen. Fünfunddreißig. fünfzig und fünfundsechzig Meter. Die hochwertigeren Geräte können – allerdings auf Kosten der Treffsicherheit – über eine Distanz von mehr als fünfhundert Metern ihr Ziel erreichen. Auf den kürzeren Distanzen werden dabei Pfeilgeschwindigkeiten von mehr als vierhundert Stundenkilometern erreicht."

Hollersen, der die Asche seiner Pfeife geräuschvoll ausgekratzte, meinte: „Also nur etwas für kräftige Athleten?"

„Nein, der Bogen wird nur mit einem kurzen Kraftaufwand gespannt und die Sehne rastet ein. Der Schütze muss dann – im Gegensatz zu Pfeil und Bogen – seine Kraft nicht mehr die ganze Zeit aufrechterhalten. Er kann dann in Ruhe sein Ziel anvisieren und präzise schießen. Für den Kraftaufwand beim Spannen bei einem Zuggewicht von siebzig Kilogramm gibt es bei der modernen Armbrust Spannhilfen, die die Abzugsmechanik erleichtern. Der Schütze wird körperlich entlastet, und dadurch wird auch das schnelle Abschießen von zwei Pfeilen hintereinander möglich."

Jensen war die Kehle trocken geworden. „Ich hole mir einen Kaffee. Für dich auch einen?"

Hollersen verneinte.

Als Jens mit dem Kaffeepott wieder hereinkam, registrierte er ohne etwas dagegen zu sagen, dass der Hauptkommissar sich inzwischen eine zweite Pfeife gestopft hatte.

Nachdem er den Tabak in Brand gesetzt hatte, meinte Hollersen: „Ich habe während meiner Jahre auf dem Kiez in Hamburg die unglaublichsten Methoden erlebt, wie Menschen andere Menschen ins Jenseits befördern können. Aber auf diese Art? Das sieht nicht nach der Tat eines kaltblütigen Mörders aus. Der Täter scheint ein kranker Mensch zu sein."

Jens Jensen wusste von der Hamburger Vergangenheit Godehard Hollersens. Im Kollegenkreis wurde darüber gesprochen, dass – während er für das Sittendezernat gearbeitet hatte – ein paar Mädchen für ihn angeschafft hatten. Was alle wussten, war die Tatsache, dass in Großstädten der Grat zwischen den verdeckten Ermittlern im Rotlichtmilieu und Zuhältern sehr schmal ist. Hollersen konnten damals keine Verfehlungen nachgewiesen werden. Es gab auch kein Disziplinarverfahren. Durch seine Versetzung in die ostholsteinische Provinz war das Kapitel für seine Vorgesetzten und Hollersen abgeschlossen. Jetzt galt er unter Kollegen als verbitterter alter Mann mit einer Vorliebe für Rotwein und Pfeifentabak kurz vor der Pensionierung.

Beim Mittagessen hatte Jensen einmal vom Nachbartisch einen bezeichnenden Satz aufgeschnappt. „Der Hollersen ist doch aus dem vorigen Jahrhundert. Wer raucht denn heutzutage noch Pfeife und frisst Soleier?"

Jensen beteiligte sich nicht an solchen Gesprächen und verhielt sich gegenüber dem Hauptkommissar loyal.

Nachdem er noch etwas über die Befiederung am Ende der Armbrustpfeile berichtet hatte, kam der Kriminalhauptkommissar zu Wort.

Hollersen, der die zweite Baustelle, den Part „Gummi- und Latexszene" übernommen hatte, erzählte von seinem Besuch eines Clubs, in dem Harald Bartels verkehrt hatte: „Es war relativ einfach, dieses Etablissement ausfindig zu machen. Mit Hilfe der Kollegen, die öfter in diesem Milieu ermitteln, habe ich herausgefunden, dass es im Umkreis von fünfzig Kilometern nur einen Laden dieser Art gibt. Und der liegt fußläufig zu erreichen in der Nähe des Wohnhauses von Harald Bartels. Der Betreiber war kooperativ und hat gleich bestätigt, dass der Mann dort Stammgast war. Er hatte auch keine Probleme damit, dass ich die Gäste und die Domina, die ihm am letzten Tag seines Lebens noch einmal alle Freuden dieser Welt verschafft hat, befragen konnte. Aber – außer Spesen nichts gewesen. Die Besucher sind alles kleine Spießer, die hinter ihrer bürgerlichen Fassade die Macke mit der Gummiwäsche ausleben. Die Domina, die dem Mann seine letzten Stunden versüßt hat – eine aus dem Osten hergelaufene Schlampe – war allein schon durch ihre Sprachprobleme nicht in der Lage, eine vernünftige Aussage zu machen. Eine andere Domina, die gestern nicht anwesend war, sollten wir vielleicht noch verhören. Angeblich soll es eine Staatsanwältin sein."

„Eine Staatsanwältin?" fragte Jens Jensen. „Darf die das?"

„Na ja, wenn ein Nebenverdienst gewisse Grenzen überschreitet, müsste sie es genehmigen lassen. Diese Frau betreibt es nur als Hobby. Niemand darf etwas dagegen haben, wenn sie sich nach Feierabend in einen Leder- oder Gummi-Vamp verwandelt und ihre

Härte in diesem Sado-Maso-Schuppen gefesselte, unterwürfige Männer spüren lässt. Dass der Täter aus diesem Kreis stammt, halte ich für eher unwahrscheinlich. Wenn wir personell besser besetzt wären, könnte man den Club und einzelne Mitglieder durch Zivilfahnder überwachen..."

Hollersen wurde durch das Läuten seines Telefons unterbrochen. Ihm wurde ein neuer Mordfall gemeldet.

Werner Petersen, ein Landwirt aus der Nähe von Lensahn, war von seiner Frau tot vor dem Kuhstall gefunden worden. Mit zwei Pfeilen in der Brust!

Bei strömendem Regen fuhren sie bei Neustadt auf die A 1, um sie nach kurzer Strecke an der Ausfahrt Lensahn wieder zu verlassen. Inzwischen waren die Regentropfen, die gegen die Scheiben schlugen, so groß wie Drosseleier. Das Navigationsgerät ihres Wagens führte sie über Landstraßen zu einem Resthof, der etwas abseits eines Dorfes lag. Vor dem Gebäude standen zwei Polizeifahrzeuge. Bei einem der Wagen war das Blaulicht noch eingeschaltet. Drei uniformierte Polizisten und eine ältere Frau standen in dem jetzt schwächer werdenden Regen vor der Leiche. In der Nähe kläffte irgendwo ein Hund.

Als Hollersen und Jensen aus ihrem Fahrzeug stiegen, mussten sie eine matschige Gülle-Pfütze umgehen.

Einer der Uniformierten kam ihnen entgegen und stellte sich vor: „Rolf Kretschmer. Frau Petersen hat uns angerufen. Sie hat ihren Mann tot vor der Stalltür gefunden."

Die beiden Kripobeamten stellten sich der Frau des Opfers vor. Frau Petersen, klein, korpulent, um die achtzig Jahre alt, schien einigermaßen gefasst.

Während ihr die Tränen über die Wangen liefen, erzählte sie wie sie ihren Mann gefunden hatte: „Mein Werner wollte heute Morgen in aller Frühe den Kuhstall in Ordnung bringen. Jetzt, wo die Nächte schon kälter werden, wollte er unsere beiden Kühe bis zum Frühling einstallen."

Sie unterbrach ihren Bericht, schluchzte einmal auf, wischte sich mit einem karierten Tuch, das sie aus der Tasche ihrer Kittelschürze nahm, das Gesicht trocken und erzählte etwas stockend weiter: „Als ich ihn zum Frühstück reinholen wollte, habe ich ihn gefunden."

Inzwischen waren die Spurensicherer und der Gerichtsmediziner Viktor Köhler eingetroffen und hatten sich nach einer kurzen Begrüßung der Leiche zugewandt.

Godehard Hollersen bedankte sich bei der Frau und nahm Rolf Kretschmer, den uniformierten Beamten, zur Seite: „Sie kannten den Toten?"

„Ja, Werner Petersen war ein geachtetes Mitglied der Dorfgemeinschaft. Er war im Schützenverein und in jüngeren Jahren auch bei der Freiwilligen Feuerwehr. Feinde hatte er nach meiner Kenntnis keine. Der einzige Sohn ist vor Jahrzehnten nach Kanada ausgewandert und hat schon damals die Verbindung zu seinen Eltern aus mir nicht bekannten Gründen abgebrochen."

„Gut, das werden wir klären müssen", meinte Hollersen und ging zum Gerichtsmediziner.

„Eine furchtbare Schweinerei", sagte Doktor Köhler, der an der Leiche kniete. „Der ist nicht friedlich eingeschlafen. Sehen Sie sich mal die Wunden an. Der Mann muss unvorstellbare Schmerzen gehabt haben, bevor er gestorben ist."

Die beiden Kripobeamten beugten sich zu dem Opfer hinunter. Werner Petersen lag auf der Seite in einer Pfütze von Regenwasser, Blut und Mageninhalt. Die beiden Pfeile, die im Körper des Mannes steckten, hatten eine blaue Befiederung. Durch die Wucht, mit der die Pfeilspitzen in den Körper des Mannes eingedrungen waren, hatten sie den Brust- und Bauchbereich aufgerissen.

Ein Spurensicherer, der die Schäfte der Pfeile schon untersucht hatte, meinte: „Wie gehabt. Es war wieder unser Handschuhmörder. Keine Spuren erkennbar. Durch den starken Regen sind auf dem Hof auch keine Schuhabdrücke auszumachen. Ich schau mir mal die Umgebung an."

Er entfernte sich von der Gruppe der um die Leiche Stehenden. Jens Jensen schritt mit suchendem Blick um die Stallungen, während Godehard Hollersen der inzwischen ins Haus gegangenen Ehefrau des Opfers folgte, um sie zu befragen.

Die Wohnstube der Petersens wurde mit einem Ofen beheizt. Die Frau des Opfers saß zusammengekauert in einem großen Lehnstuhl direkt davor.

Godehard Hollersen setzte sich auf einen daneben stehenden Holzschemel. „Frau Petersen, ich muss Ihnen ein paar Fragen stellen!"

„Ja, machen Sie nur", meinte die Frau sehr leise.

„Hatte Ihr Mann Feinde oder lag er mit jemandem in Streit?"

„Nein, seitdem er nicht mehr im Schützenhof verkehrt und auch die Kameradschaftsabende bei der Freiwilligen Feuerwehr nicht mehr besucht, hatte er doch gar keine Gelegenheit mehr dazu, sich mit jemandem zu streiten. Wir leben hier doch ganz für uns."

Als der Frau die Bedeutung ihres letzten Satzes klar wurde, fing sie wieder an zu weinen.

Hollersen merkte, dass jetzt von der Frau keine weiteren Auskünfte zu erhalten waren und verabschiedete sich, nachdem er seine Visitenkarte auf den Wohnzimmertisch gelegt hatte.

Auf dem Hof des kleinen Anwesens bat er den Polizisten Rolf Kretschmer sich um Frau Petersen zu kümmern.

Der Gerichtsmediziner war inzwischen mit seiner Arbeit fertig. Jens Jensen und der Spurensicherer hatten sich ergebnislos die nähere und weitere Umgebung des Tatortes angesehen.

Am Nachmittag saßen die beiden Kripobeamten in ihrer feuchten Kleidung wieder im Kommissariat.

„Hoffen wir, dass es sich nicht um einen Serienmörder handelt", sagte Jens Jensen.

Godehard Hollersen hatte sich entgegen der Abmachung mit Jens Jensen schon wieder eine seiner Pfeifen angezündet. Er ging nicht auf die Bemerkung seines Kollegen ein.

Er paffte ein paar tiefe Züge und meinte: „Zwei Opfer, der eine dreiundachtzig, der andere vierundachtzig Jahre alt. Zwei alte Männer, die auf den ersten Blick nichts verbindet. Wo ist der Zusammenhang. Diese Frage müssen wir klären. Sie wird uns zu dem Täter führen. Bei dem ersten Opfer, Harald Bartels, der allein stehend war, können wir nur die Nachbarn und die alten Kollegen aus dem Finanzamt befragen. Das werde ich übernehmen. Das Gespräch mit der Ehefrau des zweiten Opfers war nicht sehr ergiebig. Im Dorf, im Schützenverein und bei der Freiwilligen Feuerwehr sollten wir uns umhören. Das könntest du übernehmen."

Er zog wieder an seiner Pfeife: „Und den Sohn in Kanada sollten wir ausfindig machen und befragen. Telefonisch meine ich. Das könntest du auch machen."

Jens Jensen nickte, wedelte eine Tabakwolke fort und griff zum Telefon.

DER ARZT

Heute war sein Fitnesstag. Er lief einmal wöchentlich eine Runde im Wald und zog danach ein paar Bahnen im Hallenbad. Ein Pensum, das er trotz seines Alters noch gut bewältigen konnte.

Bevor seine Frau an Krebs gestorben war, hatte sie ihn immer auf Trab gehalten. Bis dahin hatte er zweimal in der Woche dieses Programm absolviert.

Heute freute er sich besonders auf die sportliche Aktivität. Das Laufen und Schwimmen würden ihm eine Frische verleihen, die abends bei seinem monatlichen Akademiker-Stammtisch den Freunden bestimmt auffallen würde.

Genau genommen war der Stammtisch kein Treffpunkt von Akademikern mehr. Ursprünglich als solcher gegründet, hatten die Mitglieder im Laufe der Jahre die ungeschriebenen Gesetze gelockert. Der Stammtisch hatte jetzt auch Mitglieder, die Handwerksmeister, Bank-Zweigstellenleiter und Hotelier waren. Außer ihm hatten noch zwei Mitglieder der Stammtisch-Runde die Achtzig überschritten. Auch sie waren geistig und körperlich noch so gut in Form, dass sie mit ihrem Alter kokettieren konnten.

Er hatte bis weit über sein siebzigstes Lebensjahr praktiziert, weil er einer der ersten war, die davon profitierten, dass wegen des Nachwuchsmangels auf dem Land die gesetzliche Altersgrenze für Ärzte gefallen war.

„Arzt ist ein Beruf fürs ganze Leben", hatte er bei der Übergabe der Praxis an einen jungen Arzt aus Berlin gesagt. Sehr zum Unwillen von Doktor Pluschkeit konnte er es nicht lassen, immer noch einmal in der Praxis vorbei zu schauen.

Seinen Wagen hatte er auf dem Parkplatz am Waldrand schräg gegenüber der Ostseetherme zwischen Timmendorfer Strand und Scharbeutz neben drei anderen Fahrzeugen abgestellt. Nachdem er eine halbe Stunde im Wald gejoggt war, was allerdings eher einem flotten Gehen ähnelte, nahm er seine Badesachen aus dem Kofferraum des schwarzen Mercedes und ging zur Schwimmhalle hinüber.

Wie jeden Dienstag schwamm er eine halbe Stunde seine Runden zügig um die mit Grünpflanzen dekorierte Betoninsel in der Mitte des Beckens herum. Nur einmal unterbrach er das Kreisschwimmen und zog mit ein paar Stößen durch die Kunststoff-Barriere in den Außenbereich des Bades.

Zurück auf dem Parkplatz, sah er, dass während seiner sportlichen Aktivitäten die drei anderen Fahrzeuge den Platz verlassen hatten. Mit seinem elektronisch gesteuerten Fahrzeugschlüssel öffnete er die Heckklappe der schweren Limousine. Als er den Lederbeutel mit dem Bademantel, seinen Körperpflegemitteln und den nassen Badesachen in den Kofferraum warf, spürte er im gleichen Augenblick einen heftigen Schlag im Rücken. Im Umdrehen traf ihn ein zweiter Stoß seitlich in der Lende. Bei schwindendem Bewusstsein registrierte er noch, dass es ein Pfeil war, der ihm trotz seiner dicken Lodenjacke ein faustgroßes Loch in den Körper riss. Sterbend brach der Mann mit einer pirouettenähnlichen Bewegung zusammen.

Die Befragungen der Nachbarn und ehemaligen Kollegen des Finanzbeamten Harald Bartels hatten keine neuen Erkenntnisse gebracht. Godehard Hollersen hatte feststellen müssen, dass einige der ehemaligen Mitarbeiter, von denen sich Bartels vor über zwanzig Jahren in den Ruhestand verabschiedet hatte, inzwischen verstorben oder versetzt worden waren.

„Die noch Lebenden konnten weder etwas Negatives noch etwas Positives über ihn berichten. Für die Kollegen in der Finanzbehörde war er wie ein Phantom", erzählte Hollersen dem Kollegen zwischen zwei Zügen aus seiner Pfeife.

Jens Jensen hatte in der Zwischenzeit die Internetadresse von Horst Petersen ausfindig machen können. Er hatte mit dem in Kanada lebenden Sohn von Landwirt Werner Petersen per Email korrespon-diert. Aber der Sohn hatte dem Kripobeamten nichts über seinen Vater berichten können, das Licht in das Dunkel um den Tod des Bauern hätte bringen können.

Godehard Hollersen hatte seine ausgerauchte Pfeife ausgeklopft und Jens Jensen war dabei, mit Hilfe des

Internets eine Aufstellung der Sportschützenvereine mit einer Bogenschieß-Abteilung zu erstellen.

Die Nachricht von dem neuen Todesfall wurde ihnen von einem Kollegen mit einem Fax in der Hand überbracht.

Godehard Hollersen warf seine leere Pfeife in den Aschenbecher, Jens Jensen schaltete seinen Computer aus, und sie machten sich auf den Weg in Richtung Scharbeutz.

Es war wie in den beiden vorigen Fällen. Das Opfer starb durch Schüsse aus einer Armbrust. Die beiden Metallpfeile steckten in einer klumpigen Masse aus dem Lodenstoff der Jacke, vermischt mit Blut und Hautteilen. Fingerabdrücke gab es nicht. Die Schüsse mussten aus einer größeren Distanz aus dem angrenzenden Wald abgeschossen worden sein, denn verwertbare Abdrücke der Schuhe gab es auch in diesem Fall nicht.

Während Jens Jensen mit den Spurensicherern das Waldstück absuchte, hatte Godehard Hollersen die Wohnung des Opfers aufgesucht. In den bei dem Toten unangetasteten persönlichen Dingen befand sich auch sein Personalausweis, der ihn als Doktor Wolfgang Plessen aus Scharbeutz auswies. Die Wohnung des Opfers entpuppte sich als luxuriöse Villa in bester Lage.

Jetzt saßen die beiden Kommissare wieder in ihrem Büro. Jens Jensen berichtete, dass er mit den beiden

Spurensicherern und drei uniformierten Polizisten das Waldstück Schritt für Schritt abgesucht hatte. Niemand aus dem Suchteam hatte eine Spur oder einen Hinweis auf den Armbrustschützen gefunden.

Godehard Hollersen unterdrückte sein Verlangen, sich eine Pfeife zu stopfen. „Mein Hausbesuch war auch ein Schuss in den Ofen. Im Haus des Opfers habe ich nur seine demente Schwester und ihre polnische Pflegerin angetroffen. Von der Schwester habe ich nichts erfahren können. Sie hat nicht einmal den Tod ihres Bruders realisieren können. Die Pflegerin arbeitet erst seit vier Wochen in dem Haus und hat sich seitdem nur um die kranke Frau gekümmert."

„Was war der Mann von Beruf", fragte Jens Jensen.

„Auf dem Ausweis stand Doktor Wolfgang Plessen. Ein Veterinärmediziner? Gibt es eine Verbindung zum Bauern Petersen?"

„Nein, eher zu der Frau des Bauern. Plessen war Gynäkologe. Bis zu seinem Ruhestand hatte er eine gut gehende Praxis in Scharbeutz."

„Aber es muss doch eine Verbindung geben", meinte Jens Jensen.

„Vermutungen helfen uns nicht weiter. Wir müssen versuchen, dass Motiv zu finden. Unsere Fälle sind keine Lustmorde und keine Raubmorde. Die einzige Übereinstimmung ist in allen Fällen die Tatwaffe. Tatsache ist, dass die Morde mit einer Armbrust begangen wurden. Und der Täter beherrscht das Mordinstrument sehr gut. Wir müssen die Sportschützenvereine der Region abklappern, mit den

Vereinsvorsitzenden sprechen und herausfinden, ob irgendwo ein Vereinsmitglied Verhaltensauffälligkeiten zeigt."

Kurz bevor die beiden Kripobeamten Feierabend machen wollten, wurden sie in das Büro des Polizeirats gerufen.

Der Vorgesetzte hielt sich nicht mit einer langen Vorrede auf: „Meine Herren, ich darf rekapitulieren. Drei Tote in kurzer Zeit; alle mit einer Armbrust getötet. Männer über achtzig Jahre alt. Eine Verbindung zwischen ihnen ist bisher nicht erkennbar. DNA-Spuren und Fingerabdrücke sind wegen der Entfernung zum Opfer aus der die Taten begangen wurden und wegen der ungewöhnlichen Mordwaffe nicht gefunden worden. Sie haben noch nicht den Ansatz einer Spur."

Godehard Hollersen und Jens Jensen nickten.

Andreas Fischer, der Polizeirat, räusperte sich und sprach weiter: „Da wir bei drei Toten schon von einer Serie von Taten sprechen können, ist von höchster Stelle entschieden worden, dass eine Sonderkommission gebildet wird. Das jetzige Ermittlerteam wird durch einen weiteren Kriminalhauptkommissar, der die Leitung der Soko übernehmen wird, und einen zweiten Kriminalkommissar verstärkt. Wir müssen schnell reagieren. Das war's meine Herren. Ich hoffe, dass Sie kollegial und vertrauensvoll mit den beiden neuen Kollegen zusammenarbeiten werden, um recht bald Ergebnisse zu erzielen."

„Machen wir Feierabend", sagte Godehard Hollersen nur, als sie das Büro des Vorgesetzten verlassen hatten.

Am nächsten Morgen, bevor Hollersen seine Soleier verzehrt und seine Pfeife geschmaucht hatte, betrat Polizeirat Andreas Fischer das Büro mit den beiden neuen Soko-Mitgliedern und stellte sie vor: „Kriminalhauptkommissarin Ulrike Busch, die Leiterin der neu gegründeten Soko, und Kriminalkommissarin Sengül Yildirim.

Den alten Haudegen Godehard Hollersen überraschte die Tatsache, dass er jetzt unter der Leitung einer Frau arbeiten musste, nicht. Er hatte während seiner langjährigen Arbeit bei der Kriminalpolizei schon viele Überraschungen erlebt. Und auch Kolleginnen und Kollegen mit Migrationshintergrund waren schon länger nicht mehr ungewöhnlich. Aber Jens Jensen machte große Augen über die Attraktivität der neuen jungen Kollegin, die offensichtlich türkische Wurzeln hatte.

Mit einem „beschnuppern Sie sich erst einmal und dann gutes Gelingen", verabschiedete sich Andreas Fischer.

Jens Jensen blickte noch einmal zu Sengül Yidirim. „Eine Granate", war sein erster Gedanke. Die neue Kollegin hatte lange schwarze Haare, ein ebenmäßiges Gesicht und die leicht dunkle Hautfärbung der mediterranen Völker. Ihre nicht gerade grazile Figur fand er überwältigend.

Sein Blick ging zu Ulrike Busch. Er sah eine nicht unattraktive, schlanke, etwas herb wirkende Frau mit kurzen, leicht blondierten Haaren. Er fand, dass sie Autorität ausstrahlte. Irgendwie war ihr anzumerken, dass sie es gewohnt war, Bitten oder gar Befehle deutlich auszusprechen. Als sich die zweiundvierzigjährige Ulrike Busch mit ein paar knapp aber klar formulierten Sätzen vorgestellt hatte, übernahm sie gleich die Regie bei der Aufteilung der Arbeitsplätze. Nachdem noch ein vierter Schreibtisch zu den drei im Raum stehenden gestellt worden war, schlug sie sehr bestimmt vor, selbst den Arbeitsplatz von Jens Jensen, gegenüber von Godehard Hollersen zu übernehmen. Sengül Yildirim, von der Ulrike Busch bei der Vorstellung erwähnt hatte, dass sie als Jahrgangsbeste den Lehrgang zur Kommissarin abgeschlossen hatte, sollte mit Jens Jensen den zweiten Schreibtischblock besetzen. Der junge Kriminalkommissar war nicht unglücklich darüber, dass er jetzt statt des immer ein wenig grießgrämig wirkenden Hollersen eine gut aussende junge Frau als Gegenüber hatte.

DIE OBERSTAATSANWÄLTIN

Nachdem Ulrike Busch sich über den Stand der Ermittlungen informiert hatte – Hollersen berichtete darüber etwas wortkarg, so dass die Sokoleiterin mehrmals nachhaken musste –, bedankte sie sich und legte gleich die erste Aktivität fest: „Ich möchte nicht allen Spuren, die Sie schon verfolgt haben, noch einmal nachgehen. Aber da, wo alles seinen Anfang nahm, nämlich am Hafen und auch in diesem Dominaclub, in dem das erste Opfer verkehrte, würde ich mir gern selbst ein Bild machen."

Hollersen war heute schlecht gelaunt. Er hatte es sich gestern Abend Pfeife rauchend und mit einer Flasche Rotwein bequem gemacht. Gemütlich auf der Couch sitzend, musste er sich über die ihm nicht gefallende Tendenz einer im Fernsehen gezeigten Dokumentation über Rechtsradikalismus in Deutschland ärgern. Mitten im Beitrag war er von klingelnden Kindern – überwiegend mit Migrationshintergrund -- an die Tür seines Reihenhauses gerufen worden. Mit Halloween-Masken hatten sie ihn in Gettodeutsch um Süßigkeiten angebettelt. Als der Terror weiterging, hatte er seine Klingel abgestellt. Aber es ging mit Geklopfe weiter. Irgendwann hatte er einige Kinder angeschrieen, dass dieser amerikanische Quatsch in Deutschland nicht üblich sei und sie beim Nikolauslaufen am sechsten Dezember gern wiederkommen könnten.

Ulrike Busch blickte den Kriminalhauptkommissar an: „Hollersen, Sie zeigen mir den Tatort und wir besuchen den Club. Sie kennen sich da ja schon aus."

Godehard Hollersen sah die Notwendigkeit dieser Maßnahme nicht ein und machte einen anderen Vorschlag: „Vielleicht sollte Jensen undercover als Gast in das Etablissement gehen. Da hätte er auf der einen Seite sein Vergnügen und auf der anderen Seite könnte er vielleicht ein paar Fakten ermitteln."

Während Sengül Yidirim von Hollersen zu Jens Jensen und wieder zurück zu Hollersen blickte, kanzelte die Sokoleiterin den Kriminalhauptkommissar mit einer harschen Bemerkung ab: „Hollersen, reden Sie keinen Stuss. Kommen Sie. Wir fahren!"

Mit dem Kriminalhauptkommissar am Steuer fuhren die beiden die kurze Strecke zum Tatort am Hafen, wo Hollersen die damals vorgefundene Situation erläuterte.

Ulrike Busch sagte nur ein paar Mal „Ja", auch „Hm, hm" und stellte keine Fragen.

In der beginnenden Abenddämmerung fuhren sie weiter zum Dominaclub.

Das Haus hatte keinen speziellen Namen. Nur die weiße Hausnummer war mit einer rot leuchtenden Linie aus Neon unterstrichen. Sonst ließ nichts an dem Club am Ende einer dünn besiedelten Straße darauf schließen, dass hinter den mit schweren Gardinen verhängten Fenstern kein gutbürgerliches Familienidyll ablief.

Als die Kripoleute ihren Wagen geparkt hatten und ausgestiegen waren, bemerkten sie, dass aus einem vor ihnen parkenden Mercedes Kombi eine Frau ausstieg. Offensichtlich wollte sie auch den Club besuchen, denn sie ging auf den Hauseingang zu.

Godehard Hollersen hatte den Eindruck, dass die Frau aus einer besseren Gesellschaftsschicht stammte. Sie schien von beachtlichem Format zu sein. In ihrem eleganten Kostüm und den offensichtlich teuren Schuhen wirkte sie, als sei sie es gewohnt, Hausbediensteten Befehle zu erteilen.

Als sie vor der Tür eine Codekarte für die elektronisch zu öffnende Tür aus ihrer Handtasche nahm, räusperte sich Ulrike Busch und sprach die Frau an: „Hallo, Frau Doktor Schrotter-Senkpiel."

Die Frau drehte sich um und erkannte die Sokoleiterin.

„Guten Abend, Frau Busch. Was machen Sie denn hier?" fragte sie mit hochgezogenen Augenbrauen.

„Wir ermitteln in den Fällen des Armbrustschützen. Sie werden in Kiel sicher auch davon gehört haben."

Frau Schrotter-Senkpiel war oder tat erstaunt: „Und das hier in diesem Club?"

„Ja, und wenn Sie schon so direkt fragen, von mir die gleiche Frage: „Was führt Sie hierher Frau Staatsanwältin?"

Die Staatsanwältin blickte Godehard Hollersen an und dann auf die Kripobeamtin: „Frau Busch, ich kenne und schätze Sie als äußerst tüchtige Ermittlerin, die nicht moralisch richtet und der nichts Menschliches fremd ist. Ich gehe hier in meiner Freizeit meinem Hobby nach."

„Ihrem Hobby?"

„Ja, als Domina. Und – übrigens nicht mehr Staatsanwältin sondern Oberstaatsanwältin!"

„Gratulation", sagte Godehard Hollersen und stellte sich vor.

Sie gaben sich die Hand und die Oberstaatsanwältin öffnete mit ihrer Karte die Tür.

„Kommen Sie herein", sagte sie und ließ den Kripobeamten den Vortritt.

Der Chef des Hauses schien nicht anwesend zu sein. Godehard Hollersen stellte fest, dass anders als bei seinem ersten Besuch eine Frau, die so etwas wie eine Empfangsdame zu sein schien, an der kleinen Bar stand. Die dunkelhaarige Frau hatte eine außergewöhnlich große Oberweite. Eine enge Lederkorsage ließ davon sehr viel erkennen.

„Silikon macht das schon", sagte Hollersen so leise, dass die drei Frauen es nicht hören konnten oder bewusst überhörten.

Claudia Schrotter-Senkpiel, die Oberstaatsanwältin, klärte die Frau auf: „Die Beamten von der Kripo ermitteln im Fall des in Neustadt getöteten Mannes. Er war Mitglied des Clubs, gehörte aber nicht zu meinen Freunden."

Die letzte Bemerkung schien mehr für die beiden Kripoleute als für die Clubfrau gedacht zu sein.

Ulrike Busch fragte die Frau am Tresen nach ihrem Namen.

„Elena Krempe", antwortete die Großbusige und rückte in ihrer knappen Lederkorsage mit beiden Händen ihre Oberweite ins rechte Licht.

Hollersen, der dabei auf den Busen der Frau gestarrt hatte, meinte, auch etwas fragen zu müssen: „Frau Krempe, der Harald Bartels war in ihrem Club so etwas wie ein Stammgast?"

Elena Krempe nahm ihre Hände herunter: „Wenn Sie den Toten aus Neustadt meinen; der Mann war bei uns Mitglied. Wir sprechen nicht von Gästen und Kunden. Die vollen Namen sind uns nicht bekannt. Die Mitglieder zahlen bei ihren Besuchen den Mitgliedsbeitrag, nennen uns ihren Vornamen und bleiben anonym."

„Aha", meinte Hollersen. „Ihre – ähäm – Mitglieder zahlen also bar auf die Hand?"

Elena Krempe machte eine abwehrende Handbewegung, zögerte mit der Beantwortung der Frage und blickte auf die Oberstaatsanwältin.

Ulrike Busch schaltete sich ein: „Frau Krempe, Geldsummen sind in diesem Fall für uns uninteressant. Wir sind nicht von der Steuerfahndung. Wir müssen einen Mord aufklären. Hatte der Mann hier im Club Feinde? Leute, mit denen er Streit hatte?"

Elena Krempe schüttelte entschieden den Kopf: „Nein, er hatte keine Feinde. Er hatte hier nur Freunde oder besser gesagt nur Freundinnen."

Claudia Schrotter-Senkpiel blickte Ulrike Busch an: „Ich glaube nicht, dass Sie im Club Ihren Mörder finden. Menschen, die hier ihren Neigungen nachgehen, müssen keinen anderen umbringen. Im Übrigen muss ich mich jetzt umziehen. Die ersten Mitglieder werden gleich eintreffen."

Damit wollte sie die Gruppe verlassen, wurde aber von der Kriminalhauptkommissarin daran gehindert: „Moment Frau Schrotter-Senkpiel. Ich hätte da noch ein paar Fragen."

„Gut", sagte die Oberstaatsanwältin. „Kommen Sie mit. Während Sie fragen, kann ich mich umziehen."

Sie ging in Richtung der hinteren Räume und die Sokoleiterin folgte ihr.

Godehard Hollersen, der mitgehen wollte, wurde von ihr gebremst: „Halt, Herr Kollege, Sie bleiben hier."

Hollersen wandte sich mit leicht säuerlicher Miene wieder der Großbusigen zu.

In einem kleinen Kabuff setzte sich die Kripobeamtin auf einen kleinen Hocker, während Claudia Schrotter-Senkpiel sich vor einem Spiegel von einer elegant gekleideten Dame in eine Domina verwandelte.

Während sie ihr dunkles Kostüm und die Unterwäsche ablegte, fragte sie: „Was haben Sie da für einen Kollegen, Frau Busch?"

Die Kommissarin lächelte: „Ach, der Hollersen. Es sind nur noch einige Wochen bis zu seiner Pensionierung. Aber zur Sache: Könnte der Täter unter den Clubmitgliedern sein, von denen hier nicht einmal die Namen bekannt sind? Ein Mann, der sich mit Harald Bartels um die Gunst einer der Kolleginnen von Ihnen gestritten hat?"

„Ausgeschlossen", sagte die Oberstaatsanwältin „Hier im Club geht es sehr harmonisch zu. Jedes Mitglied hat unterschiedliche Vorlieben, die nur von bestimmten Damen befriedigt werden. Da kann es keinen Streit geben."

Claudia Schrotter-Senkpiel, hatte inzwischen ihre knapp sitzende Dominakleidung aus schwarzem Leder angezogen. Mit beiden Händen bändigte sie ihr langes Haar und strich es straff hinter den Kopf, wo sie es mit einem Band zusammenhielt.

Als die beiden wieder in den Vorraum kamen, blickte Godehard Hollersen auf die Oberstaatsanwältin. Er musste sich beherrschen, um nicht eine anzügliche Bemerkung über die erstaunliche Verwandlung zu machen.

„Kommen Sie", sagte Ulrike Busch zu ihm.

Während Hollersen den Wagen startete, meinte er: „Diese Frau Schrotter-Senkpiel, eine Doppelnamen-Prinzessin und Oberstaatsanwältin als Domina. Es wird sich mir nie erschließen und bis ans Ende meiner Tage ein Rätsel bleiben, weshalb ausgerechnet Frauen mit einem beknackten Namen sich freiwillig einen zweiten, fast immer noch bescheuerteren Namen zulegen. Allein schon des Namens wegen traue ich einer solchen Frau alles zu."

„Nun kriegen Sie sich mal wieder ein", sagte Ulrike Busch. „Jeder Mensch hat Geheimnisse. Wir müssen herausfinden welche. Hier scheint die Sachlage klar zu sein."

„Oder auch nicht", sagte Hollersen und trat das Gaspedal durch.

DER SEEMANN

Der Mann war früh wach geworden. Nachdem er ausgiebig gefrühstückt hatte, stellte er seine Angeln und den großen Kescher im Wohnungsflur bereit. Eine Wathose, die ihm bis unter die Achselhöhlen reichte, Köderdose, zwei belegte Brote in Alufolie für ein zweites Frühstück, eine Angelsport-Zeitschrift und zwei Flaschen Bier packte er in seinen Rucksack. So ausgestattet marschierte er in aller Frühe den menschenleeren Strandweg entlang zu seinem Angelplatz in der Nähe des Anlegers der kleinen Fähre, die in der Saison für die Personenbeförderung zwischen Travemünde und dem Priwall im Einsatz war.

Seine Vergangenheit war sehr bewegt. Die Zeit als Seemann lag schon lange zurück. Er hatte seinen Beruf geliebt. Als es noch keine Container-Schiffe gab, lagen die Frachter längere Zeit zum Be- und Entladen an den Kais der Hafenstädte. Da war er – mindestens in der Umgebung von Häfen – mit seiner Agfa-Box losgezogen, wobei er fotografierte, sowie Land und Leute kennen lernte. Als Decksjunge, Jungmann und Matrose war er über alle Weltmeere gefahren und in den Hafenstädten fast aller Kontinente konnte er Eindrücke sammeln.

Als die Zeit der Stückgutfrachter und damit auch die der Trampschifffahrt mit ihren manchmal deutlich längeren Liegezeiten vorbei war, hatte er keine Freude mehr an seinem Beruf. Die Container-Riesen, die wie Linienbusse die Meere kreuzten und über Nacht von

Van-Carriern, diesen monströsen Portal-Hubwagen, blitzartig ent- und wieder beladen wurden, waren nichts für ihn. Er heuerte auf Schiffen der Hochsee-Fischfang-Flotte an. Es ging in die küstenfernen Gebiete der Ozeane. Die Arbeit war hart, Land und Leute konnte er allerdings nicht mehr kennen lernen, denn nach dem Fang der von der Quotenregelung vorgegebenen Menge Fisch ging es zurück in den Heimathafen. Was ihn für einige Fahrten hielt, war die Heuer, die sehr gut war.

Als die Trawler von Schiffen abgelöst wurden, die nichts anderes als schwimmende Fabriken waren, auf denen der gefangene Fisch gleich verkaufsfertig verarbeitet wurde, hatte er abgemustert.

Er musste feststellen, dass es für einen Seemann an Land kaum eine berufliche Alternative gab. Deshalb nutzte er die Chance, als ihm eine Stelle als Schiffsführer auf einer Fähre angeboten wurde.

Die letzten Jahre vor seinem Eintritt in die Rente arbeitete er als Fährmann auf einer Autofähre, die auf der Trave zwischen Travemünde und dem Priwall verkehrte. Einheimische, Touristen und ihre Fahrzeuge brachte er sicher von einem Ufer zum anderen.

Die Nähe des Wassers suchte er im Rentenalter weiter. Als passionierter Angler fischte er auf Kutterfahrten mit Touristen Dorsch und Makrele. Beim Angeln vom Strand oder einer Seebrücke ging er allein je nach Saison auf Aal, Hering, Plattfisch, Butt und auch Meerforelle.

Nachdem er an struppigem Sanddorngebüsch vorbeigekommen war, hatte er seinen Stammplatz erreicht. Die Ostsee lag ruhig. Nicht einmal Wellengekräusel zeigte sich. Der leichte Wind strich von See her über den Strand und brachte den Geruch von Küste und Meer mit sich.

Er legte Angeln, Kescher und Rucksack ab und zog die wasserdichte Wathose an. Er benötigte Wattwürmer. Auf diesen Köder reagierten die Fische besonders gut.

Prüfend machte er ein paar Schritte in das seichte, kniehohe Wasser der Ostsee. Den plötzlichen Schmerz in seinem Rücken spürte er nur ganz leicht. Aber es reichte, um ins Straucheln zu kommen. Er stolperte mit zwei Schritten weiter und fiel vornüber ins Wasser der herbstlich kalten Travemündung.

Die Trauergäste gingen bei leichtem Nieselregen über die Gangway an Bord der „Horizont". Im Salon des Schiffes stand auf einem kleinen Podest die Urne mit der Asche des Verstorbenen, die von Blumenschmuck umgeben war. Daneben hatte das Bestattungsinstitut ein Foto des Verblichenen gestellt. Davor lag in einer schwarzen Ledermappe die aufgeschlagene Kondolenzliste, in die sich die zuletzt an Bord Gekommenen gerade eintrugen.

Nachdem die in der Traueranzeige angekündigte Abfahrtzeit um fünfzehn Minuten überschritten war und keine Trauergäste mehr an Bord kamen, holte der Bootsmann die Gangway ein.

Einige Gäste unterhielten sich im Salon. Andere schauten im Nieselregen an Deck versonnen aufs Meer, auf dem die feinen Regentropfen kleine Kreise bildeten. Mit gedrosseltem Motor fuhr die „Horizont" mit einer Geschwindigkeit von acht Knoten auf die Ostsee hinaus.

Kurz vor der Beisetzungsposition hielt der Kapitän – nachdem sein Bootsmann ans Ruder gegangen war – im Salon eine kurze Rede, in der er davon sprach, dass der Verstorbene sich ein Seemannsgrab gewünscht hatte und nach seinem Tod zurück aufs Meer wollte, weil er als Freizeit-Skipper die schönsten Stunden seines Lebens am und auf dem Meer verlebte.

Der Kapitän ging wieder ans Ruder seines Schiffes und die Trauergäste, die aufmerksam und schweigend zugehört hatten, begaben sich auf das Achterdeck. Als alle versammelt waren, ließen schwarz gekleidete Angestellte des Bestattungsunternehmens die Urne langsam ins Meer gleiten.

Nachdem vier Doppelschläge mit der Schiffsglocke, die „Acht Glasen – Wachablösung" bedeuteten, ertönt waren, streuten einige der Hinterbliebenen und Trauergäste Blüten ins Meer.

Der Kapitän am Ruder der „Horizont" drehte eine Ehrenrunde um die Bestattungsstelle und löste als „Letzte Wache" für den Verstorbenen drei lange Töne mit dem Typhon aus, die den endgültigen Abschied von dem Verstorbenen bedeuteten.

Der Regen hatte inzwischen aufgehört, so dass die Bestatter Kaffee und den traditionellen Butterkuchen an Deck servieren konnten.

Gerade hatte der Kapitän den engsten Angehörigen die Beisetzungsurkunde mit der Position und Zeitangabe der Beerdigungszeremonie übergeben, als vom Bug des Schiffes der Schrei des Bootsmannes ertönte: „Maschinen Stopp; an Steuerbord treibt eine Leiche!"

Der Kapitän reagierte sofort auf den Ruf seines Bootsmanns. Die Trauergäste stellten ihre Kaffeetassen ab, eilten an die Reling und beugten sich hinüber. Jetzt sahen auch sie, was das Besatzungsmitglied entdeckt hatte: Eine männliche Person trieb auf dem Rücken liegend, leicht schaukelnd in der Ostsee.

Nachdem der Kapitän den Kurs des Schiffes geändert und die Maschine wieder gestoppt hatte, konnte der Bootsmann den Leichnam mit einem Haken an die Bordwand der „Horizont" heran holen. Der tote Mann wurde geborgen und an Deck mit einer Persenning abgedeckt. Anschließend verständigte der Schiffsführer die Wasserschutzpolizei. Keiner der Trauergäste hatte mitbekommen, dass aus dem Rücken der Wasserleiche ein Pfeil heraus ragte. Der Bootsmann und der von ihm informierte Kapitän hüllten sich darüber in Schweigen.

Die Soko „Armbrust" hatte in Zusammenarbeit mit den Kollegen von der Küstenwache und der Wasserschutzpolizei die Identität des Mannes schnell feststellen können. Persönliche Sachen und Angelzeug hatten Anwohner, die ihre Lieblinge am Hundestrand auf dem Priwall ausgeführt hatten, gefunden und die Polizei verständigt. Es handelte sich bei dem Toten um den vierundachtzigjährigen Wilke Klatte, wohnhaft an der Mecklenburger Landstraße auf dem Priwall in Travemünde, den einige der Hundehalter gut kannten.

Die Obduktion ergab, dass es sich auch in diesem Fall um den Armbrusttäter handeln musste. Aber der Pfeil hatte den Mann nicht tödlich getroffen. Seine Lunge war voll Wasser gewesen. Es musste deshalb davon ausgegangen werden, dass Wilke Klatte durch die Wucht des Armbrustschusses und die daraus resultierende schwere Schussverletzung zusammengebrochen und ertrunken war. Die starke Strömung der Travemündung hatte dann den Leichnam in die Ostsee hinaus getrieben.

Die vier Kripoleute der Soko „Armbrust" waren vollzählig in ihrem Büro anwesend.

Ulrike Busch stand an der Pinnwand mit den Fotos der Getöteten. Sie blickte auf Godehard Hollersen, der sich eine Pfeife stopfte.

„Das muss die Letzte sein", sagte sie. „Mit vier Personen hier im Raum, da ist das doch eine Zumutung für die Kollegen."

Sie blickte zu einer in der Mitte der Decke montierten weißen Kunststoffdose. „Wieso ist der Rauchmelder bei diesen Qualmwolken noch nicht ausgelöst worden?"

Hollersen hatte inzwischen den Tabak in seinem Pfeifenkopf angezündet und blies eine Rauchwolke in den Raum.

„Der reagiert erst auf dichteren Rauch", meinte er mit der Pfeife im Mund.

Was er nicht sagte, war, dass er die Batterie aus dem Rauchmelder entfernt hatte. Vor längerer Zeit war beim Rauchen der dritten Pfeife des Tages von dem Gerät Alarm ausgelöst worden. Der schrille Ton hatte sogar die Kollegen in den Nachbarbüros aufmerksam werden lassen.

Die Sokoleiterin ging nicht näher auf das Thema ein, sondern deutete auf die Pinnwand: „Wir haben vier Opfer. Alle 1929 oder 1930 geboren. Alte Männer, die aus geordneten Verhältnissen aber völlig unterschiedlichen sozialen Schichten stammen. Harald Bartels, Beamter auf Lebenszeit, Werner Petersen, Landwirt, Wolfgang Plessen ein Arzt und jetzt Wilke Klatte, ein Seemann. Was verbindet diese Menschen? Es muss etwas geben. Kaum ein Täter tötet so wahllos. Hier verhält es sich anders als bei den Massakern, die in und vor Schulen verübt werden, bei denen es wahllos Schüler, Lehrer und Passanten treffen kann, nur weil ein Schüler sich schlecht behandelt fühlte. Irgendetwas muss die Opfer, alles Menschen aus der näheren Umgebung miteinander verbinden, vielleicht etwas aus weit zurückliegender Zeit. Alle Opfer waren Menschen von der Ostseeküste."

Ulrike Busch blickte zu den beiden Kriminalkommissaren. „Sengül und Jens, ihr solltet in den

Archiven der Städte und Gemeinden der Region nachforschen, ob die Namen der Getöteten darin auftauchen. Hollersen und ich werden noch einmal Nachbarn – und soweit vorhanden – Angehörige befragen und uns in den Schießsportvereinen der Umgebung umhören."
Die Sokoleiterin ging an ihren Schreibtisch und nahm ein Blatt Papier hoch. „Ich habe vom Landes-Sportbund eine Aufstellung aller Vereine erhalten. Wenn der Täter aus der Region stammt, ist die Wahrscheinlichkeit groß, dass er Mitglied eines dieser Schießsport-Vereine ist oder war."
Während Sengül Yildirim und Jens Jensen ihre Computer einschalteten, um Ansprechpartner in den Stadt- und Gemeinde-Archiven zu ermitteln, verließen Ulrike Busch und Godehard Hollersen das Kommissariat. Jetzt am Nachmittag würde in den Schützenvereinen sicher schon Betrieb sein.
Während der Fahrt zu der ersten Adresse auf ihrer Liste meinte der Kriminalhauptkommissar: „Was muss das für ein Scheusal sein, das solche Morde verübt. So ein Typ kann doch nicht mehr in den Spiegel sehen."
„Na, na, Herr Kollege" sagte die Sokoleiterin, die hinter dem Lenkrad saß. „Sie sollten wissen, dass in den meisten Fällen selbst der übelste Verbrecher glaubt, dass er ein netter Mensch ist. Er hat einfach kein Unrechtsbewusstsein. Er leidet unter einer krankhaften seelischen Störung und ist vielleicht der

Meinung, dass er die Menschheit von irgendwelchen Übeltätern befreit."

Hollersen, der jetzt gern ein paar Züge aus seiner Pfeife gezogen hätte und unter leichten Entzugserscheinungen litt, meinte: „Unsere Opfer sind ältere Menschen und drei davon aus kleinbürgerlichen Verhältnissen."

„Ja und?", konterte Ulrike Busch, während sie einen Gang herunterschaltete. „Das lässt den Schluss zu, dass es in der Vergangenheit der Männer ein Ereignis gegeben haben muss, bei dem sie, sagen wir mal vorsichtig, vielleicht eine unrühmliche Rolle gespielt haben. Der Täter kann ein Mensch sein, der in seinem Verein als Mitglied spießig, brav und unauffällig ist und in einer Parallelwelt ein völlig anderes Leben führt: Kalt, berechnend, mit Allmachtsgefühlen ausgestattet, ohne Empathie und im wahrsten Sinn des Wortes über Leichen gehend. Die Armbrust ist ein Instrument seiner Macht. Es ist das typische Krankheitsbild der Menschen, die an einer Persönlichkeitsstörung leiden. Allerdings geraten einige dieser Menschen aufgrund ihrer Charaktereigenschaften häufig in Konflikt mit ihren Mitmenschen und haben Probleme im Berufsleben und in ihrer Beziehung. Bei dem von uns gesuchten Täter könnte es sich um einen solchen Menschen handeln."

Hollersen blickte seine Kollegin von der Seite an: „Sie wissen ja gut Bescheid."

„Ich habe vor meinem Eintritt in den Polizeidienst ein paar Semester Psychologie studiert", sagte Ulrike

Busch, während die Stimme aus dem Navigationsgerät die Ankunft am Ziel ankündigte.

Die Gespräche in den ersten beiden Vereinen verliefen unergiebig. Es gab keine Sparte für das Schießen mit der Armbrust und die von den Kripobeamten genannten Namen hatten bei den Gesprächspartnern nur Kopfschütteln hervorgerufen. Jetzt hielten sie vor dem dritten Club, der auf ihrer Liste als `Ostholsteinischer Schützenverein von 1922` aufgeführt war.

Gleichzeitig mit dem Fahrzeug der beiden Kripobeamten war ein Mercedes Kombi auf dem Parkplatz des Vereins vorgefahren. Zwei Frauen verließen den Wagen und gingen auf das Clubhaus zu. Während die Ältere, die am Steuer des Wagens gesessen hatte, die Tür aufschloss, blickte die junge Beifahrerin die Beamten fragend an.

Ulrike Busch grüßte und stellte sich und ihren Kollegen vor.

Während die junge Frau nichts sagte, war die ältere der Frauen an der Tür stehen geblieben und stellte sich als Sandra Rademacher, Leiterin der Bogenschießabteilung des Vereins vor. Sie bat die Kripobeamten ins Haus.

„Will der Polizeisportverein eine Bogenschießabteilung einrichten? fragte sie. „Wir sind gern dabei behilflich!"

Ulrike Busch, die davon ausging, dass die Frau von den Mordfällen gehört hatte, wunderte sich über die

Frage, ignorierte sie und kam gleich zur Sache: „Frau Rademacher, sie betreiben in Ihrer Bogenschießabteilung auch das Schießen mit der Armbrust?"

Die Abteilungsleiterin deutete auf einen der Tische im Clubraum: „Setzen wir uns doch erst einmal. Ja, wir haben eine sehr erfolgreiche Sparte in unserem Verein, die das Armbrustschießen betreibt. Ich selbst und auch Biggi", dabei deutete sie auf die junge Begleiterin, die sich neben ihr an den Tisch gesetzt hatte, „sind beide mit Begeisterung dabei."

Die beiden Kripobeamten, die inzwischen auch am Tisch saßen, blickten auf die jüngere Frau an der Seite von Sandra Rademacher.

„Biggi Schöller ist mein Name", sagte die junge Frau.

„Ach ja, ich habe vergessen, Ihnen meine Stellvertreterin vorzustellen. Biggi ist noch nicht lange im Verein. Wegen ihrer guten Schießergebnisse wurde sie auf der letzten Vereinsversammlung als stellvertretende Spartenleiterin gewählt."

Ulrike Busch und Godehard Hollersen blickten wieder zu Biggi Schöller hinüber. Die junge Frau war sehr attraktiv. Lange blonde Haare umrahmten ein offenes, freundliches Gesicht. Dass sie viel Sport trieb, war ihrer schlanken, durchtrainierten Figur anzusehen.

Jetzt lachte sie über die Bemerkung von Sandra Rademacher und zeigte dabei ihre blendend weißen Zähne: „Ich bin nicht wegen meiner Schießergebnisse gewählt worden, sondern weil sich kein anderes Mitglied zur Wahl gestellt hat."

Sandra Rademacher, die Leiterin der Bogenschießabteilung, hatte eine kräftige Figur. Auffällig an der Frau war ihr karottenrot gefärbtes Haar, das sie kurz geschnitten trug. Auf die beiden Kripobeamten wirkte sie wie eine Frau, die genau wusste, was sie wollte. Godehard Hollersen konnte sich sehr gut vorstellen, dass diese Frau als Abteilungsleiterin ein strenges Regiment führte.

Sie beantwortete die weiteren Fragen der beiden Kripobeamten bereitwillig solange es dabei mehr um allgemeine Fragen zum Bogenschießsport und zum Armbrustschießen im Besonderen ging.

Als Ulrike Busch nach Auffälligkeiten einzelner Mitglieder der Abteilung fragte, wurde Sandra Rademacher allerdings einsilbiger.

Der Frau, deren Alter Hollersen auf Anfang Vierzig schätzte, fiel es schwer, diese Frage zu beantworten: „Ich habe natürlich von den schrecklichen Taten in der Zeitung gelesen und auch im Regionalfernsehen die entsprechenden Berichte verfolgt. Aber deswegen ein Mitglied meiner Abteilung ohne jeden Beweis einer solchen Tat zu bezichtigen, können Sie nicht von mir erwarten."

Ulrike Busch hakte nach: „Frau Rademacher, Sie sollen Niemanden bezichtigen. Wir wollen nur wissen, ob es in Ihrer Abteilung Menschen gibt, die sich in letzter Zeit oder überhaupt anders benehmen, als man es unter Sportfreunden im Kreis von Gleichgesinnten erwarten kann."

Sandra Rademacher schüttelte leicht den Kopf: „Es gibt natürlich in einer Gruppe von Menschen immer welche, die sich nicht ganz und gar in die Gemeinschaft einfügen. Sportfreunde, die Schießergebnisse anzweifeln, weil sie unbedingt gewinnen wollen; Leute, die auch schon mal aggressiv reagieren. Aber Menschen..."

Godehard Hollersen unterbrach die Frau: „Wir haben die Aufgabe, Morde aufzuklären. Da müssen wir jeder auch noch so kleinen Spur nachgehen. Wenn es in Ihrem Verein solche Menschen gibt, sollten Sie uns die Namen nennen."

Inzwischen waren weitere Mitglieder des Vereins im Clubhaus eingetroffen und hatten sich an die Tische gesetzt. Sie sahen interessiert zu ihrer Spartenleiterin mit den Gästen hinüber, ohne etwas von dem Gespräch mitzubekommen.

Sandra Rademacher stand auf: „Gehen wir kurz ins Vereinsbüro."

Die Kripobeamten blickten auf Biggi Schöller.

Sandra Rademacher, die den Blick bemerkte, meinte: „Biggi kann dabei bleiben. Als meine Stellvertreterin ist sie über alle Begebenheiten in unserer Abteilung informiert.

Nachdem sie die Tür des Büroraums hinter sich geschlossen hatte, sah Sandra Rademacher die Kripo-Beamten mit einem gequälten Gesichtsausdruck an: „Ich nenne Ihnen die Namen nur ungern."

Ulrike Busch beruhigte die Abteilungsleiterin: „Frau Rademacher, wir wollen nur die Alibis überprüfen. Das werden wir während unserer Ermittlungen sicher auch noch bei anderen Sportschützen machen müssen. Jeder, der an der Aufklärung der Taten interessiert ist, wird das verstehen."

Der Appell der Sokoleiterin zeigte Wirkung.

Sandra Rademacher sprach mit leiser Stimme zwei Namen aus: „Gregor Stenzel und Stefan Böhlke."

Ulrike Busch beruhigte die Frau noch einmal: „Wir werden nur die Alibis der beiden Männer überprüfen und dabei diskret vorgehen. Ihren Namen, Frau Rademacher, werden wir nicht nennen."

Godehard Hollersen notierte Namen und Adressen der zwei Genannten und zog dann aus seiner Jackentasche einen Computer-Ausdruck.

Er reichte ihn der Abteilungsleiterin: „Frau Rademacher, hier sind die Namen der Opfer. War oder ist davon jemand Mitglied in Ihrem Verein?"

Sandra Rademacher nahm die Aufstellung mit den vier Namen und ging zu einem Tisch in der Ecke des Büros auf dem ein Computer stand.

Während der Warmlaufphase des Rechners meinte sie: „Die Namen und Adressen der beiden eben genannten aktiven Mitglieder habe ich im Kopf. Bei älteren oder nur noch passiven Mitgliedern muss ich unseren Computer bemühen."

Sie las sie die Namen laut vor: „Harald Bartels, Werner Petersen, Wolfgang Plessen, Wilke Klatte."

Nachdem sie ein paar Tasten betätigt hatte und die in alphabetischer Reihenfolge aufgeführten Namen auf der Aufstellung der Vereinsmitglieder durchgegangen war, blickte sie die Beamten an.

„Nein", erklärte Sandra Rademacher, „diese vier Männer sind und waren keine Mitglieder unseres Vereins."

Ulrike Busch bat darum, die Aufstellung trotzdem auszudrucken.

Etwas widerwillig und mit mürrischem Gesichtsausdruck gab die Spartenleiterin mit dem Cursor den entsprechenden Befehl.

Mit der Liste der Vereinsmitglieder in der Tasche machten sich die beiden Kripobeamten auf den Weg zum nächsten Schützenverein.

Den ganzen Nachmittag – während die beiden Hauptkommissare in den Schützenvereinen ermittelten – liefen im Kommissariat die Telefone heiß. Sengül Yildirim und Jens Jensen führten Gespräche mit den für die Archive zuständigen Mitarbeitern der Städte und Gemeinden der Region. Es war eine frustrierende Arbeit, den Leuten immer wieder die Namen der Opfer zu nennen und sie zu bitten, nach lange zurückliegenden Begebenheiten zu forschen, bei denen die Namen auftauchen könnten. Das Anliegen der Kommissare musste nicht sehr eindringlich geschildert werden. Durch die Verbrechen, von denen die Gesprächspartner gehört und gelesen hatten, waren die meisten kooperativ und versprachen im Sucherfolgsfall eine schnelle Rückmeldung.

Nachdem Jens Jensen wieder einmal ein langes Gespräch beendet hatte, holte er aus der kleinen Küche des Kommissariats zwei Becher Kaffee.

„Lass uns eine Pause machen. Von stundenlangen ermüdenden Telefonaten habe ich in meiner Ausbildung nichts gehört. Vielleicht würde uns ein Profiler weiterhelfen", meinte er leicht erschöpft.

Sengül Yildirim, die gerade wieder eine Nummer wählen wollte, legte den Hörer zurück: „Eine gute Idee mit dem Kaffee. Vielen Dank. Mit dem Profiler meinst du einen Fallanalytiker; so die korrekte Bezeichnung. Erst einmal machen die auch nichts anderes als wir. Sie bewerten Spuren – so es denn welche gibt –, versuchen das Motiv zu finden und die Persönlichkeit des Täters zu verstehen. Erst dann kommen wissenschaftliche Methoden wie Soziologie ins Spiel und es werden Hypothesen aufgestellt."

Jens wollte lieber über das bevorstehende Wochenende sprechen und erzählte der Kollegin von seiner Begeisterung für das Kite-Surfen, und dass er nach Fehmarn fahren würde: „Ein noch besseres Revier gibt es auf Djerba. Im letzten Urlaub war ich dort. Mein Traum ist es, einmal an Brasiliens Küsten zu kiten.

„Hört sich interessant an", meinte Sengül und blickte den Kollegen mit ihren großen, dunklen Augen an.

Jens war hingerissen: „Vielleicht hast du Lust und möchtest an einem Wochenende mal mitkommen?"

Sengül war nicht abgeneigt: „Wenn es mal passt, gern."

Auf eine entsprechende Frage von Jens erzählte Sengül, dass ihr Urgroßvater als Kleinbauer in Anatolien gelebt hatte und der Großvater mit der ersten Einwanderungswelle nach Deutschland gekommen war.

„Warum trägst du kein Kopftuch? fragte Jens.

Sengül beantwortete die Frage nicht direkt: „Meine Mutter trägt ein Kopftuch. Mein Vater und mein Bruder akzeptieren, dass ich keines trage."

„Dein Bruder?" fragte Jens etwas gedehnt.

Sengül lachte: „Ja, ich habe einen Bruder. Aber keine Angst. Falls ich dich zum Kitesurfen begleite, bleibe ich am Leben. Es wird keinen Ehrenmord geben."

Nach einem letzten Schluck Kaffee sagte sie jetzt wieder ernst: „Junge Menschen mit Migrationshintergrund gehören zum Beispiel in Hamburg zu der am stärksten von der Polizei umworbenen Gruppe. Mit über sechzehn Prozent war der Anteil der Jungbeamten im letzten Jahr so hoch wie noch nie. Es waren Polizeianwärter aus Polen, den Vereinigten Staaten von Amerika, Russland, Afghanistan und natürlich der Türkei dabei."

Der Blick von Jens hatte gebannt an Sengüls Lippen gehangen. Nur wie im Unterbewusstsein hörte er, wie sie ihren Kaffeebecher zur Seite schob und sagte: „Machen wir weiter, bevor die Leute in den Gemeinden Feierabend haben."

DER SYSTEM-ADMINISTRATOR

Als Ausgleich zu seinem Job, bei dem er fast den ganzen Tag vor dem Computer saß, ging er in seiner Freizeit gern in die Natur. Er bevorzugte lichte Mischwälder. Dort war die Chance am größten, essbare Pilze zu finden. An seinem Computer hatte er sich bei verschiedenen Suchdiensten die Kenntnisse dafür angeeignet.

Zu Beginn seines Hobbys war er mit den großformatig ausgedruckten Bildern von Steinpilzen und Pfifferlingen, von Maronenröhrlingen, Waldchampignons und all' den anderen schmackhaften Pilzen auf die Suche gegangen. Inzwischen war das nicht mehr nötig, denn er hatte sich zu einem Kenner entwickelt.

Seine Kollegen zogen ihn mit seinem Hobby auf.

„Wenn du eines Morgens nicht in der Firma erscheinst, wissen wir, was passiert ist", hatte einmal einer seiner Mitarbeiter gesagt.

Er hatte nur mit den letzten Zeilen eines Gedichtes von Erich Kästner gekontert: „Drum seien wir ehrlich, Leben ist immer lebensgefährlich."

Als er die Autobahnauffahrt befuhr, stellte er fest, dass es in diesem Jahr kein goldener Oktober war. Der Herbstwind trieb dichte graue Wolken am Himmel vor sich her und ließ die Blätter der Bäume auf die A 1 rieseln. Der Mann passierte mit seinem Wagen die Tankstelle „Neustädter Bucht" und registrierte im Vorbeifahren, dass der Benzinpreis gegenüber dem Vortag schon wieder gestiegen war.

Als er an der nächsten Abfahrt die Autobahn verließ, bemerkte er nicht, dass der graue Mercedes Kombi, der ihm gefolgt war, ebenfalls von der A 1 abfuhr und ihm mit einigem Abstand folgte.

Der Mann parkte seinen Wagen an einem Waldrand in der Nähe von Süsel. Das Aussteigen ging etwas umständlich vonstatten, weil er stark übergewichtig war.

Er nahm aus dem Kofferraum einen Weidenkorb, verschloss mit seinem elektronisch gesteuerten Wagenschlüssel die Türen und stapfte in den Wald.

An seinem heutigen freien Tag war sein Bedürfnis, Frischluft zu tanken besonders groß. Am Abend vorher hatte er mit einem neuen Kunden nach einem ausgiebigen Arbeitsessen noch kräftig dem Alkohol zusprechen müssen. Er konnte es nicht verhindern.

„Bei einem Premium-Klienten, der gerne trinkt, können wir damit eine positive Kundenbeziehung aufbauen", so die Maßgabe seines Chefs.

Unter einer hohen Eiche hatte er sein erstes Erfolgserlebnis. Er sah einige prächtige Rotkappen. Die würden schon für eine Mahlzeit für zwei Personen reichen.

Durch sein unattraktiven Aussehen, noch verstärkt durch eine altmodische Brille mit runden Gläsern und sein erhebliches Übergewicht, welches er schon mit verschiedenen Diätkuren ergebnislos bekämpft hatte, fiel es ihm schwer, Frauen für sich zu interessieren, geschweige denn, eine engere Beziehung zu ihnen aufzubauen.

Diesmal hatte er die große Hoffnung, dass mehr als eine kurze Episode daraus werden könnte. Er hatte Nathalie zum Abendessen in seine Wohnung eingeladen, ohne etwas von der Art des Mahls zu erwähnen.

Auf eine entsprechende Frage bei der Verabredung hatte er nur gesagt: „Lass dich überraschen."

Er ging in die Hocke und trennte mit seinem Taschenmesser den ersten Pilz mit einem sauberen Schnitt von den Wurzeln, als er hinter sich ein Geräusch von knackenden Zweigen hörte.

Im Aufrichten drehte er sich um und sah, wie ihn der Pfeil in den Bauch traf. Das Taschenmesser fiel ihm aus der Hand.

„Der Pfeil muss unter der Jacke eine klaffende Wunde gerissen haben", war sein letzter Gedanke.

Mit beiden Händen umfasste er das Geschoss und sah noch, wie Gedärme aus der zerfetzten Jacke quollen. Er spuckte Blut und stürzte sterbend vornüber. Bei dem Aufprall auf dem Waldboden verbog sich der Pfeil unter der Last des schwergewichtigen Mannes.

Es war ein diesiger Herbstmorgen. Die Sonne konnte die Wolkendecke nicht durchbrechen. Deshalb waren alle Deckenlampen im Büro eingeschaltet. Die Soko „Armbrust" war vollzählig im Kommissariat versammelt.

Ulrike Busch und Godehard Hollersen hatten am Tag zuvor Befragungen im Umfeld der Opfer durchgeführt. Währenddessen waren Sengül Yildirim und Jens Jensen damit beschäftigt gewesen, telefonisch Erkundigungen über Sandra Rademacher, Biggi Schöller und die beiden Mitglieder des Bogensportvereins, Gregor Stenzel und Stefan Böger, einzuholen.

Gerhard Hollersen war als Letzter hereingekommen. Er hatte vor Arbeitsbeginn auf dem Flur noch seine morgendliche Ration Nikotin aus seiner Bruyere-Pfeife geschmaucht.

Ulrike Busch trug heute eine dunkle Bluse, bei der die oberen Knöpfe offen waren. Sie war mit einem passenden Rock dazu bekleidet, der ein paar wohlgeformte Beine sehen ließ.

Ermunternd blickte sie von ihrem Schreibtisch aus zu den beiden jungen Kollegen hinüber.

Jens Jensen fühlte sich aufgefordert zu berichten: „Ja, Chefin, Auftrag erledigt. Also, die Rademacher ist einundvierzig Jahre alt, geschieden, hat keine Kinder, und der Schießsport im Verein ersetzt ihr offenbar die Familie. Ihren Lebensunterhalt bestreitet sie aus der Abfindung, die ihr bei der Scheidung von ihrem Ex zugesprochen worden war. Der scheint einigermaßen betucht zu sein. Hin und wieder bessert sie ihren Etat durch Aushilfsjobs in der Gastronomie auf. In der Saison wird in den Badeorten an der Küste jeder, der ein Tablett halten kann, gebraucht. Da gibt es das Geld oft an der Steuer vorbei gleich bar auf die Hand.

Außer ein paar Punkte in Flensburg hat sie nichts auf dem Kerbholz."
Jens Jensen blickte auf einen der vor ihm liegenden Notizzettel.
„Ach ja. Die Biggi Schöller hat sie als Kücken des Vereins unter ihre Fittiche genommen, und es hat sich so etwas wie ein Mutter-Tochter-Verhältnis zwischen ihnen entwickelt. Die Rademacher scheint sehr viel von der jungen Frau zu halten. Trotz ihrer noch nicht langen Zugehörigkeit zum Verein erzielt die Schöller sehr gute Schießergebnisse, die bei Wettbewerben und Vergleichstreffen mit anderen Vereinen Siege garantieren. Das gefällt der ehrgeizigen Spartenleiterin natürlich. Biggi Schöller gilt deshalb im Verein als Liebling von Sandra Rademacher."

Jens Jensen holte ein Papiertuch aus seiner Hosentasche, putzte sich die Nase und blickte zu Sengül Yildirim hinüber.

Die hatte fasziniert beobachtet, wie Godehard Hollersen während der Ausführungen von Jens Jensen unverwandt auf den Blusenausschnitt der Sokoleiterin starrte. Die junge Kommissarin war dadurch selbst so abgelenkt, dass sie sich erst einmal sammeln musste, bevor sie mit ihrem Bericht beginnen konnte.

In kurzen knappen Sätzen erzählte sie: „Biggi Schöller ist vierundzwanzig Jahre alt. Sie studiert in Berlin Neuere Deutsche und Europäische Geschichte. An den Wochenenden und in den Semesterferien ist sie im Verein bei den Armbrustschützen. Wegen dieser Passion hat sie auch schon mal ein Semester verbummelt, also ausfallen lassen. Die Freundschaft mit einem Mann – der Musiker ist – zerbrach darüber. Sie stammt aus einem ordentlichen Haus."

„Was heißt das denn?" fragte Godehard Hollersen, der seinen Blick von der Bluse der Sokoleiterin genommen hatte und dabei war, ein Solei abzupellen.

Sengül Yildirim klärte den Kriminalhauptkommissar auf: „Biggi Schöller lebt noch bei ihren Eltern die beide berufstätig sind. Reihenhaus in gutbürgerlicher Lage, gepflegter Garten, der Vater fährt einen Mittelklassewagen und so weiter. Keine Vorstrafen."

Sie blickte zu Jens Jensen hinüber: „Auch keine Punkte in Flensburg. Sie hat kein Auto und fährt mit der Bahn."

„Gut", sagte Ulrike Busch und schloss einen Knopf ihrer cremfarbenen Bluse. „Was ist mit den beiden Männern aus dem Verein?"

Jens Jensen Blickte auf seine vor ihm liegenden handschriftlichen Notizen, bevor er das Ergebnis seiner Ermittlungen verkündete: „Gregor Stenzel können wir vergessen. Der hat für alle Zeiten, an denen unser Armbrustschütze aktiv war, ein Alibi. Neben dem Bogenschießen ist das Schachspiel seine zweite große Leidenschaft. Er hockt fast jeden Abend im Verein vor dem Schachbrett und spielt mit Vereinskameraden, Er hat ein wasserdichtes Alibi."

Jens Jensen blickte noch einmal auf seine Notizen.

„Bei Stefan Böger wird's interessant. Das ist ein unsteter Charakter..."

„Was heißt das denn nun wieder", brummte Hollersen.

Jensen ließ sich nicht unterbrechen und berichtete weiter.

„Abgebrochene Lehre, wechselnde Aushilfsjobs, ein paar Vorstrafen wegen Urkundenfälschung, Nötigung und schwere Körperverletzung."

Der Kommissar blickte wieder auf seine Aufzeichnungen.

„Und jetzt kommt es. Als Jugendlicher hat er mehrfach aus dem Fenster der elterlichen Wohnung mit einem Luftgewehr auf Hunde, Katzen und Vögel geschossen. Dabei hat er – angeblich aus Versehen – einmal ein Kind getroffen. Vor dem Jugendgericht konnte sein Verteidiger den Richter davon überzeugen, dass der Schuss nicht dem Kind galt."

Jensen blickte noch einmal auf seine Notizen. Er kam aber nicht dazu, in seinem Bericht fortzufahren, denn die Tür öffnete sich und Andreas Fischer kam in Begleitung eines Beamten des Innendienstes herein. Der Polizeirat hatte ein paar rosige Flecken auf der Haut seiner beiden Wangen, die darauf hindeuteten, dass er hochgradig erregt war.

Nach einem knappen „Moin" kam der Vorgesetzte zum Grund seines Besuches: „Ich höre eben, dass es schon wieder eine Leiche mit einem Armbrustpfeil im Körper gibt. Pilzsucher haben den Mann in einem Wald bei Süsel gefunden. Der Kollege Christensen, der die Meldung entgegen genommen hat, wird hier am Telefon Stallwache übernehmen. Sie werden – alle vier – sofort zum Tatort fahren. Es wird Zeit, dass Sie Ergebnisse vorweisen können, die dazu führen, diese schreckliche Serie endlich zu beenden."

Andreas Fischer blickte Ulrike Busch an: „Nach Ihrer Rückkehr kommen Sie gleich zu mir und erstatten Bericht."

„Jawoll Herr General", dachte Godehard Hollersen und schlug im Geiste die Absätze zusammen, während der Polizeirat das Büro verließ.

Christensen, der Kollege aus dem Innendienst, informierte die Sokoleute über den genauen Fundort der Leiche. Es war nicht ganz einfach, weil die Stelle in einem dicht bewachsenen Wald mit viel Unterholz lag.

„Die Schutzpolizei ist vor Ort und wartet am Waldrand", rief er noch, als die Sokoleute in ihre Jacken schlüpften und das Büro verließen.

Godehard Hollersen, der vor dem Besuch des Vorgesetzten schon auf die Toilette gehen wollte, unterdrückte seinen Harndrang und eilte den drei Kollegen hinterher.

Als sie die Autobahn verlassen hatten und in Richtung Süsel fuhren, kamen sie schnell an das Waldstück, in dem die Leiche gefunden worden war.

Vor einem parkenden Polizeifahrzeug standen zwei uniformierte Beamte. Jens Jensen parkte neben einen japanischen Personenwagen, der stark mit Laub bedeckt war. Die Kripoleute waren sich einig, dass das

Fahrzeug dort schon länger – wahrscheinlich die ganze Nacht – gestanden haben musste.

„Offensichtlich das Fahrzeug des Toten", sagte der herannahende Polizist. Nachdem sie sich bekannt gemacht hatten, übernahm der Polizeibeamte, der sich als Wolfgang Kruse vorgestellt hatte, die Führung zum versteckt liegenden Fundort der Leiche.

Mit weit ausholenden Schritten stapfte er in den Wald. Hollersen fiel auf, dass Ulrike Busch, die hinter dem Uniformierten lief, trotz ihres Rocks auch sehr große Schritte machte.

Er erinnerte sich daran, dass seine Großmutter immer zu seiner jüngeren Schwester gesagt hatte: „Ingemaus, mach kleinere Schritte. Für Frauen schickt es sich nicht, mit so ausladenden Schritten wie ein Landbriefträger zu gehen."

Der Wald wurde nach einiger Zeit lichter. Dafür erschwerte dichteres Unterholz und Dornengestrüpp jetzt ein zügiges Vorankommen. Im Gänsemarsch liefen die Beamten über den mit Blättern bedeckten Waldboden und mussten dabei über Baumstämme und andere Hindernisse klettern. Der Geruch nach verfaultem Holz und nassem Moos war sehr intensiv.

Als Ulrike Busch sich einmal umblickte, fragte sie die hinter ihr gehende Sengül Yildirim: „Wo ist Hollersen?"

Wie bei dem Spiel „Stille Post" gab Sengül die Frage an den hinter ihr gehenden Jens Jensen weiter.

Der sorgte mit lauter Stimme, so dass alle es hören konnten, für Aufklärung: „Der muss mal eben seine Blase entleeren."

„Ja, ja", murmelte Ulrike Busch. „Ältere Männer und ihre vergrößerte Prostata."

Unter einer riesigen Eiche wurden sie von einem Kollegen der uniformierten Polizei erwartet. Er hatte mit einem älteren Paar, offensichtlich die Pilzsucher, auf einem umgestürzten Baumstamm gesessen. Beim Herannahen der Kripoleute hatten sich alle, auch die Pilzsucher, erhoben.

Ulrike Busch stellte sich und ihr Team kurz vor – auch Hollersen hatte inzwischen aufgeschlossen -- und ging zu der etwas abseits liegenden Leiche.

Der Tote lag gekrümmt auf der Seite. Eine blutverschmierte Brille mit runden Gläsern klemmte zur Hälfte unter seinem Kopf. Etwas weiter entfernt lag ein umgekippter Weidenkorb, der von einigen verstreuten Pilzen umgeben war.

Der Polizeibeamte erklärte den Kripoleuten gerade, wie sie über Mobiltelefon von dem Ehepaar gerufen worden waren, die Kripo verständigt, aber am Tatort nichts verändert hatten, als das Knacken von Zweigen alle in die Richtung blicken ließ, aus der die Geräusche kamen. Das ältere Paar, das gegenüber den Beamten schon ängstlich gewirkt hatte, klammerte sich an seinen Korb mit ein paar Pilzen darin und rückte näher an den uniformierten Polizeibeamten heran.

Das Knacken kam immer näher, und aus dem Unterholz trat der Gerichtsmediziner Doktor Viktor Köhler. Er trug keine Kopfbedeckung, nur einige gelblich-braune Blätter hatten sich in seinem Haar verfangen. Seine rechte Wange zierte eine blutige Schramme.

Godehard Hollersen konnte es sich trotz der Situation mit dem vor ihnen liegenden Opfer nicht verkneifen, einen dummen Scherz zu machen: „Na Doktor, gerade vom Paukboden gekommen? Eine schöne Mensur haben Sie da."

Viktor Köhler, der für derbe Scherze immer zu haben war, wischte sich mit dem Handrücken über die Wange: „Mahlzeit erst mal. Wenn ich noch mehr solcher Tat- oder Fundorte aufsuchen muss, werde ich unseren Dienstherrn um die Bewilligung einer Machete bitten müssen."

Gleich nach dem Mediziner trafen zwei Spurensicherer ein, die etwas irritiert auf die Ansammlung von Menschen blickten, die den Waldboden um die Leiche herum platt getreten hatten.

Ulrike Busch, die sich über die Leiche gebeugt hatte, richtete sich auf. Es war an der Zeit, Ordnung in das beginnende Chaos zu bringen: „Doktor Köhler, kommen Sie. Sengül, du auch. Hollersen, Sie sprechen mit dem Ehepaar. Jens, du unterstützt die Spurensicherer bei ihrer Arbeit.

Einer der Uniformierten fragte: „Dann können wir zu unserem Wagen zurückgehen?"

„Ja", warten Sie dort bitte und halten Sie eventuelle Schaulustige fern. Sie können bitte auch den Halter des Nissan Qashqai ermitteln. Wir wollen aber nachher noch mit Ihnen sprechen.

Für Viktor Köhler war die Sachlage klar: „Der Tod des Mannes muss einige Sekunden nach dem Treffer mit dem Pfeil eingetreten sein. Nur eines verstehe ich nicht. Ein Stahlpfeil, auf den der Mann bei Eintritt des Todes gestürzt ist, dürfte trotz des erheblichen Übergewichts des Opfers nicht verbiegen. Der lockere Waldboden müsste nachgeben."

Sengül Yildirim stocherte mit einem Ast im Laub direkt an der Leiche und stieß auf Widerstand.

„Ein Felsbrocken", stellte sie fest.

„Das reicht, um ein Verbiegen des Pfeiles herbeizuführen, wenn ein Mensch mit über zwei Zentnern Gewicht darauf fällt", meinte einer der Spurensicherer, der hinzu getreten war.

Doktor Köhler nickte: „Das erklärt auch die ungewöhnliche Form der Wunde. Durch den Widerstand wurde sie sozusagen erweitert. Es spricht also auch alles dafür, dass der Fundort der Tatort ist.

Der Gerichtsmediziner wuchtete den Leichnam mit Hilfe des Spurensicherers in die Rücklage.

Ulrike Busch, Sengül Yildirim und die inzwischen hinzu getretenen Hollersen und Jensen blickten erstaunt auf das feiste Gesicht des Toten.

„Der Mann ist deutlich jünger als die bisherigen Opfer", stellte Sengül Yildirim fest.

Nachdem der Spurensicherer bei dem Toten keine Papiere gefunden hatte, verließen die Kripobeamten den Tatort.

„Warten wir den Bericht des Mediziners und der Spurensicherung ab und sprechen erst mal mit den Uniformierten am Parkplatz. Den Halter des japanischen Wagens müssten die inzwischen ermittelt haben. Vielleicht sind der Halter und das Opfer identisch", meinte Ulrike Busch.

Polizeirat Andreas Fischer hatte sich schweigend den mündlichen Bericht der Sokoleiterin angehört.

Am Schluss ihrer Ausführungen war er an das Fenster seines Büros getreten, hatte auf den Hof des Polizeigebäudes gesehen und eine Weile sinniert.

Dann drehte er sich um und sagte: „Frau Busch, ich habe volles Vertrauen, dass Sie mit Ihrem Team den Fall oder besser gesagt die Fälle aufklären werden. Nur ..."

Er hatte eine kleine Pause gemacht und Ulrike Busch angesehen, ... es wird Zeit, dass wir Ergebnisse verkünden können. Also, etwas mehr Tempo, wenn ich bitten darf."

Jetzt war die Soko „Armbrust" wieder vollzählig im Kommissariat anwesend.

Ulrike Busch heftete ein Foto an die Pinnwand des Büros und drehte sich zu ihren Kollegen um: „Halten wir fest. Der gestern tot aufgefundene Pilzsammler Thomas Pfitzner ist aus kürzester Entfernung mit dem

Pfeil einer Armbrust getötet worden. Er ist das fünfte Opfer. Sein Alter unterscheidet sich erheblich von dem der anderen Toten. Mit seinen vierundfünfzig Jahren passt er nicht in das Opferschema des Armbrustmörders, wie die Boulevard-Presse ihn bezeichnet. Die Art seines Todes lässt jedoch auf den Täter schließen, der auch die anderen Opfer auf dem Gewissen hat. Warum jetzt ein deutlich jüngeres Opfer? Gibt es einen Nachahmungstäter? Unsere Aufgabe ist nicht leichter geworden."

Ulrike Busch schaute wieder auf die Pinnwand.

„Ein hochrangiger Beamter, ein Seemann, ein Bauer, ein Arzt. Alles Männer über achtzig Jahre alt. Und jetzt Thomas Pfitzner, ein deutlich jüngerer System-Administrator im IT-Bereich. Wo ist da der Zusammenhang?

Die Sokoleiterin setzte sich an ihren Schreibtisch und sprach von dort weiter: „Die von Hollersen und mir befragten Mitglieder in Schützenvereinen, die uns von den Abteilungsleitern als verdächtig oder auffallend beschrieben worden waren, hatten fast alle ein lückenloses Alibi. In den Mitgliederlisten der Vereine ist kein Name auch nur eines der Opfer verzeichnet. Nachforschungen von Sengül und Jens in den Ortsarchiven haben bisher auch keine Erkenntnisse gebracht. DNA-Spuren und Fingerabdrücke gab es bei keinem der Toten oder an den Tatorten. Wir stehen ganz am Anfang."

„Nicht ganz", schaltete sich Jens Jensen ein. „Einige Gemeinden suchen noch in ihren Archiven. In vorigen

Jahrzehnten gab es noch keine elektronische Ablage. Es ist längst noch nicht das ganze Archivmaterial digitalisiert. Die Leute müssen in Kellergewölben in verstaubten Akten von vor über fünfzig Jahren forschen. Das kann dauern."

Godehard Hollersen, der an seiner kalten Pfeife zog und unter Nikotinentzug litt, brummte: „Dann mach den Lahmärschen in den Verwaltungen mal Feuer unten dem Hintern, damit sie zu Potte kommen. Ich gehe jetzt zum Mittagessen und werde anschließend draußen eine Pfeife schmöken."

Damit nahm er seine lederne Pfeifentasche vom Schreibtisch und verließ das Büro.

„Das mit dem Mittagessen ist eine gute Idee. Ich gehe auch", meinte Ulrike Busch.

Während sie ihre Hand schon am Türgriff hatte, sagte sie in Richtung von Sengül Yildirim und Jens Jensen: „Ihr haltet Stallwache. Hollersen und ich lösen euch ab, damit ihr auch etwas in den Magen bekommt."

„Wie hast du es allein mit ihm und seiner knurrigen Art ausgehalten?" fragte Sengül ihren Kollegen.

„Ich habe mich daran gewöhnt", erwiderte Jens und überlegte, ob er Sengül auf einen Kite-Surf-Termin ansprechen könnte.

Er sah, dass sie sich schon wieder in die vor ihr liegenden Faxe und e-mails aus den Gemeinde-Archiven vertieft hatte und verzichtete darauf. Beim bevorstehenden Mittagessen würde es sicher eine bessere Gelegenheit geben.

Als Ulrike Busch und Hollersen wieder im Büro waren, Sengül und Jens gerade in die Mittagspause gehen wollten, signalisierte der Computer der jungen Kriminalkommissarin den Eingang einer e-mail. Sengül Yildirim las im Stehen die Nachricht, drückte nacheinander auf „Drucken", „Anhang öffnen" und noch einmal auf „Drucken".

Sie blickte auf den ersten der beiden Ausdrucke und sagte laut: „Bingo".

Das ließ die drei Kollegen sofort zu ihr hinblicken.

Jetzt las sie sehr laut: „Sehr geehrte Frau Yildirim, unsere Nachforschungen bezüglich der uns angegebenen Personen haben wir abgeschlossen. Die von ihnen gesuchten Personen und weitere Jugendliche sind kurz vor Kriegsende im Jahre 1945 als Soldaten rekrutiert worden. Ihre Aufgabe war die Sicherung der Küstenbereiche in der Neustädter Bucht. Wir hoffen, dass wir Ihnen diesbezüglich und so weiter, und so weiter."

Sengül Yildirim hob ihre Stimme: „Die Liste der betreffenden Personen aus unserem Archivmaterial haben wir im Anhang beigefügt."

Die junge Kommissarin blickte auf den zweiten Ausdruck und schüttelte den Kopf: „Handgeschrieben in Sütterlin."

Sie blickte etwas hilflos, bevor Godehard Hollersen ihr das Blatt Papier aus der Hand nahm: „Meine Großeltern, bei denen ich aufgewachsen bin, haben noch in Sütterlin geschrieben."

Er blickte auf den Ausdruck und kommentierte das Formular: „Selbst in den Wirren der letzten Kriegsjahre hatte bei der Deutschen Wehrmacht noch alles seine Ordnung. Wenn Schreibmaschinen nicht zur Verfügung standen, wurde mit der Hand geschrieben. So auch die Namen der Kinder in Uniform."

Auch Hollersen hob jetzt seine Stimme und las vor: „Herbert Ross, Wilke Klatte, Benedikt Jäger, Rudolf Ebinger, Robert Ketzlach, Harald Bartels, Adrian Voss, Hermann Plate, Gerhard Polzin, Wolfgang Plessen, Thomas Pfitzner, Johann Müller, Fritz Asmussen, Werner Petersen."

Hollersen blickte in die Runde, als ob er Beifall für eine Darbietung erwartete.

„Nun noch einmal langsam", sagte Ulrike Busch, die mit einem Bogen Papier und einem Filzstift an der Pinnwand stand.

„Nur die Namen die nicht Opfer des Armbrustschützen sind."

Godehard Hollersen nannte neun Namen: „Benedikt Jäger, Rudolf Ebinger, Robert Ketzlach, Johann Müller, Adrian Voss, Fritz Asmussen, Hermann Plate, Herbert Ross und Gerhard Polzin."

„Gut", meinte die Sokoleiterin, als die Namen an der Pinnwand standen. „Unser letztes Opfer, Thomas Pfitzner, passt vom Alter her nicht in das Opferschema. Er steht aber auf der Liste der Kinder, die damals in Wehrmachtsuniformen gesteckt wurden. Vielleicht ist es eine Namensgleichheit und der Täter hat einen anderen Thomas Pfitzner im Visier gehabt. Aber diese neun Männer, wenn sie denn noch leben, könnten die nächsten Opfer sein."

Mehr musste sie nicht sagen. Sengül Yildirim, Jens Jensen und Hollersen setzten den Polizeiapparat in Bewegung, um festzustellen, ob und wo die Männer lebten.

Die nächste Stunde verbrachten die Kripobeamten am Telefon, vor dem Computer und am Faxgerät.

„Adrian Voss ist vor über dreißig Jahren nach Australien ausgewandert", meldete Jens Jensen ein erstes Ergebnis.

„Australien können wir vorerst vernachlässigen", meinte Ulrike Busch zwischen zwei Telefonaten.

Nach unzähligen Telefongesprächen, auch in den Feierabend hinein, mit vielen Fehlschlägen meldete sich Jens Jensen: „Es ist verdammt schwer, die Spuren dieser Leute zu verfolgen. Die sind in den vergangenen Jahrzehnten x-mal umgezogen – auch ins Ausland. Wo sollen wir da noch ansetzen. Auch im Inland ist es schwierig. Nach dem Weltkrieg war Deutschland in vier Besatzungszonen eingeteilt. In den Einwohnermeldeämtern, die jeweils von Sowjetrussen, Engländern, Amerikanern und Franzosen kontrolliert wurden, war man in den Wirren der Nachkriegszeit nicht so pingelig."

„Statt Antworten gibt es von dir immer nur Fragen. Nun halt mal die Klappe und mach weiter", bollerte Godehard Hollersen in Richtung seines jungen Kollegen.

„Jens hat recht", schaltete sich Ulrike Busch ein. „Besonders jetzt in den Abendstunden ist kaum noch jemand ans Telefon zu bekommen. Machen wir morgen weiter. Und dann sollten wir die Alten- und Pflegeheime sowie die Seniorenresidenzen der Region abfragen. Männer von der Liste, die in diesem Alter noch leben, könnten in solchen Häusern ihren Lebensabend verbringen.

Der nächste Vormittag brachte weitere Ergebnisse. Herbert Ross, Benedikt Jäger und Rudolf Ebinger waren bereits altersbedingt eines natürlichen Todes gestorben.

Nachdem die Sokoleiterin die Namen an der Pinnwand gestrichen hatte, meldete sich Sengül Yildirim: „Gerhard Polzin ist vor zehn Jahren an Blasenkrebs gestorben.

Auch Godehard Hollersen war fündig geworden: „Robert Ketzlach kann gestrichen werden. Er ist vor zwanzig Jahren bei einem Verkehrsunfall in Kanada ums Leben gekommen."

Ulrike Busch nahm wieder den Filzstift in die Hand: „Bleiben noch Johann Müller, Hermann Plate und Fritz Asmussen."

Sengül Yildirim war es, die sich nach ein paar hartnäckig geführten Telefonaten meldete: „Unser jüngstes Opfer, Thomas Pfitzner war Thomas Pfitzner junior. Der Vater hieß auch Thomas und war in den letzten Kriegstagen einer der Kinder in Uniform. Er ist schon vor zehn Jahren verstorben. An seiner Stelle musste der Sohn jetzt sterben."

„Ein Versehen oder Absicht? Auf jeden Fall eine weitere Frage; aber kümmern wir uns erst einmal um die letzten drei der Männer auf unserer Liste", meinte Ulrike Busch.

Jens Jensen schob sich mit dem Stuhl von seinem Monitor zurück. „Ich habe gerade die tägliche Info über die Gewaltverbrechen der Region bekommen. Ein Hermann Plate ist in Lübeck erschlagen worden!"

„Erschlagen?" fragte Godehard Hollersen. „Nicht durch Armbrustpfeile getötet?"

„Nein, hier steht erschlagen", antwortete Jens Jensen.

Ulrike Busch schaltete sich ein: „Jens, ruf bitte die Kollegen in Lübeck an. Wenn es ein über Achtzigjähriger ist, kann es der Hermann Plate von unserer Liste sein. Damit wäre der Fall in unserem Zuständigkeitsbereich."

Jens Jensen griff zum Telefon, während Ulrike Busch den Polizeirat Andreas Fischer aufsuchte.

Nach wenigen Minuten war sie zurück. „Wir haben grünes Licht aus Kiel und sollen uns einschalten. Die Kollegen in Lübeck sind informiert."

Jens Jensen hatte inzwischen am Telefon ein paar Fakten des Falles erfahren: „Ja, es könnte unser Mann sein. Er hat das Alter und lebte und starb auf dem Priwall in Travemünde. Die Kollegen erwarten uns im Lübecker Kommissariat."

„Gut", lobte Ulrike Busch. „Hollersen und ich machen uns auf die Beine."

Sie blickte zu Sengül Yildirim. „Jens und Sengül halten die Stellung."

Sie drehte sich zu Godehard Hollersen um, der sich gerade mit seiner kalten Pfeife beschäftigte: „Kommen Sie, Hollersen!"

DER HAFENARBEITER

Der Mann lag auf dem Bauch an einer Düne. Sein Kopf ragte über die höchste Stelle der mit Strandhafer bewachsenen Sandanhäufung. So, als wenn er über die Düne auf die Weite der Ostsee blickte, um zu verfolgen, wie die aus der Lübecker Bucht nach Travemünde kommenden Skandinavienfähren einfuhren. Aber er konnte nichts mehr beobachten. Er war tot.

Der 45 Jahre alte Lübecker Kriminalhauptkommissar Martin Ohlrogge, wie fast immer in einem eleganten Anzug, einem hellblauen Hemd mit gestärktem Kragen und farblich passender Krawatte, beugte sich zu dem Mann hinunter. Dem erlesen gekleideten Ohlrogge rutschte beim Anblick des Toten ein „verdammte Scheiße" heraus. Eine klaffende Kopfwunde, wie mit der Axt geschlagen, zog sich über den gesamten Hinterkopf des Mannes. Verkrustetes Blut, Gehirnmasse, Fleischfetzen und Teile der Kopfhaut mit schütteren Haaren wie Spinnennetze daran umgaben den fast gespaltenen Kopf.

„Schon Erkenntnisse über die Tatwaffe?"

Der neben Martin Ohlrogge stehende Gerichtsmediziner Florian Assmann beugte sich ebenfalls zu der Leiche hinunter: „Vermutlich ein Beil. Eine so tiefe Kopfwunde deutet auf einen sehr kräftigen Täter hin."

Der Kriminalbeamte nickte: „Hören wir uns mal an, was die Spurensicherung gefunden hat."

Während Florian Assmann sich weiter mit dem Toten beschäftigte, ging Martin Ohlrogge zu der Hütte, die auf dem kleinen Grundstück mit Seeblick stand. Vorsichtig umging er dabei einige Pfützen, um seine blank geputzten schwarzen Lederhalbschuhe nicht zu beschmutzen.

Das Kommissariat in Lübeck war am Morgen von den Polizeibeamten aus Travemünde verständigt worden, dass in einer Wochenendsiedlung auf dem Priwall ein toter Bewohner eines Hauses gefunden worden war, „der offensichtlich unter Gewalteinwirkung eines nicht natürlichen Todes gestorben war", wie sich der Travemünder Beamte ausgedrückt hatte.

Kriminalhauptkommissar Martin Ohlrogge, seine Kollegin Kommissarin Antje Schäfer, Gerichtsmediziner Florian Assmann und Spurensicherer Waldemar Kazmircik waren mit zwei Wagen von Lübeck nach Travemünde gefahren, hatten mit der Fähre übergesetzt und waren von einem Beamten der Polizeistation Travemünde am Anleger abgeholt worden. Der ortskundige Kollege war mit seinem Dienstwagen voran gefahren und hatte sie durch das Labyrinth der engen Gassen von Muschelweg, Sanddornweg und Waldweg zu dem Grundstück am Strandweg gelotst. Dabei waren sie an Wochenendhäusern vorbei gekommen, die unterschiedlicher nicht sein konnten. Sehr einfache, wie selbst gezimmerte Holzbuden wechselten sich mit repräsentativen, aus Stein gemauerten Häusern ab, die optisch nicht mehr in die Kategorie „Wochenendhaus" fielen. Einige waren in Bungalowform flach gebaut. Andere waren bis zu der behördlich genehmigten Höhe aufgestockt, so dass die Bewohner aus der oberen Ebene mit den schrägen Wänden -- auch aus den nicht an den Dünen gelegenen Reihen – einen freien Blick auf die Ostsee hatten.

Martin Ohlrogge hatte eine Bemerkung über den offensichtlich großen Durst der Bewohner gemacht, als sie an Gastronomiebetrieben mit so unterschiedlichen Gastronomie-Namen wie „Dünenpavillon", „Priwall-Treff", „Juttas Eck" und „Strand-Bistro" vorbei gekommen waren.

An einem Grundstück am Strandweg hatte der Travemünder Kollege den Convoy gestoppt. Er hatte auf ein Grundstück auf der linken, auf der Strandseite gezeigt, auf dem hinter der dichten Hecke ein kleines Holzhaus stand. Der hintere Grenzverlauf lag an den Dünen.

Kriminalhauptkommissar Martin Ohlrogge sah sich das Holzhaus an, das offensichtlich schon lange nicht mehr gestrichen worden war und dessen Wände jetzt die Farbe von schmutzigem Schnee hatten.

Im Inneren traf er auf den Spurensicherer Waldemar Kacmircik, der auf dem Fußbodenbelag und in den Schubladen der Schränke nach Hinweisen über den Täter suchte. In der Hand hielt er einen durchsichtigen Plastikbeutel mit einem Beil darin.

„Es lag in der Küche zwischen Spüle und Küchenschrank. Am Holzgriff und am sehr scharfen Metallteil sind sowohl Blutspuren als auch Fingerabdrücke."

Er zeigte auf sein Spurensicherer-Equipment, um zu bedeuten, dass er die Abdrücke bereits genommen hatte.

„Sonst noch was?", fragte Martin Ohlrogge.

„Ja, etwas Bargeld; seine Brieftasche und Papiere lagen offen in den Schränken. Ein Raubmord scheint es nicht gewesen zu sein. Dann nur noch alter Krempel und Mäuseködel im Küchenschrank. Ach so, und eine Kamera habe ich gefunden."

Der Spurensicherer beugte sich zu seinem Metallkoffer mit seinen Arbeitsutensilien hinunter und holte einen Klarsichtbeutel, in dem eine kleine Kamera lag, heraus.

Martin Ohlrogge nahm den Beutel und drückte durch die Folie die Taste des Wiedergabemodus. Die beiden Männer beugten sich über den preiswert wirkenden Fotoapparat. Eine Serie von Aktaufnahmen erschien auf dem kleinen Monitor. Die Unschärfe der Fotos wurde durch die Klarsichtfolie noch verstärkt. Aber es war auf allen Fotos eine nicht mehr junge, vollschlanke Frau mit raspelkurzen Haaren in verschiedenen Posen im Wohnzimmer des Wochenendhauses zu erkennen.

„Etwas unscharf die Bilder. Der Verblichene war bei den Aufnahmen situationsbedingt sicher etwas zittrig. Und er liebte es wohl üppig. Die Dame hat ja ganz schöne Griffleisten an den Hüften", kommentierte der Kripomann die Aufnahmen.

Während er dem Spurensicherer den Beutel mit der Kamera zurückgab, kam seine Kollegin Antje Schäfer herein, die sich draußen auf dem Grundstück umgesehen hatte. „Der Nachbar scheint im Haus zu sein", sagte sie.

Antje Schäfers Vorname, der einen an See, Wind und Wellen denken ließ, passte nicht zu der 25jährigen Kriminalkommissarin. Sie war groß und attraktiv mit langen dunklen Haaren, einer broncefarbenen Haut, und hatte etwas von den Schauspielerinnen, die in den alten Hollywood-Filmen Indianerinnen spielten. Der Kriminalhauptkommissar, der einen Kopf kleiner als seine Kollegin war, wirkte mit seiner gedrungenen Figur neben ihr wie ein Bullterrier, was er auch noch durch seine vulgäre Ausdrucksweise unterstrich. Seine eleganten Anzüge, Hemden, Krawatten und Schuhe, die er trug, konnten diesen Eindruck nicht wesentlich mindern.

„Hören wir uns doch mal an, was der Nachbar zu sagen hat", sagte Martin Ohlrogge.

Der Beamte von der Travemünder Polizeistation hatte ihnen erzählt, dass der Nachbar zur Linken, der

Rentner Karl Horstmann, auf dem Revier angerufen und den Fund der Leiche seines Nachbarn, des über achtzigjährigen Hermann Plate, angezeigt hatte.

Als die beiden Kriminalbeamten das Haus von Hermann Plate verließen, sahen sie den Mann schon am Zaun zum Nachbargrundstück stehen. Er beobachtete, wie der Gerichtsmediziner bei der Leiche seines Nachbarn die Ergebnisse der Untersuchung in ein Diktiergerät sprach. Florian Assmann steckte sein Diktiergerät in die Jackentasche und meinte: "Ich bin hier fertig. Die Bestatter können kommen und die Leiche in die Pathologie schaffen."

„Gut", sagte Martin Ohlrogge. „Antje wird sich darum kümmern."

Während Antje Schäfer zu ihrem Mobiltelefon griff, ging der Kriminalhauptkommissar zum Nachbarn am Zaun, wobei er wieder darauf achtete, dass er seine Schuhe nicht zu sehr beschmutzte.

„Guten Tag, mein Name ist Ohlrogge, ich bin von der Kripo. Sind Sie Herr Horstmann und haben die Leiche gefunden?"

„Ja", antwortete der Nachbar nur.

Martin Ohlrogge roch eine intensive Alkoholfahne des Mannes und merkte, dass der korpulente Nachbar mit dem ungepflegten Äußeren, dem ein Wulst in Form eines Rettungsrings aus seinem Hosenbund quoll, nicht sehr gesprächig war.

„Erzählen Sie doch mal, wie Sie den Toten gefunden haben."

„Na ja, das war so: Der Hermann harkt jeden Morgen das Laub zusammen. Jetzt wo der Herbst beginnt, fallen doch die ersten Blätter. Der Hermann ist doch, äh, war doch so ein ganz Pingeliger. Auch wenn es nur ein paar Blätter waren, die in der Nacht von den Bäumen geweht wurden. Am nächsten Tag wurden sie von ihm zusammen geharkt."

Der Mann kratzte sich am Bauch.

Während Martin Ohlrogge „und weiter?" fragte, erkannte er, dass Karl Horstmann nicht so pingelig war. Rings um seine Hütte lagen verwelkte Blätter, leere, umgekippte Pflanztöpfe und allerlei Gartengerät in der Gegend.

„Na ja", sagte der Nachbar wieder. „Als er heute nicht aufgetaucht ist, bin ich die Düne rauf gestiegen. Von dort kann ich die Grundstücke gut überblicken. Da habe ich ihn gesehen und die Polizei angerufen."

„Haben Sie gesehen, ob Herr Plate gestern oder in letzter Zeit Besuch hatte?"

Diese Frage hatte auch Antje Schäfer mitbekommen, die dazu getreten war.

Karl Horstmann sagte wieder „Na ja" und fuhr fort: „Besuch bekam der Hermann öfter. Aber gestern habe ich keinen anderen Menschen bei ihm gesehen."

„Was sind das für Leute, die ihn öfter besucht haben?"

Karl Horstmann kratzte sich wieder. Diesmal am Kopf. „Er hatte oft Besuch von seinen Kindern. Zwei Söhne, zwei Töchter, einen Schwiegersohn oder

Freund der einen Tochter mit einem halbstarken Sohn. Und Damenbesuch hat er auch öfter gehabt."

„Damenbesuch?", fragte der Kripo-Kommissar und dachte an das Alter des Opfers.

Der Nachbar wurde gesprächiger: „Ja, ja, der Hermann war immer ein Draufgänger. Manchmal habe ich von drüben Stimmen gehört und auch Frauen auf seinem Grundstück gesehen."

„Können Sie sich an irgendwelche Besucher genauer erinnern?"

„Na ja, an die eine Tochter, die Irene, die wohnt drüben in Travemünde."

Der Kommissar hatte genug von der schwerfälligen Art des Mannes. Er gab ihm seine Karte. „Danke Herr Horstmann. Wenn Ihnen noch etwas einfällt, rufen Sie uns bitte an."

„Ist gut", sagte der Nachbar und verzog sich in seine Hütte.

Martin Ohlrogge sah seine Kollegin an. „Die Angehörigen müssen verständigt werden. Auf der Polizeistation in Travemünde kann die Adresse der Tochter ermittelt werden. Ich fahre rüber und kläre das. Du könntest dich in der Nachbarschaft mal umhören. So eng, wie die hier beieinander wohnen, hat vielleicht jemand, der nicht wie der Horstmann den Abend im Suff verbracht hat, etwas mitbekommen. Ein Raubmord scheint es nicht zu sein. Der Spusi hat nichts gefunden, was auf eine Beraubung hindeutet. Vielleicht müssen wir unseren Täter im großen familiären Bereich suchen. Bei mehren Kindern und einem Enkel sieht das nach viel Arbeit für uns aus. Wir treffen uns drüben in Travemünde auf der Polizeistation. Und denk` dran, nicht mehr im Vogteigebäude in der Vorderreihe, sondern im Neubau."

Die Befragung der Nachbarn durch die Kommissarin hatte sich in die Länge gezogen. Antje Schäfer hatte Martin Ohlrogge angerufen und gebeten, ohne sie nach Lübeck zurückzufahren. Der Kommissar, der wusste, dass der Freund seiner Assistentin in Travemünde wohnte, hatte nur ein „In Ordnung. Und morgen im Kommissariat höre ich die Ergebnisse der Befragungen", ins Mobiltelefon gebellt.

Jetzt saß Antje Schäfer in der Alten Vogtei in Travemündes Vorderreihe. Sie hatte sich dort mit Oliver Gebhard zum Abendessen verabredet. Er saß ihr an dem kleinen Ecktisch gegenüber und hielt ihre auf dem Tisch liegende Hand. Dem fünfunddreißigjährigen Immobilienmakler, der nach Geschäftsschluss seine Businesskleidung abgelegt hatte, war anzusehen, dass er Skipper war. Seine Freizeitgarderobe wirkte maritim und war offensichtlich in Geschäften für Seglerbedarf gekauft worden. Durch Segeltörns in dem gerade zu Ende gehenden Sommer hatte er eine Bräune bekommen, die nicht aus einem Sonnenstudio stammen konnte. Mit seinen blonden Haaren und den blauen Augen bildete seine Erscheinung einen interessanten Kontrast zu der leicht exotisch wirkenden Antje Schäfer.

„Schön, dass du in Travemünde bleiben konntest", sagte er und drückte ihre Hand.

Antje Schäfer hatte von dem Mordfall und ihren Befragungen auf dem Priwall erzählt, ohne dabei ins Detail zu gehen. Sie fragte Oliver nach dem Wert der Wochenendgrundstücke. Bevor ihr Freund antworten konnte, war die Bedienung an den Tisch gekommen um ihre Wünsche aufzunehmen.

Nachdem die Serviererin die Bestellung – beide hatten gedünsteten Dorsch und Bier bestellt – aufgenommen hatte, beantwortete Oliver Gebhard die Frage: „Du hast es bei deinen Befragungen sicher mitbekommen. Die Wochenendhäuser standen bisher auf Pachtland. Die Pachtgebühr war niedrig und auch Kleinverdiener konnten sich die Kosten leisten. Jetzt hat die Kommune die Grundstücke verkauft. Pächter, die bei den Grundstückspreisen finanziell überfordert waren, mussten ihre Wochenendgrundstücke verlassen. Gleichzeitig hat die Stadt die Beschränkung, die das Bewohnen nur in den Sommermonaten erlaubte, aufgehoben. Somit können die Eigentümer ganzjährig in ihren Häusern wohnen. Du wirst es vielleicht gesehen haben. Alte Hütten werden abgerissen und reguläre Wohnhäuser entstehen. Es sieht oft etwas unproportioniert aus, wenn diese Häuser auf den kleinen Grundstücken stehen. Der Wert der Grundstücke ist je nach Lage unterschiedlich hoch. Die Preise steigen durch die neue Situation natürlich. Die Grundstücke am Strandweg auf der Dünenseite gelten als Filetstücke. Trotzdem, auch das wirst du gesehen haben; es sind kleine Häuser auf kleinen Grundstücken an kleinen Wegen. Irgendwie wirkt die ganze Siedlung wie ein Ort in Liliputhausen.

Nachdem die Serviererin das Bier vor ihnen auf den Tisch gestellt hatte, berichtete Oliver Gebhard weiter: „An einem Grundstück bin ich auch dran. Eigentlich lasse ich die Finger von diesen Objekten. Es ist ein mühseliges Geschäft, bei dem unterm Strich nicht viel herauskommt. Ich konzentriere mich lieber auf die Grundstücke und Häuser auf dieser Seite der Trave."

Antje Schäfer setzte ihr leer getrunkenes Bierglas ab: „Was heißt `an einem Grundstück dran?"

Oliver Gebhard wischte sich mit der Serviette etwas Bierschaum von den Lippen. „Ein Typ will eventuell seine Scholle mit einer Hütte darauf verkaufen und hat mich nach den Chancen dafür gefragt."

„Am Strandweg?", fragte Antje Schäfer.

„Ja", sagte Oliver Gebhard nur; wünschte guten Appetit und machte sich über den gerade servierten gedünsteten Dorsch her.

Kriminalhauptkommissar Martin Ohlrogge saß schon an seinem Schreibtisch, als Antje Schäfer mit strahlendem Lächeln und einem fröhlichen „Guten Morgen" zur Tür des Kommissariats herein kam.

Sie hatte ihre langen dunklen Haare heute zu einem dicken Zopf geflochten, der ihr bis zur Taille reichte. Dazu trug sie ein Stirnband aus violettem

Batist. Sie war gut gelaunt, weil sie nach dem Essen gestern in der Alten Vogtei einen sehr harmonischen Abend mit Oliver verbracht hatte. Sie hatten den Abend mit einem Dessert und anschließender Übernachtung in seiner Wohnung ausklingen lassen.

Martin Ohlrogge war wieder elegant gekleidet. Er trug einen Dreiteiler, wobei die Weste farblich auf die Seidenkrawatte abgestimmt war. Sein geknurrtes „Moin" ließ auf einen nicht so harmonisch verlaufenen Abend schließen. Er, der sich gern und oft als einsamer Wolf inszenierte, hatte sich gestern zu einem Candlelight-Dinner im Maritim verabredet. Seine neue Eroberung, eine Frau, die in der Travemünder Vorderreihe in einem Geschäft die Abteilung für Herrenbekleidung leitete, hatte wegen familiärer Probleme die Verabredung kurzfristig abgesagt. Mit einer Flasche spanischem Rotwein hatte er seinen Kummer ertränkt und sich dabei über die Altlasten von Frauen aus vorherigen Beziehungen geärgert.

Der Kriminalhauptkommissar begann mit der Berichterstattung seiner Arbeit des gestrigen Nachmittags: „Hermann Plate hatte früher, als es noch keine Container gab, als Stauer im Lübecker Hafen gearbeitet und war bei dem Beladen eines Schiffes mit Kisten, die Maschinenteile enthielten, durch eine Luke in den Laderaum hinuntergestürzt. Wegen Berufsunfähigkeit war er in den vorzeitigen Ruhestand geschickt worden. Was blieb, war eine karge Rente und ein zusammengeflicktes Bein, das er nachziehen musste. Die Kollegen auf der Polizeistation in

Travemünde hatten schon die Adressen der Angehörigen des Toten ermittelt. Außer einer Tochter wohnt auch ein Sohn, Horst Plate, in Travemünde. Ihn habe ich zuerst aufgesucht und den Tod seines Vaters mitgeteilt. Er hat es einigermaßen gefasst aufgenommen. Angeblich war er der Einzige der vier Kinder, der Kontakt zu seinem Vater hatte. Er hat ausgesagt, dass Hermann Plate die Besuche der anderen Geschwister nicht mehr wünschte, weil sie Erbschleicher seien und es nur auf das Grundstück abgesehen hätten und ihn deshalb in ein Altenheim abschieben wollten. Ein Entmündigungsversuch sei gescheitert, weil er, Horst Plate, sich dagegen ausgesprochen habe. Es gibt noch den Sohn Frank Plate, den ich im Nachbarort Warnsdorf besucht habe. Ein etwas brutal erscheinender Kerl, dem auf den ersten Eindruck alles zuzutrauen ist."

Martin Ohlrogge blickte in die vor ihm liegenden Notizen.

„Dann sind da noch die zwei Töchter Helga Plate und Irene Stockmann, geborene Plate. Irene Stockmann ist geschieden und lebt mit einem Mann in Teutendorf zusammen. Ich habe dort niemanden angetroffen. Ihr 20jähriger Sohn Jens soll nach Aussagen der Travemünder Kollegen etwas missraten sein, wie sie sich ausgedrückt haben. Sein Strafregister beinhaltet Körperverletzung und Hausfriedensbruch. Der Sohn Horst Plate hat mir erzählt, dass sein Vater das erst vor kurzem erworbene Grundstück wieder verkaufen wollte. Angeblich soll schon mal ein Makler auf dem Grundstück gewesen sein."

Die Kriminalkommissarin Antje Schäfer hatte aufmerksam zugehört.

„Eine lange Liste von Verdächtigen", meinte sie. „Da der Enkel nicht gleich erbberechtigt ist, scheidet er wohl aus. Ebenso der Makler, der auf dem Grundstück gewesen sein soll. Ein Toter kann kein Grundstück verkaufen. Und somit gäbe es für ihn auch keine Provision. Aber ich bin bei meinen Erkundigungen in der Nachbarschaft auf einen weiteren Verdächtigen gestoßen. Alle Leute, mit denen ich sprechen konnte, haben übereinstimmend angegeben, dass der Nachbar von Hermann Plate, der Karl Horstmann, über Jahre mit dem Opfer im Streit gelegen haben soll. Es hat angeblich sehr oft lautstarke Auseinandersetzungen zwischen den beiden Männern gegeben. Das ist der einzige vielleicht brauchbare Hinweis, den ich beim Klinkenputzen bekommen habe. Übrigens haben einige Nachbarn bestätigt, dass Hermann Plate trotz seines fortgeschrittenen Alters öfter Damenbesuch -- auch über Nacht -- gehabt haben soll. Auch eine Ärztin soll nicht nur zur medizinischen Versorgung des Alten unter den Besucherinnen gewesen sein."

Martin Ohlrogge lachte. „Auch in einer alten Kirche kann man die Glocken noch läuten lassen. Vielleicht haben die Damen ihm ein wenig die Eier gekrault."

Antje Schäfer ging nicht darauf ein. „Nachdem im Haus nichts gestohlen wurde und auch Bargeld offen herumlag, scheidet Raubmord aus. Den Täter müssen wir unter den Erbberechtigten und streitbaren Nachbarn suchen."

„Also ein einfacher Fall", meinte der Kommissar etwas ironisch. „Den kann die Spurensicherung mit Fingerabdrücken und DNA aufklären. Lass uns eine Tasse Kaffee trinken."

Drei Tage später saßen Martin Ohlrogge – heute in einem Anzug mit Nadelstreifen, der ihm das Aussehen des Paten eines Mafiaclans gab -- und Antje Schäfer zum Mittagessen im Polizeicasino. Die Kriminalkommissarin war mit Sweatshirt und Jeans bekleidet und hatte ihre langen, dunklen Haare zu einem Pferdeschwanz gebunden.

Der Kommissar hatte vor sich ein Steak mit Kartoffeln stehen, während Antje Schäfer eine Gemüsesuppe ohne Fleischeinlage gewählt hatte.

Die vormittags hereingekommenen Erkenntnisse der Rechtsmedizin, die Ergebnisse der Spurensicherer und die DNA hatten keine Hinweise auf den Täter erkennen lassen. Auch die Fotos auf der Digitalkamera des Toten hatten ihnen bei den Ermittlungen nicht weitergeholfen. Die Angehörigen von Hermann Plate, denen sie vergrößerte Prints gezeigt hatten, waren sicher, dass sie die Frau noch nie gesehen hatten. Horst Plate, der älteste Sohn, hatte ihnen erzählt, dass er seinem Vater die Kamera vor einem Jahr zum Geburtstag geschenkt hatte. Er hätte sich über diesen Geburtstagswunsch gewundert und seinen Vater gefragt, was für Motive er fotografieren wolle. Sein Vater habe sich unklar geäußert. Jetzt, beim Betrachten der Bilder sei ihm das klar geworden, denn er hätte gewusst, dass sein Vater manchmal Damenbesuch gehabt hatte. Fragen zu diesem Thema hätte der Vater immer abgeblockt. Die Befragungen der anderen Familienangehörigen waren ähnlich verlaufen.

Antje Schäfer war mit den vergrößerten Fotos noch einmal durch die Nachbarschaft in der Wochenendhaussiedlung gegangen. Interessiert und neugierig hatten sich die Bewohner die Bilder angesehen, aber niemand kannte die übergewichtige Frau mit den kurzen, blonden Haaren. Nur ein Mann aus dem Weg Wellenschlag war beim Betrachten der Dame etwas ins Grübeln geraten.

„Hier in der Siedlung, in der alle so eng beieinander wohnen, bleibt kaum etwas verborgen. Der Hermann Plate soll in letzter Zeit öfter Besuch von einer Ärztin gehabt haben. So wurde jedenfalls gemunkelt. Vielleicht ist das die Dame. Obwohl – vorstellen kann ich mir nicht, dass eine Ärztin zu einem anderen Zweck als zu einer medizinischen Versorgung zu dem alten Hermann gegangen sein soll. Und von der Behandlung eines Kranken kann ich auf den Fotos nichts erkennen."

So hatte sich der Nachbar geäußert.

Kriminalhauptkommissar Martin Ohlrogge witterte eine Spur. Er schluckte den letzten Bissen seines etwas zähen Steaks hinunter. „Ich glaube nicht, dass

Aktaufnahmen zur Therapie eines kranken, alten Mannes gehören, aber wir sollten versuchen herauszufinden, welche Ärztin den Mann besucht hat. Zuerst über seine Krankenkasse. Sein Sohn wird sie uns nennen können. Vielleicht war es die Ärztin, wie der Nachbar vermutet, und es gibt ein sexuelles Motiv."
Antje Schäfer zeigte sich skeptisch. „Eine Ärztin? Weshalb sollte sie den Alten umgebracht haben? Erben kann sie nach einer flüchtigen Bekanntschaft mit dem Opfer nichts. Für mich ist es nur schwer vorstellbar, dass eine Akademikerin, die intellektuell auf einem ganz anderen Niveau steht, diesen alten Mann umbringt. Und dann noch mit einem Beil. Als Ärztin hätte sie doch ganz andere Möglichkeiten."

„Von dem, was wir uns vorstellen und nicht vorstellen können, dürfen wir uns bei der Arbeit nicht leiten lassen. Alles ist möglich. Zum Beispiel im Affekt. In der Kriminalfachliteratur gibt es genügend Beispiele dafür. Wir müssen diese Frau finden."

Antje Schäfer hatte ihre Gemüsesuppe gegessen. „Gut, arbeiten wir weiter."

Durch ein Telefonat mit Horst Plate erfuhren die Beamten zwar die Krankenkasse seines toten Vaters, aber die Frage nach den behandelnden Ärzten von Hermann Plate wurde mit einem Hinweis auf den Datenschutz von dem Sachbearbeiter der Kasse nicht beantwortet. Erst durch mühselige, zeitaufwendige weitere Telefonate, Faxe und Emails konnte über den Dienstweg erreicht werden, dass die Krankenkasse die gewünschte Auskunft gab. Kurz vor Feierabend ging eine e-mail mit den Namen und den Adressen der behandelnden Ärzte im Kommissariat ein.

Martin Ohlrogge blickte kurz zu der ihm gegenüber am Schreibtisch sitzenden Kollegin und las laut vor: „Wilhelm Faltermann, Urologe. Manfred Schulz, Proktologe. Dieter Schlenkermann, Augenheilkunde. Gerd Gardelegen, Innere Medizin. Friedrich Borchers, Dermatologe. Peter Lehmkuhl, Kardiologe. Bernhard Pape, Orthopäde. Karlheinz Schmidt, HNO. Jürgen Behrmann, Allgemeinmedizin. Heiko Palfner, Zahnmedizin. Wilhelm Niedermeier, Neurologe."

Der Kommissar stöhnte laut auf und fluchte: „Verdammte Scheiße, ein Schuss in den Ofen, keine fette Ärztin dabei. Ich wundere mich, dass der Mann bei so vielen Medizinern den Löffel nicht schon viel früher abgegeben hat. Aber wir haben doch noch Krankenhäuser in der Umgebung. An die sollten wir ein Fax mit dem Foto der Dame schicken. Vielleicht ist sie angestellte Ärztin in einer Klinik."

Die Kommissarin hatte Bedenken: „Nein, falls die Frau nichts mit dem Mord zu tun hat, wäre es zu kompromittierend. Wir sollten erstmal alle Häuser abtelefonieren."

Der Kommissar stöhnte noch einmal auf und sah auf seine Armbanduhr: „Okay, aber für heute machen wir Feierabend. Morgen ist auch noch ein Tag."

Die Kriminalkommissarin trug heute eine weiße Bluse, eine kurze, schwarze Nappalederjacke und schwarze Jeans. Sie war früher als üblich im Dienst erschienen und hatte die Adressen und Telefonnummern der umliegenden Kliniken und Sanatorien zusammengestellt. Einen Teil der Liste hatte sie gerade Martin Ohlrogge auf den Schreibtisch gelegt, als der mit einem „Moin" zur Tür herein kam und zu seinem Arbeitsplatz ging. In einem englischen Tweedjacket mit Lederflecken an den Ellenbogen, einem grauen Rollkragenpullover aus Kaschmir und einer grauen Flanellhose war der Kriminalhauptkommissar heute in den Augen seiner Assistentin ungewohnt leger gekleidet. Nur seine ledernen Halbschuhe waren wie üblich schwarz und blitzblank gewienert.

Er blickte auf die vor ihm liegende Aufstellung und anschließend mit langem Hals hinüber zur Liste, die auf dem Schreibtisch seiner Kollegin lag. „Verdammte Unzucht, ich hätte nie geglaubt, dass es an der Ostseeküste soviel Siechenheime gibt. Das dauert doch ewig, bis wir die alle durchtelefoniert haben."

„Na, dann an die Arbeit", sagte die Kommissarin nur und griff zum Telefon.

Die beiden Kripobeamten hatten seit drei Stunden ununterbrochen telefoniert. Nachdem sie immer wieder die gleichen Fragen nach einer korpulenten Ärztin mit kurzen, vermutlich blonden Haaren, die gerne in Travemünde Urlaub machte, gestellt hatten, gönnten sie sich eine kurze Kaffeepause. Es waren langwierige und frustrierende Gespräche, die sie führen mussten. Überwiegend waren die Gesprächspartner und die Gesprächspartnerinnen zuerst sehr abweisend. Erst wenn sie sich in ihren Telefonaten noch einmal deutlich als ermittelnde Kripobeamte zu erkennen gaben, wurden die Klinikmitarbeiter auskunftsbereiter.

Mitten in ihrer Kaffeepause trafen die beiden Mitglieder der Soko „Armbrust" bei ihnen ein.

Martin Ohlrogge und Antje Schäfer begrüßten die Kollegen und zeigten sich kooperativ. Während Ohlrogge die Einzelheiten und die bisherigen Erkenntnisse im Fall des erschlagenen Hermann Plate schilderte, telefonierte Antje Schäfer weiter mit den Kliniken der Region.

Martin Ohlrogge war mit seinem Bericht noch nicht zu Ende, als Antje Schäfer ihr Telefon auf „Laut" stellte. Schlagartig waren die anderen Kripobeamten ruhig und hörten den Dialog der Kommissarin mit einer Klinikangestellten.

Gerade sprach die Frau aus dem Krankenhaus: „Sagten Sie Travemünde?"

„Ja", sagte die Kommissarin. „Ich hatte nach einer etwas übergewichtigen Ärztin mit sehr kurzen, eventuell noch blonden Haaren gefragt, die in letzter Zeit ein paar Tage Urlaub in Travemünde gemacht hat."

Von der Gesprächspartnerin kam nichts.

Antje Schäfer hakte nach: „Hallo, sind Sie noch dran?"

„Ja", klang es etwas verhalten aus dem Telefon. Es war zu merken, dass die Frau verunsichert war.

Die Kommissarin blieb dran: „Etwas korpulent, kurze Haare und in Travemünde gewesen. Trifft das zu?"
„Ja, das schon", kam die Antwort wieder in dem verunsicherten Tonfall.
„Wie ist der Name?"
„Mein Name ist Wohlleben."
„Nein, nicht Ihrer Frau Wohlleben."
„Ach so, Sie meinen Frau Schniedewind, die in Travemünde war."
„Ja, Frau Wohlleben, in einer halben Stunde sind wir bei Ihnen."
Antje Schäfer legte auf und hörte das „Ja aber..." von Frau Wohlleben nicht mehr. Sie blickte auf die vor ihr liegende Liste, stand auf, sah zu ihrem Kollegen und den Sokobeamten während sie sagte: „Paracelsusklinik in Lübeck."

Nachdem die Beamten die Possehlstraße verlassen hatten, kamen sie nur langsam durch den zähflüssigen Lübecker Stadtverkehr und erreichten nach einer halben Stunde die Klinik. Während Antje Schäfer im Lübecker Kommissariat geblieben war, begleitete Martin Ohlrogge Ulrike Busch und Godehard Hollersen.
Ein Schild auf dem Empfangstresen wies die Dame dahinter als Frau Wohlleben aus. Die Kripobeamten zeigten ihre Dienstmarken.
Martin Ohlrogge übernahm die Gesprächsführung: „Wir möchten Frau Doktor Schniedewind sprechen."

„Ich weiß nicht, ob das geht. Ich müsste erst den Leiter unserer Klinik, Herrn Professor Hufnagel verständigen", sagte die Empfangsdame in dem verunsicherten Tonfall, den die Beamten schon vom Telefonat her kannten.

„Tun Sie das", bellte Hollersen Frau Wohlleben an.

Die Empfangsdame griff zu ihrem Telefon und die Kripobeamten hörten, wie sie etwas aufgeregt mit einer anderen Frau – anscheinend der Sekretärin des Klinikleiters – über den Besuch der Kriminalpolizei sprach.

Nachdem sie den Hörer aufgelegt hatte, dauerte es nicht lange, bis sich eine Fahrstuhltür öffnete. Ein Mann, der als imposante Erscheinung bezeichnet werden konnte, betrat die Empfangshalle und ging schnellen Schrittes, mit wehendem Arztkittel auf die Beamten zu.

„Hufnagel mein Name. Sie wünschen?"

Die Kommissare wiesen sich noch einmal aus und Kommissar Ohlrogge legte dem Klinikleiter die Fotos aus der Digitalkamera des Toten vor. Die Vergrößerungen bedeckten fast den gesamten Empfangstresen.

„Ist diese Dame Frau Doktor Schniedewind?", fragte Martin Ohlrogge.

Professor Hufnagel nahm eine Lesebrille aus der aufgesetzten Brusttasche seines Kittels, setzte sie etwas umständlich auf und beugte sich über die Bilder.

„Interessant", murmelte er selbstvergessen.

Der Kommissar drängte auf eine Antwort: „Herr Professor?"

„Äh ja, ich meine nein, das ist nicht Frau Doktor Schniedewind. Es ist Frau Schniedewind ohne Doktor. Sie hat nicht promoviert und ist auch keine Ärztin."

„Wie, sie ist keine Ärztin? fragte Martin Ohlrogge.

Professor Hufnagel strich sich mit beiden Händen seine wallende Haarmähne zurück. „Ich verletze wohl nicht die ärztliche Schweigepflicht und das Datenschutzgesetz, wenn ich Ihnen sage: Nein, Frau Schniedewind ist in unserer Klinik nicht als Ärztin tätig, sondern sie befindet sich als Patientin in der geschlossenen Psychiatrie unseres Hauses. Sie war vor kurzem entflohen, ist aber nach ein paar Tagen freiwillig in die Klinik zurückgekehrt."

Hollersen blickte Ulrike Busch an: „Das war wohl nichts. Außer Spesen nix gewesen!"

„Fahren wir zurück", sagte die Sokoleiterin nur.

Als die beiden Kommissare in das Büro der Soko „Armbrust" zurückkamen, wurden sie von den beiden Kollegen mit einer Erfolgsmeldung überrascht.

„Es bleibt nur noch Johann Müller", rief ihnen Jens Jensen entgegen und sah auf seinen Bildschirm. „Fritz Asmussen lebt in einem Pflegeheim."

„Wo?" fragte Hollersen.

„Im `Tulpenhof` bei Niendorf. Ein staatliches Senioren-Pflegeheim."

„Nichts wie hin", sagte Ulrike Busch, die ihre Jacke noch gar nicht ausgezogen hatte. „Sengül bleibt hier und versucht unseren letzten Kandidaten, Johann Müller, ausfindig zu machen."

3. MAI 1945   14 UHR 35

Auf der "Cap Arcona" schlugen die Raketen ein. Es waren Treffer ins Haupttreppenhaus. Sofort breiteten sich Flammen aus. Die Häftlinge stürzten aus den Kabinen auf die Gänge. Das Schiff zitterte wie bei einem Erdbeben. Auf einem der Gänge lagen Häftlinge am Boden, deren Kleider schon brannten. Ein französischer KZ-Häftling kam mit brennender Kleidung das Treppenhaus hoch.

Er konnte nur noch stammeln: "Alles Wasser! Alles Feuer! Alles kaputt."

Dann sackte er leblos zusammen.

Viele schafften den Weg nicht mehr an Deck des Schiffes. Sie verbrannten bei lebendigem Leib im Inneren der "Cap Arcona".

Wer sich noch lebend an Deck retten konnte, war einer neuen Lebensgefahr ausgesetzt: Die britischen Maschinen kamen wieder und schossen im Tiefflug mit Maschinengewehren in die Menschenmenge.

Hinter der "Birthday"-Staffel von Captain Trevor Scott Rumbold flog die 197. Staffel unter Leutnant K. J. Harding das brennende Schiff an. Die Piloten waren vom Feldflugplatz Celle gestartet. Die ersten Bomben explodierten im hinteren Laderaum des Schiffes.

Eine dritte Staffel der Royal Air Force, die 198. mit neun Maschinen unter dem Kommando von Captain Johnny Baldwin, war vom Feldflugplatz Plantlünne bei Rheine gestartet.

Der mit den höchsten Auszeichnungen für britische Kampfflieger dekorierte Draufgänger überflog die brennende „Cap Arcona". Fünf Maschinen feuerten ihre Raketen auf die „Deutschland" ab, die in der Nähe ankerte.

Baldwin beobachtete, wie vierzig Raketentreffer das Schiff vom Heck bis zum Bug in Brand setzten. Die vier anderen Maschinen beschossen die „Thielbek". Captain Baldwin sah im Abdrehen, dass das in Rauch eingehüllte Schiff mit etwa dreißig Grad Schlagseite auf Steuerbordseite lag.

Die „Thielbek" bekam immer stärkere Schlagseite. Die Menschen an Deck, die den Beschuss überlebt hatten, sprangen ins Wasser. Fünfeinhalb Kilometer in kaltem Wasser lagen zwischen ihnen und dem Ufer. Alle, die nicht schwimmen konnten, ertranken sofort.

Aber Tausende waren noch in den Laderäumen und versuchten verzweifelt, an Deck zu kommen. Da es jedoch viel zu wenig Leitern gab, hatten sie kaum eine Chance. Hinzu kam, dass die Menschen in Panik waren und sich gegenseitig behinderten und um jede Leiter kämpften. Die Häftlinge, die schon an Deck waren, versuchten den anderen zu helfen. Sie ließen Taue in die Laderäume hinab. Währenddessen hielt ein SS-Mann an Deck die Helfer zurück und schoss auf die verzweifelt vordringenden Häftlinge. Kaum hatte er seine Magazine leer geschossen, wurde er von der Menge überrannt.

Selbst die Rettungsringe im Wasser wurden zu Todesfallen. Immer mehr Menschen klammerten sich daran fest, bis die Ringe mit den Menschen untergingen und nach einiger Zeit ohne menschlichen Ballast wieder hochkamen. Sofort schwammen von allen Seiten andere Menschen hinzu in der Hoffnung, sich retten zu können. Überlastet von dem sich ballenden Menschenklumpen wiederholte sich der Vorgang. So waren bei dieser Katastrophe zwei Rettungsringe noch imstande, nach und nach einige hundert Menschen in die Tiefe zu ziehen.

Dann kam wieder eine Welle der Tiefflieger. Die Gefangenen ließen die Taue los und suchten hinter den Aufbauten auf dem Vorschiff Deckung. Die Menschentraube, die an den Tauen hing, stürzte in die Tiefe. Auch auf die in der Ostsee um ihr Leben schwimmenden Menschen wurde geschossen.

Von den wenigen Rettungsbooten waren die meisten zerschossen. Einige noch intakte Boote wurden sofort von den bis an die Zähne bewaffneten Marineinfanteristen besetzt.

Zwanzig Minuten nach den Raketentreffern legte sich die „Thielbek" ganz auf die Seite und versank.

Während an Bord der „Thielbek" die Offiziere bis zum Kentern an Bord geblieben waren und Kapitän Jacobsen und der erste Offizier Andresen vom Schiff mit in die Tiefe gerissen wurden, war die „Cap Arcona" nach den ersten Angriffen führungslos. Kapitän Heinrich Bertram hatte sein Schiff verlassen.

Die „Cap Arcona" wurde inzwischen wieder von einer britischen Staffel angeflogen und beschossen. Das gesamte Treppenhaus stürzte brennend zusammen. Viele hundert Menschen starben im Feuermeer. Es gab auf der „Cap Arcona" keine Möglichkeiten zur Rettung. Hilflos mussten die Menschen zusehen, wie die anderen verbrannten und wie das Feuer immer näher auf sie selbst zukam. Auch die „Cap Arcona" kenterte und legte sich ganz auf die Seite. Die noch Lebenden versuchten, schwimmend das Ufer zu erreichen. Manche versanken. Andere wollten sich an den neben ihnen Schwimmenden festhalten, sanken mit ihnen gemeinsam in die Tiefe und ertranken im kalten Wasser der Ostsee.

Die Neustädter Bucht war jetzt ein Meer von Köpfen. Am Ufer standen die Menschen und schauten der Katastrophe untätig zu. Das Hafenbecken lag voll mit Fischkuttern. Kein Fischer warf die Leinen los, um den Schiffbrüchigen draußen zu helfen.

Nur ein Minensuchboot der Marine fischte Schiffbrüchige aus dem Wasser aber ein junger Offizier rief durch ein Sprachrohr der Besatzung zu: „Keine Häftlinge an Bord nehmen. Nur SS-Leute und Marinesoldaten."

Häftlinge, die sich auf eine im Hafen liegende Barkasse gerettet hatten, wurden vom Ufer aus von deutschen Soldaten beschossen. Sie trieben die Häftlinge vom Schiff zurück in die See.

Die Barkasse, die See und das Ufer waren voller Sterbender und Leichen. Die See verfärbte sich rot von dem Blut der sterbenden Menschen

Andere Häftlinge, die es schwimmend ans Ufer geschafft hatten, wurden an einer Stelle von bewaffneten Kindern und Jugendlichen in Marineuniform empfangen. Fast nackt wurden sie abgeführt. An einer anderen Uferstelle standen Hitlerjungen in Uniform und eröffneten auf die um ihr Leben Schwimmenden das Feuer. Einige, die es mit letzter Kraft, mehr tot als lebendig an einer weiter abseits gelegenen Stelle ans Ufer schafften, sahen wie SS-Leute Häftlinge mit Genickschüssen töteten. Auch hier lagen überall Tote.

Die wenigen durchgekommenen, ausgehungerten Häftlinge versuchten, vom Ufer weg ins Landesinnere zu kommen. Dort nahmen alles, was essbar schien und verzehrten es. Gepflanzte Kartoffeln und erstes Grünzeug, das aus der Erde kam.

Marinetruppen wurden eingesetzt, um die im Land verstreuten Häftlinge wieder zusammen zu treiben und in die Kasernen nach Neustadt zu bringen. An der Küste fing man an, die Menschen in Reihen aufzustellen und sie marschieren zu lassen. Jeder, der nicht Schritt halten konnte wurde erschossen.

Durch die ersten englischen Panzer, die in Neustadt einfuhren, konnte die Aktion nicht mehr zu Ende geführt werden.

Einige Häftlinge sahen, wie die herannahenden Panzer einen Abhang herunterkamen und direkt in die U-Boot-Schule hinein fuhren. Ein Panzerfahrer öffnete den Turm, kletterte heraus und riss die Hakenkreuzfahne vom vor der Schule stehenden Mast.

Am dritten Mai 1945 haben in Neustadt 7700 Menschen ihr Leben verloren.

OKTOBER 2014

DER ZIRKUSMANN

Als Kind hatte er in seiner Freizeit gerne Jahrmärkte besucht. Auch die bunte Welt der Zirkusse hatte ihn fasziniert. Auf einem Rummelplatz hatte er als Halbstarker an einem Schiffschaukel-Unternehmen ein Schild gesehen: „Junger Mann zum Mitreisen gesucht!" Da war es um ihn geschehen. Er brach die Schule nach der achten Klasse ab, hatte ein paar heftige Auseinandersetzungen mit seinen Eltern und reiste mit der Familie des Jahrmarksunternehmers zum nächsten Volksfest. Seine erste Tätigkeit bestand darin, lachende und kreischende Kinder mit der Kraft seiner Arme in Schwung zu bringen. Seitdem hatte er ununterbrochen in verschiedenen Unternehmen der Jahrmarksbezieher gearbeitet. Er spielte „Ungeheuer" in einer Geisterbahn, war Losverkäufer in einer Bude, in der es bunte Plüschtiere zu gewinnen gab und ordnete den Besucherstrom an einer Achterbahn. Dabei lernte er Orte im ganzen Nachkriegsdeutschland kennen. Seine Arbeitgeber gastierten auf ländlichen Jahrmärkten, Schützenfesten und Erntedankfesten. Aber auch die Städte der Republik wurden bereist. Er arbeitete auf dem Hamburger Dom, dem Münchner Oktoberfest, dem Bremer Freimarkt, dem Stoppelmarkt in Vechta, der Bad

Cannstadter Wasen und dem Kramermarkt in Oldenburg.

Seine längste und schönste Zeit verbrachte er in kleinen Zirkusunternehmen. Auch hier war er „Mädchen für alles": Kartenabreißer, Platzanweiser, Pausenclown, er half beim Auf- und Abbau der Zelte und kümmerte sich als Tierpfleger außerhalb der Manege um die Tiger, Löwen und Dromedare. Einen Versuch, als Nachwuchsdompteur zu arbeiten musste er abbrechen, weil er merkte, dass der Umgang mit Raubtieren in der Manege ungleich schwerer war, als den Tieren Fleischbrocken durch die Gitterstäbe zu schieben.

So war er von Ort zu Ort auch durchs deutschsprachige Ausland gezogen. Er war nirgends gemeldet, war nicht sozialversichert und hatte seinen Lohn immer bar auf die Hand bekommen. Ein Kontakt zu seinen Eltern und seiner älteren Schwester bestand nicht mehr seit er von zuhause weggelaufen war. Das fahrende Volk der Zirkusleute war seine Familie geworden.

Einmal geriet seine Begeisterung für das Vagabundenleben ins Wanken. Es war Anfang der fünfziger Jahre, als der Zirkus Zafirelli auf dem Hamburger Heiligengeistfeld gastierte. Am ersten Tag ihres Gastspiels lernte er ein Mädchen kennen, das nicht aus dem Zirkusmilieu stammte.

Kathrin hatte die Tierschau besucht und ihn angesprochen, als er gerade die Tiger fütterte. Im Gespräch mit ihr merkte er, dass sie seine Begeisterung für den

Zirkus teilte. Sie wollte mehr darüber hören und sie verabredeten sich. Nach der Zwanziguhr-Vorstellung trafen sie sich in einem Cafe an der Budapester Straße. Nachdem er ausführlich sein Leben im Zirkus geschildert hatte und das Cafe schließen wollte, waren sie die Reeperbahn hinuntergebummelt. Kathrin erzählte, dass sie als Modistin arbeitete.
„Modistin?", fragte er.
„Ja, ich entwerfe und fertige Hüte und Mützen für die besseren Damen der Hansestadt in einem Bekleidungsgeschäft am Neuen Wall. Meinetwegen kannst du auch Putzmacherin sagen", klärte sie ihn auf.
An der Ecke zur Großen Freiheit, gegenüber der Davidwache, küssten sie sich das erste Mal. Von da an sahen sie sich während des Gastspiels des Zirkus jeden Tag. Kathrin bewohnte ein möbliertes Zimmer bei einer Kriegerwitwe. Ihre karge Rente besserte die Frau durch das Untervermieten von zwei Zimmern auf, um die hochherrschaftliche Wohnung in der Rothenbaumchaussee halten zu können.
„Herrenbesuche gestattet die alte Hexe nicht", erklärte Kathrin ihm, als er sie am zweiten Tag nach Haus begleitete und beiden klar war, dass sie mehr als Küsse von einander wollten, und er sie drängte, ihn mit auf ihr Zimmer zu nehmen. So blieb es an diesem Tag bei einem Abschiedskuss vor dem Haus, das als eines der wenigen Bauten der Straße das Bombardement und den Feuersturm über der Hamburger Innenstadt heil überstanden hatte. Von da an sahen sie sich während des Gastspiels des Zirkus jeden Tag,

denn am nächsten Tag war das Schicksal ihnen zu Hilfe gekommen. Die Witwe rutschte auf dem von ihr gerade frisch gefeudelten Parkettboden des Wohnungsflurs aus und musste mit einem Oberschenkelhalsbruch ins Hafenkrankenhaus eingeliefert werden.

Kathrin und ihre Freundin Gisela, die das zweite der untervermieteten Zimmer bewohnte, besorgten während des Krankenhausaufenthaltes der Witwe den Haushalt. In dieser Zeit schlief er nicht im Zirkus-Wohnwagen sondern wohnte vor und nach den Vorstellungen mit Kathrin zusammen – wie ein Liebespaar – wie sie sagte.

Als der Zirkus wegen des großen Zuspruchs sein Gastspiel um eine Woche verlängerte, war die Freude der beiden jungen Leute groß. Doch schon gegen Ende der Woche, während sich das Ende des Hamburg-Gastspiels näherte, merkte er, dass das Fernweh wieder über ihn kam. Während der letzten Abendvorstellung, als schon die Vorbereitungen für den Abbau des Zeltes liefen, stand für ihn fest, dass er zum nächsten Tourneeort mitreisen würde.

Am nächsten Vormittag – vor der Abreise des Zirkusunternehmens – war er zu der Arbeitsstelle von Kathrin gefahren. Sie war zu ihm hinaus vor die Tür gekommen und es hatte einen tränenreichen Abschied gegeben.

Während Kathrin sich mit einem Tuch die Tränen trocknete und nachdem sie sich noch einmal geküsst hatten, war viel von Briefeschreiben und Wiedersehen die Rede gewesen.

Aber es wurde von seiner Seite aus nicht viel mit der Korrespondenz. Kathrin schrieb fleißig Briefe, die von ihm in immer größeren Abständen beantwortet wurden. Nach einer Gastspielreise in der Schweiz, wo sein Unternehmen mit einem anderen Zirkus fusionierte und unter dessen Namen weiter geführt wurde, bekam er keine Post mehr von Kathrin und er stellte das Schreiben von Briefen ein.

Auf seinen Reisen lernte er – wie vor Kathrin schon -- andere Frauen kennen. Eine feste Bindung oder gar die Gründung einer Familie kam für ihn nie in Betracht.

Im Alter war er in seine alte Heimat zurückgekehrt. Als Ein-Euro-Jobber hatte er noch eine kurze Zeit in den Grünanlagen einer Gemeinde den weggeworfenen Müll der gedankenlosen Spaziergänger aufgesammelt. Vor ein paar Jahren war auch damit Schluss und er wurde als gebrechlicher alter Mann in ein Seniorenpflegeheim eingewiesen.

Fritz Assmussen hatte im Pflegeheim „Tulpenhof" viel Zeit, über seine Vergangenheit nachzudenken. Während seiner Reisen mit den Jahrmarkts- und Zirkusunternehmen hatte er nie zurück gedacht.

Körperlich war er gebrechlich geworden. Sein Geist aber war rege und sein Langzeitgedächtnis funktionierte noch ausgezeichnet.

Die letzten Kriegstage waren ihm immer wieder durch den Kopf gegangen. Besonders das, was man mit ihm und er mit anderen gemacht hatte. Er war noch ein Kind gewesen und hatte doch nur das durchgeführt, was die Erwachsenen ihm befohlen hatten. Er hätte gern mit jemanden darüber gesprochen. Aber die überlasteten Pflegekräfte, die nie Zeit hatten, und die senilen Altersgenossen im Heim waren keine Gesprächspartner für ihn.

Es war eine große Überraschung gewesen, als diese Frau – Daniela Perleberg – im „Tulpenhof" auftauchte und behauptete, seine Schwiegertochter zu sein. Einen Beweis dieser Behauptung konnte sie mit Schriftstücken belegen, die sie ihm zur Einsicht vorlegte. Bei ihrem zweiten Besuch brachte sie ihm sogar Kopien dieser Formulare und Urkunden mit.

Seine Zeit beim Zirkus Zafirelli und seine große Liebe Kathrin, die mit Familiennamen Perleberg hieß, hatte er nicht vergessen.

Dass Kathrin schwanger geworden war, hatte sie in den Briefen, die sie ihm in die Gastspielorte direkt an den Zirkus oder postlagernd an die Stadt des Gastspiels schickte, nie erwähnt. Es war sicher noch zu früh gewesen und später war ihre Verbindung abgebrochen.

Daniela berichtete, dass ihre Schwiegermutter Kathrin Perleberg neun Monate nach dem Gastspiel des Zirkus in Hamburg von einem gesunden Sohn entbunden worden war. Klaus hatte sie ihn genannt. Mit Hilfe ihrer Eltern hatte sie das Kind großgezogen.

„Im Jahr Zweitausend haben Klaus Perleberg und ich geheiratet. Somit bin ich deine Schwiegertochter geworden", klärte Daniela ihren Schwiegervater auf.
„Was ist mit Kathrin? war seine erste Frage gewesen.
„Meine Schwiegermutter – also deine Kathrin – ist vor drei Jahren im Alter von Achtzig friedlich eingeschlafen."
„Und . . ." Er schluckte einige Male trocken. „. . . mein Sohn?"
Daniela Perleberg fiel es schwer es auszusprechen: „Klaus ist vor zwanzig Jahren, zwei Jahre nach der Geburt unserer Zwillinge mit vierzig Jahren an einem Herzinfarkt verstorben."
Es war etwas viel für Fritz Assmussen gewesen, was er bei dem ersten Besuch seiner Schwiegertochter hören musste. Sie war so lange bei ihm geblieben, bis er sich wieder gesammelt hatte.
„Ich habe so lange nach dir geforscht, jetzt wirst du mich nicht wieder los", waren ihre Abschiedsworte.
Über diese Bemerkung hatte er sich gefreut.
Als sie am nächsten Tag wiedergekommen war, wurde sie von den Zwillingen - seinen Enkeln - begleitet. Zwei junge Frauen im Alter von zweiundzwanzig Jahren. Sie waren beide verheiratet und konnten mit der Tatsache, dass sie so spät noch zu einem Großvater gekommen waren, zuerst nicht viel anfangen.
„Das wird sich bald ändern", sagte Daniela. „Beide sind schwanger und in einigen Monaten wirst du

Uropa. Und den werden sie ihren Kindern irgendwann bestimmt zeigen wollen.

Seine Schwiegertochter kam immer wenn ihre Zeit es zuließ – sie war als freiberufliche Handelsvertreterin tätig – zu Besuchen ins Pflegeheim.

„Erzähl mir mehr von Kathrin", bat er Daniela bei einem ihrer ersten Besuche.

Seine Schwiegertochter stellte ihm ein Glas Wasser hin und erzählte: „Meine Schwiegermutter, also deine Kathrin hat lange nachdem der letzte Brief von dir gekommen war, weiter darauf gehofft, wieder ein Lebenszeichen von dir zu bekommen. Sie hat auch weiter Briefe geschrieben. Irgendwann kamen sie wegen Unzustellbarkeit zurück. Den Zirkus gab es nicht mehr und du warst für sie verschollen."

Daniela nahm einen kleinen Stapel Briefe, die mit einem grauen Bindfaden zusammengehalten wurden aus ihrer Handtasche und legte sie ihm auf den Schoß.

„Nach dem plötzlichen Tod von Klaus – deinem Sohn – fand ich zwischen seinen persönlichen Sachen diese Briefe."

Bald darauf verabschiedete sie sich. Nachdem er endlich seine verlegte Lesebrille gefunden hatte, konnte er die Briefe, die vor sechzig Jahren geschrieben worden waren, lesen.

Fritz Assmussen waren die Tränen gekommen, als er von der Schwangerschaft Kathrins und von der Geburt seines Sohnes las.

Später erzählte seine Schwiegertochter mehr von Kathrin. Dass sie sich mit einem kleinen Modesalon für Hüte, Mützen und Accessoires in Hamburg selbständig gemacht hatte. Dass das Geschäft in der aufstrebenden Wirtschaft der Nachkriegszeit so gut florierte, dass sie sich, wie so viele Hamburger, eine Ferienwohnung an der Ostsee kaufen konnte.

„Nach dem Tod von Klaus und nachdem unsere Töchter flügge geworden sind und ihre eigenen Familien haben, hat mich in der Hamburger Wohnung nichts mehr gehalten. Ich habe sie aufgegeben und bin in die Ferienwohnung in Scharbeutz gezogen, wohne also ganz in deiner Nähe."

Damit hatte sie die Berichte aus der Familienvergangenheit an diesem Tag beendet und sich von ihrem Schwiegervater verabschiedet.

Fritz Assmussen hörte bei den Besuchen von Daniela ihren Erzählungen immer aufmerksam zu und sagte selbst bis auf seine Fragen wenig.

Als seine Schwiegertochter ihn bat, etwas aus seiner Vergangenheit zu erzählen, antwortete er etwas verschwommen und sprach davon, dass er durch eine lange zurückliegende Begebenheit gefährdet sei.

Daniela hielt diese Bemerkung zuerst für eine leichte Verworrenheit des alten Mannes. Aber später hatte sie gemerkt, dass es etwas gab, das ihren Schwiegervater belastete.

Nachdem sie etwas hartnäckiger nachgefragt hatte, war er deutlicher geworden: „Es gibt da etwas aus meiner Kindheit, das ich loswerden möchte, bevor ich sterbe."

„Du wirst uns noch lange nicht verlassen, wo wir dich doch gerade erst gefunden haben", war ihre Erwiderung gewesen.

Vor ein paar Tagen hatte sie ihr kleines Aufnahmegerät mit ins Seniorenheim gebracht. Sie nutzte es an ihren Arbeitstagen bei Außendienstterminen, um die Ergebnisse ihrer Besuche darauf festzuhalten.

„Deine Enkelinnen und ich interessieren uns sehr für deine Erlebnisse. Und später werden auch deine Urenkel, die bald geboren werden, etwas über die Lebensgeschichte ihres Urgroßvaters wissen wollen."

So hatte Daniela argumentiert und das eingeschaltete Gerät vor ihrem Schwiegervater auf den Tisch gestellt.

Sie hatte sein Zögern bemerkt und ihn ermuntert: „Erzähle so, wie dir der Schnabel gewachsen ist. Ich werde alles abtippen und dir die ausgedruckten Seiten mitbringen, damit du alles lesen und eventuell richtig stellen kannst."

Mit der weitschweifigen Erzählweise älterer Leute hatte er begonnen aus seiner Kindheit zu erzählen. Von den Sommern, die er am Strand der Ostsee verbrachte, von den Kaninchen, die sein Großvater im Stall hinter dem Wohnhaus hielt und von den Wintern, in denen die Ostsee mit Eisschollen bedeckt war, auf denen sie als Kinder herum gesprungen waren.

Solche und ähnliche Erinnerungen hatte Daniela getippt und heute auf zehn Blättern in sein Zimmer des Pflegeheims mitgebracht. Sein Zimmergenosse

Franz, dem das zweite Bett im Raum gehörte, hatte sich bei ihren Besuchen immer sehr diskret zurückgezogen. Manchmal hatten sie ihre Gespräche auch in einer Ecke der Gemeinschaftshalle oder bei gutem Wetter im Garten der Wohnanlage geführt.

Fritz Assmussen saß schon auf einem der beiden Stühle an dem kleinen Tisch, als Daniela hereinkam.

Nach der Begrüßung legte sie ihr Aufnahmegerät auf den Tisch und nahm die ausgedruckten Seiten aus ihrer Handtasche, die sie ihrem Schwiegervater hinüber reichte.

„Später – wo haben wir das letzte Mal aufgehört?" fragte er und legte den geschriebenen Text neben das Aufnahmegerät.

Während Daniela ein Glas Wasser auf den Tisch stellte, sagte sie: „In der Kindheit an der Ostsee. Das Gerät ist eingeschaltet. Du kannst einfach beginnen."

Sie setzte sich und sah Fritz Assmussen an. Seine Kleidung wirkte verschlissen. Sie nahm sich vor, ihn später nach seiner Konfektionsgröße zu fragen, um ihm einige neue Sachen mitbringen zu können.

Während er nach dem Wasserglas griff, bemerkte sie, dass er auf dem Handrücken die gleichen Altersflecken wie auf seinem kahlen Kopf hatte.

Nachdem ihr Schwiegervater einen Schluck getrunken hatte, räusperte er sich und murmelte mehr zu sich selbst als zu Daniela: „Über die Hauptsache, um die es mir geht, möchte ich nächstes Mal sprechen."

Daniela merkte, dass ihr Schwiegervater heute nicht in der Verfassung war, über das ihn bewegende Thema zu sprechen. Sie wollte ihn auch nicht drängen.

„In Ordnung, wir machen morgen weiter", sagte sie und ging zum Fenster.

„Möchtest du vielleicht in den Garten? Ich könnte dich begleiten", schlug sie vor.

„Ja", sagte Fritz Assmussen. „Etwas Abstand von meinem Thema zu gewinnen, könnte mir gut tun. Den geschriebenen Text kann ich später lesen und morgen erzähle ich weiter."

Daniela sorgte dafür, dass er die dicke Jacke anzog und seine Prinz-Heinrich-Mütze aufsetzte.

Er nahm seinen Rollator und schob ihn zur Tür, die Daniela ihm aufhielt. Geschickt manövrierte er sich durch das behindertengerecht umgebaute Haus nach draußen. Daniela hatte sich ihren Mantel übergeworfen, das Aufnahmegerät an sich genommen und ihre Tasche unter den Arm geklemmt.

Fritz Assmussen hielt mit etwas tapperndem Gang Kurs auf eine hohe Taxushecke. Dort ließ er die Bremse einrasten und setzte sich auf die Ruhefläche des Rollators.

„Hier atme ich immer durch", sagte er zu Daniela, die nicht von seiner Seite gewichen war.

„Soll ich dich allein lassen?" fragte sie.

„Ich will darüber nachdenken, wie ich es dir morgen erzähle; du kannst ruhig gehen", antwortete er.

Daniela beugte sich zu ihrem Schwiegervater hinunter, hauchte ihm einen Kuss auf die faltige, unrasierte Wange und verließ ihn mit ein paar Abschiedsworten.

Als sie in ihrem Wagen den Parkplatz des Pflegeheims verlassen hatte, kam ihr ein Mercedes Kombi entgegen. Einige Kilometer weiter, beim Einbiegen auf die Bundesstraße, registrierte sie, dass ein Personenwagen mit Blaulicht und eingeschalteter Sirene in die Zufahrtsstraße zum Pflegeheim einbog.

Am frühen Vormittag waren die Straßen noch leer aber die Kripobeamten verzichteten nicht auf das Blaulicht auf dem Dach ihres Wagens und schalteten auch die Sirene ein. Sie kamen zügig an ihr Ziel.

Der „Tulpenhof" war keine Residenz, wie Privatunternehmen ihre Häuser häufig nennen. Das staatliche Heim wirkte schon äußerlich ärmlicher als die privaten Häuser mit Rundum-Betreuung für gut betuchte Senioren. Am attraktivsten wirkte der kleine Park, der das graue Gebäude umgab.

Jens Jensen am Steuer des Wagens musste vor der Einfahrt zum „Tulpenhof" einen Rettungswagen passieren lassen, bevor er in eine Parkbucht vor dem Haus fahren konnte.

In der Eingangshalle befand sich keine Rezeption. An den Wänden hingen Drucke von Bilder mit Blumenbildern in rahmenlosen Bildhaltern. Eine Ordnung oder Linie bei der Platzierung der Bilder war nicht zu erkennen. In den Sitzecken saßen ältere Menschen. Einige schauten interessiert auf die drei Kripobeamten. Andere starrten nur teilnahmslos vor sich hin und zeigten keine Regung. An einem der Fenster, die zum Park hinausgingen, saß ein alter Mann und starrte in den aufklarenden Himmel. Er schien durch das Alter geschrumpft zu sein. Sein Haupt wirkte klein wie ein Vogelkopf und die wenigen Haare darauf wie der Flaum eines Nestlings. Seine Lippen waren eingefallen und faltig.

Godehard Hollersen sprach eine Bewohnerin an, die auf einem Sessel saß und fragte nach Fritz Assmussen. Ihm wurde von der offensichtlich dementen Frau nur eine unverständliche Antwort gegeben.

Ulrike Busch hatte während dessen eine Frau in Schwesterntracht abgefangen, die mit einem Stapel Bettwäsche auf den Armen gerade eilig die Halle durchquerte.

„Ja, Herr Assmussen ist Bewohner unseres Hauses. Er ist gerade in den Park gegangen. Nach den letzten Tagen mit dem vielen Regen sollte man den Tag heute an der frischen Luft genießen", sagte die freundliche Frau.

„Sie werden ihn leicht erkennen; er geht mit einem Rollator", rief sie den hinauseilenden Beamten nach.

Ulrike Busch übernahm die Regie: „Ihr geht rechts herum. Ich werde den Park von der linken Seite absuchen."

Damit ging sie mit schnellen Schritten davon.

Jens Jensen und Godehard Hollersen marschierten auch los. Nach wenigen Augenblicken sahen sie in einiger Entfernung vor einer Taxus-Hecke, die das

Parkgelände von der Straße trennte, einen umgestürzten Rollator auf dem Rasen liegen. Während Jens Jensen losprintete, versuchte Hollersen Schritt zu halten, musste seinen jungen Kollegen aber davon ziehen lassen.

Hinter dem Rollator an der Taxushecke lag stöhnend ein Mann. Neben ihm lag eine Prinz-Heinrich-Mütze. Aus seiner Brust ragte ein Pfeil.

Bevor Jensen sich zu ihm hinunter beugte, sah er durch eine Lücke in der immergrünen Taxushecke auf der dahinter liegenden Straße einen grauen Mercedes Kombi. Der Wagen wurde gerade gestartet und schoss mit aufheulendem Motor davon.

Der Mann lebte noch.

Während Jensen auf seinem Mobiltelefon den Rettungswagen rief, kamen auch Hollersen und von der anderen Seite Ulrike Busch heran.

Inzwischen waren auch die Menschen im Seniorenheim aufmerksam geworden. Zwei Schwestern und ein Mann näherten sich. Der Mann gab sich als Arzt zu erkennen und kümmerte sich ohne viele Worte um die Erstversorgung des Schwerverletzten.

Jens Jensen berichtete den Kollegen von dem grauen Mercedes Kombi.

„Hast du das Kennzeichen erkennen können?" fragte Ulrike Busch.

„Nur teilweise. Ein in Ostholstein gemeldetes Fahrzeug. OH und dann S konnte ich erkennen."

Ulrike Busch hatte auf ihrem Mobiltelefon schon die Nummer ihrer Dienststelle gewählt.

"Sofortfahndung nach einem grauen Mercedes Kombi mit Kennzeichen OH für Ostholstein und dann S wie Siegfried", gab sie durch.

Eine Sirene kündigte die Ankunft des Rettungswagens an. Der nicht ansprechbare Fritz Assmussen wurde intubiert, am Tropf hängend und auf einer Trage fixiert von den beiden Rettungssanitätern in ihr Fahrzeug geschoben.

Als der Rettungswagen mit Sirene und Blaulicht davon gefahren war, atmeten die Kripobeamten erst einmal tief durch. Aber nur kurz.

Die Leiterin der Soko „Armbrust" trieb zur Eile: „Wir fahren ins Kommissariat. Vielleicht hat Sengül inzwischen etwas über Johann Müller herausfinden können."

Niedergeschlagen trafen die Kripobeamten im Büro ein. Es hatte sie deprimiert, dass sie den Angriff auf Fritz Assmussen nicht hatten verhindern können.

Sengül Yildirim empfing sie etwas aufgeregt.

Sie nannte nur einen Namen: „John Miller."

„Wie bitte?" fragte Ulrike Busch.

Sengül fasste sich, blickte auf ihren Bildschirm und klärte die Kollegen auf: „Johann Müller wanderte Anfang der fünfziger Jahre nach Afrika aus und wurde dort Großwildjäger und später auch Safariveranstalter. Dabei beriet und begleitete er auch Filmteams, wenn in Afrika Außenaufnahmen gedreht wurden. Wegen seiner überwiegend amerikanischen Klientel änderte er seinen Namen in John Miller. Als es mit der Großwildjagd – zumindest legal – vorbei war, gründete er in Südafrika eine Firma für Fototouren und Safaris."

„Komm zum Punkt", mahnte Godehard Hollersen.

Sengül Yildirim nahm ein Blatt Papier mit Notizen von ihrem Schreibtisch: „John Miller, Propietor, Private tours and Safaris. Vor einem Jahr, nach dem Verkauf seiner Firma, kehrte John Miller nach Deutschland zurück. Er wohnt jetzt bei seinem Sohn Heiko."

Jetzt war es Ulrike Busch, die sich einschaltete: „Wo wohnt dieser Sohn?"

„Heiko Müller ist auch mehrere Male umgezogen. Er verdient jetzt sein Geld mit einem Maislabyrinth in Warnsdorf bei Travemünde."

„Genaue Adresse?"

Sengül nannte Straße und Hausnummer.

„Nichts wie hin", entschied Ulrike Busch.

Während Jensen den Wagen startete, schaltete die neben ihm sitzende Soko-Leiterin das Blaulicht an und stellte die magnetisch haftende Lampe durch das Seitenfenster auf das Dach des Fahrzeugs. Mit Sengül Yildirim und Godehard Hollersen auf den Rücksitzen jagte die komplette Soko „Armbrust" mit lautem Sirenenton Richtung Warnsdorf. In den Rückspiegel blickend fiel Jens auf, dass Sengül ihre langen dunklen Haare heute zu einem Zopf gebunden oder geknotet hatte.

Als er vor der Zieladresse hielt und die Kollegen aus dem Fahrzeug sprangen, kam aus einer etwas verfallen wirkenden Kate ein Mann heraus und blickte die Beamten mit großen Augen an: „Was ist los? Ist was mit meinem Vater?"

Ulrike Busch hielt sich nicht lange mit Vorreden auf: „Nein, wo ist ihr Vater?"

„Am Maisfeld, aber . . ."

„Wo ist dieses Maisfeld?"

Heiko Müller zeigte mit dem Arm die Fahrtrichtung entlang: „Zwei Kilometer weiter. Direkt an der Straße. Sie können es nicht verfehlen."

Der Mann blickte auf seine Armbanduhr: „Sie müssen sich beeilen, wenn sie ihn dort noch antreffen wollen. Um siebzehn Uhr ist Schluss. Dann wird es zu dunkel, um noch Touristen in das Maislabyrinth zu lassen."

„Was ist denn los?" fragte er noch einmal.

Aber er bekam keine Antwort mehr. Die Kripoleute saßen schon in ihrem Wagen.

Jens Jensen legte einen formel-eins-reifen Start hin und zeigte, dass er auch einen Bleifuß hatte.

DER GROSSWILDJÄGER

Der vierundachtzigjährige John Miller und sein Sohn Heiko, der dreiundfünfzig Jahre alt war, hatten sich in den letzten zwei Jahrzehnten ein paar Mal gegenseitig besucht.

Jetzt war der Vater ganz aus Südafrika zu seinem Sohn nach Deutschland zurückgekehrt.

„Du hast es bei deinem letzten Besuch doch selber gesehen, was in Südafrika los ist. Bei den unsicheren politischen Verhältnissen ist das Leben für mich dort nicht mehr lebenswert. Außerdem - Alter macht einsam. Die ehemaligen Kollegen, all` die Menschen, mit denen ich seit Jahrzehnten bekannt, befreundet oder in Feindschaft verbunden war, sind gestorben. Wie die Fliegen, einer nach dem anderen", war seine Erklärung gewesen. Er hatte seinen Sohn dazu gedrängt, ihm den Job an der Kasse des Maislabyrinths zu überlassen. Obwohl es gut gepasst hätte, war sein Sohn diesem Angebot gegenüber zuerst ablehnend mit einem Hinweis auf das Alter des Vaters gegenüber gewesen. Als aber wieder einmal eine junge Frau wegen irgendwelcher Probleme mit ihrer schulpflichtigen Tochter kurzfristig absagen musste, hatte er zugestimmt.

„Ich bin doch noch fit und kenne mich im Umgang mit Touristen aus und hier im Haus fällt mir die Bude auf den Kopf", versuchte der Vater seinem Sohn die letzten Zweifel zu nehmen.

„Erwachsene Touristen auf Safaris und Familien mit Kind und Kegel sind ganz verschieden. Aber meinetwegen", hatte Heiko Müller erwidert.

Seitdem kassierte John Miller das Eintrittsgeld für das Maislabyrinth. Daran, dass die hiesigen Touristen ein ganz anderer Menschenschlag waren als die Leute, die er durch die Savanne Südafrikas geführt hatte, gewöhnte er sich schnell. Auch der Weg zum Labyrinth war für ihn kein Problem. Da er noch gut zu Fuß war, lief er die zwei Kilometer zum Maisfeld jeden Tag hin und zurück.

Sein persönliches Hab und Gut, von dem er sich nicht trennen wollte, war in einem Container per Seefracht von Südafrika nach Deutschland transportiert worden. Darunter auch zwei Exemplare seiner umfangreichen Waffensammlung: Eine doppelläufige Elefanten-Büchse, die er nur in den Anfangsjahren seines Afrikaaufenthaltes benutzt hatte, als die Jagd auf die grauen Riesen noch legal war. Sie hing jetzt dekorativ mit leerem Magazin an der Wand der Dachkammer, die ihm vom Sohn in seinem Haus überlassen worden war.

Die zweite Waffe war eine Winchesterbüchse mit großem Kaliber. Weil sie über eine ausreichende Tiefenwirkung bei Schüssen auf afrikanisches Großwild verfügte, war ihm diese Waffe besonders ans Herz gewachsen. Diese Büchse stand mit vollem Magazin bei seinem Job am Maislabyrinth immer griffbereit im hinteren Teil des kleinen, fensterlosen, aus Holz gezimmerten Kassenhäuschens. Das gab ihm ein Gefühl der Sicherheit. Er hatte von den Mordfällen in der Region gehört und darüber gelesen. Da sein Langzeitgedächtnis noch gut funktionierte, war ihm eine Ahnung gekommen, weshalb es genau diese Männer waren, die vom Leben in den Tod befördert wurden. Wenn seine Ahnung stimmte, würde er auch bald an der Reihe sein.

Nachdem die großen Ferien in den verschiedenen Bundesländern dem Maislabyrinth den größten Besucherandrang gebracht hatten, führten die Herbstferien, die zum Teil verregnet gewesen waren, nur wenig Gäste zum Irrgarten im Maisfeld.

Da Ende Oktober die Touristenströme an die Ostsee nachließen, waren heute kaum Einnahmen in der Kasse. Er leerte die die paar Münzen und wenige Scheine in seinen Lederbeutel, den er zu Safarizeiten als Munitionstasche am Gürtel getragen hatte. Wenn in ein paar Tagen das Kürbisfeld abgeerntet und umgepflügt war, würde sein Sohn anschließend das Maisfeld mähen.

Er könnte sich dann seinen Aufzeichnungen aus der Afrikazeit widmen. Er hoffte, dass noch vor der Maissaison im nächsten Jahr ein Buch mit dem Titel „Meine Jahre in Afrika" gedruckt werden könnte.

Er wollte darüber berichten, dass er bei einigen seiner Jagdtouren im Busch Ernest Hemingway, der ein begeisterter Großwildjäger gewesen war, geführt hatte. Ernest war dabei sein Freund geworden. Gemeinsam hatten sie neben einer großen Zahl von Gnus und Thompson-Gazellen auch Elefanten, Büffel und Großkatzen erlegt.

Abends hatten sie auf der Veranda seiner Lodge den Tag immer mit ein paar Daiquiris ausklingen lassen, die Sukulele ihnen servierte. Sein schwarzer Boy hatte die Zubereitung des kubanischen Lieblingsdrinks von Ernest allerdings erst lernen müssen.

Ernest war es auch, der ihm den ersten Job als Berater einer internationalen Filmproduktion verschaffte. Als Hemingways Kurzgeschichte „Schnee auf dem Kilimandscharo" Anfang der fünfziger Jahre verfilmt werden sollte, war er nach Nairobi geflogen und hatte Ava Gardner, Gregory Peck und das gesamte Filmteam bei den Außenaufnahmen begleitet. Ein Jahr später wurde er von John Ford verpflichtet. Der drehte mit Grace Kelly, Clark Gable und wieder Ava Gardner in den Hauptrollen den Film „Mogambo". Bei Außenaufnahmen in der Serengeti war er der fachliche Berater gewesen. Anfang der sechziger Jahre war er bei der Produktion von „Hatari" dabei. Bei dem unter der Regie von Howard Hawks gedrehten Film musste er John Wayne und Hardy Krüger bei den Tierszenen beraten. Seinen letzten Job bei einer Filmproduktion hatte er beim Dreh des Abenteuerfilms „Die letzte Safari" von Henry Hathaway mit Stewart Granger in der Hauptrolle. Dabei war auch seine zahme Gepardin „Lula" zum Einsatz gekommen. Für Innenaufnahmen, die in Hollywood gedreht wurden, musste er mit dem Tier nach Los Angeles fliegen. „Lula" war in einer Transportbox im Frachtraum des Flugzeugs untergebracht. Durch einen nicht zu klärenden Umstand war die Gepardin freigekommen. Bei der Entladung in Los Angeles hatte das zahme Tier die Flughafenmitarbeiter in Angst und Schrecken versetzt.

Er war sich sicher, dass diese und all` die anderen Erlebnisse genügend Stoff für sein Afrikabuch bieten würden.

Es war Zeit, Feierabend zu machen. Seine Holzpantinen, die er tagsüber trug, stellte er in eine Ecke und zog seine bequemen, langschäftigen Lederstiefel an, die ihn in der afrikanischen Savanne vor den Bissen von Schlangen geschützt hatten. Er nahm seine alte Rangerjacke mit den vielen Außentaschen vom Haken, setzte seinen Foldaway-Safarihut auf, griff sich seine Winchesterbüchse und verließ die Hütte um seinen abendlichen Kontrollgang durch das Labyrinth zu machen. Es wunderte ihn immer wieder, was die Leute alles in den Gängen des Maisfeldes vergaßen oder auch nur wegwarfen. Sogar ein großer Koffer mit schmutziger Wäsche und einem Paar Schuhe war schon im Maislabyrinth entsorgt worden.

Nachdem er die Tür der Hütte abgeschlossen hatte, sah er auf dem Parkplatz ein einzelnes Fahrzeug stehen: Einen Mercedes Kombi.

„Sollte noch jemand im Maisfeld sein?" überlegte er.

Die letzten Zahler des Nachmittags – ein Ehepaar mit halbwüchsigen Zwillingen – waren am Kassenhaus vorbeigekommen und hatten sich verabschiedet.

Vom Eingang des Labyrinths gingen drei Wege ab, er wählte den mittleren Gang. Nach ein paar Schritten spürte er, dass er nicht allein war. Seine Sinne waren immer noch durch die Führungen in den Nationalparks Afrikas geschärft. Er hatte dort jeden Ton, der an sein Ohr kam, zuordnen können. Egal ob es der Laut eines Tieres oder das Knacken von Zweigen war. Und er kannte sich im Maislabyrinth aus.

Er entsicherte seine Winchesterbüchse.

Auf der rasenden Fahrt mit Blaulicht und Sirene zum Maislabyrinth kam ihnen niemand auf der kurzen Strecke entgegen. Die Sonne war inzwischen untergegangen und es dämmerte bereits. Der letzte Sturm hatte die verwelkten Blätter der Bäume auf die Straße geweht und die Fahrbahn rutschig gemacht.

Am Maisfeld angekommen, sahen die Kripobeamten einen grauen Mercedes Kombi auf dem Parkplatz. Sie registrierten sofort das Kennzeichen: OH-SR.

Der Wagen war leer. Vorsichtig verließen sie mit entsicherter Waffe ihr Fahrzeug und liefen zum Kassenhäuschen. Es war verschlossen.

Ulrike Busch blickte Jens Jensen an. „Aufbrechen", bedeutete sie ihm.

Er benötigte keinen großen Kraftaufwand, um die Tür der in Leichtbauweise gezimmerten Hütte mit einem Tritt aus den Angeln zu reißen. Das Kassenhaus stand offen: Nichts.

Vor den drei Gängen, die ins Labyrinth führten, teilte Ulrike Busch die Sokomitglieder durch Gesten auf: Jens Jensen den linken Weg, Sengül Yildirim und sie selbst den rechten Pfad. Godehard Hollersen wies sie an, am Eingang zum Labyrinth zu bleiben und besonders den mittleren Gang im Auge zu behalten.

Mit ihren entsicherten Waffen in der Hand, schlichen die Beamten auf den jeweiligen Wegen vorsichtig in das Maisfeld hinein.

Als sich Ulrike Busch und Sengül Yildirim mit zum Zerreißen gespannten Nerven vorsichtig einer

Kreuzung näherten, spürten sie, dass sich auf der Abzweigung des rechten Nebenweges jemand bewegte. Ein Rascheln, das von etwas anderem als von Maisblättern im Wind verursacht werden musste, war nicht zu überhören.

Die beiden atmeten auf, als sie sahen, dass es ein schwarz-weißes katzengroßes Tier war, das in aller Ruhe die Kreuzung überquerte.

Ulrike Busch sah die zitternde Sengül Yildirim an.

„Grimbart", flüsterte sie.

Die junge Kommissarin, die sich beherrschen musste, sich nicht an ihre Chefin zu klammern, hatte immer noch schreckgeweitete Augen.

Ulrike Busch, die die Angst ihrer Kollegin spürte, beruhigte sie leise: „Nur ein Dachs. Ein nachtaktives Tier."

Sie schlichen weiter und überquerten vorsichtig die Kreuzung, wobei sie in die links und rechts abgehenden Wege blickten. Da sich neben der Abenddämmerung inzwischen schwerer Herbstnebel über das Maisfeld gelegt hatte, konnten sie kaum etwas erkennen. Aber es schien niemand in der Nähe zu sein.

Es dauerte nicht lange und sie kamen zu einer Weggabelung. Sie mussten ihren bisher gerade durch das Maisfeld verlaufenen Pfad verlassen und sich für die rechte oder linke Seite entscheiden.

Da Jens Jensen sich aller Voraussicht nach in der linken Hälfte des Maislabyrinths befinden musste, wählte Ulrike Busch die rechte Abzweigung. Langsam schlichen sie den leicht bogenförmig verlaufenen Pfad entlang, bis sie erneut an eine Weggabelung gelangten. Davor blieben sie stehen. Nachdem sie eine Weile gelauscht hatten, waren wieder ganz leise Geräusche zu hören, die auch nicht von Maisblättern im Wind verursacht sein konnten.

Ulrike Busch und Sengül Yildirim drückten sich im fahlen Licht, inzwischen war der Mond aufgegangen, seitlich an die Maispflanzen und hielten ihre Waffen im Anschlag. Sie spürten, dass sich jemand auf dem rechten Pfad der Kreuzung näherte. Es waren Schritte, ganz leise, etwas schlurfende Schritte.

„Jetzt ganz ruhig bleiben und die Nerven behalten", dachte Sengül Yildirim.

Ulrike Busch erkannte als erste, dass es Jens Jensen war, der die Kreuzung schleichend in gebückter Haltung betrat. Jens blickte in ihre Richtung, erkannte sie und ließ seine Pistole aus dem Anschlag sinken.

Er zuckte nur mit den Schultern. Auch er war weder auf den Bogenschützen noch auf John Miller gestoßen.

„Wir jagen ein Phantom", flüsterte er Sengül ins Ohr.

Mit Gesten verständigten sie sich, dass sie gemeinsam den linken Pfad der Weggabelung gehen sollten. Sehr langsam und Geräusche möglichst vermeidend schlichen sie mit entsicherten Pistolen weiter.

Plötzlich stieß Jens Jensen einen unterdrückten Schrei aus, ging erst in die Knie und krümmte sich dann am Boden auf den abgestorbenen Maisblättern.

Während Sengül Yildirim sich zu ihrem angeschossenen Kollegen hinunterbeugte, erkannte Ulrike Busch in einiger Entfernung schemenhaft eine offensichtlich völlig in schwarz gekleidete Gestalt, die gerade wieder einen Pfeil aus dem Köcher nahm.

Im selben Augenblick ertönten aus nächster Nähe hintereinander zwei peitschende Schüsse. Der Bogenschütze brach zusammen. Neben den Kripobeamten bewegten sich die Maisstängel. Ein Büchsenlauf mit der Mündung auf den in ein paar Metern Entfernung am Boden liegenden Bogenschützen gerichtet, kam zum Vorschein. Die Maisstauden teilten sich. Mit der Winchester im Anschlag tauchte der wie ein Großwildjäger gekleidete Mann aus der Pflanzung auf. Er hielt die Büchse mit dem Lauf immer noch in Richtung des zusammengebrochenen Bogenschützen.

Einen Moment glaubten die Kommissarinnen in einem Hollywood-Film zu sein. Sie starrten den Großwildjäger an, fassten sich aber schnell wieder. Die Kriminalhauptkommissarin legte eine Hand auf den Lauf der Winchester und drückte ihn nach unten, während Sengül Yildirim sich wieder um Jens Jensen kümmerte. Er lebte und war bei Bewusstsein.

Ulrike Busch hatte schon ihr Telefon am Ohr und rief die Rettung.

Die Sokoleiterin beendete ihr Gespräch und war mit ein paar raschen Schritten bei dem wimmernd auf dem Weg liegenden Armbrustschützen. Sie sah, dass ihn die Schüsse in Kniehöhe kampfunfähig gemacht hatten. Die Winchester musste mit großem Kaliber geladen gewesen sein. Fleischfetzen, Sehnen, Knorpel und Knochensplitter bildeten mit dem zerfetzten Hosenstoff an beiden Beinen eine blutige Masse.

Ulrike Busch beugte sich zu der inzwischen ohnmächtig gewordenen Gestalt am Boden und zog ihr die schwarze Strickmütze vom Kopf und erlebte eine Überraschung. Sie blickte in das junge Gesicht von Biggi Schöller, der Stellvertreterin von Sandra Rademacher, der Spartenleiterin der Bogenschießabteilung des ostholsteinischen Schützenvereins. Sie bemerkte, dass die Frau schwarze Lederhandschuhe trug. Auch ihre Armbrust war aus schwarzem Material gefertigt.

Inzwischen war auch Gerhard Hollersen durch die Irrwege des Maisfeldes am Ort des Geschehens aufgetaucht. Aufgeschreckt durch die Schüsse, hatte er mit seinem Mobiltelefon polizeiliche Verstärkung und vorsichtshalber auch einen Notarzt angefordert.

Das führte dazu, dass die Gänge des inzwischen total im Dunkel liegenden Maislabyrinth innerhalb kurzer Zeit voller uniformierter Polizisten, den Rettungssanitätern, dem Notarzt und den an der Schießerei Beteiligten war.

DAS MAHNMAL

Der erste Schnee war in diesem Jahr früh gefallen. Die Flocken lagen wie Puderzucker auf den Gräbern des Friedhofs in Grömitz.

Sengül Yildirim und Jens Jensen standen an der Grabstätte mit dem Gedenkstein für einundneunzig

Opfer der Katastrophe von Anfang Mai neunzehnhundertfünfundvierzig. Es war eine der Grabstätten der getöteten KZ-Häftlinge der „Cap Arcona", „Thielbek" und „Athen". Auch auf anderen Friedhöfen in den Küstenorten der Lübecker Bucht gab es Gräber mit Gedenksteinen für die über 7500 Opfer der damaligen Ereignisse.

Jens Jensen konnte davon erzählen. Er hatte während seines Krankenhausaufenthaltes alles gelesen, was er an Stoff über die Katastrophe in die Finger bekommen konnte. Seine Eltern und Freunde hatten sich bemüht, längst nicht mehr verlegte Bücher aus zweiter Hand, über Amazon oder antiquarisch zu besorgen.

Seinem Vorschlag, eine Gedenkstätte mit ihm zu besuchen, hatte Sengül bei einem Krankenhausbesuch sofort zugestimmt.

Weil Sengül sich sehr interessiert zeigte, erzählte er noch etwas von seinem angelesenen Wissen: „Am 3. Mai 2010 fand in Neustadt eine Gedenkveranstaltung statt. Unter den Teilnehmern, die der Opfer gedachten, waren noch acht Überlebende. Historiker sind sicher, dass die Wehrmachtsführung damit gerechnet hat, dass die Schiffe von den Alliierten angegriffen würden und sie damit das Problem der schwimmenden Konzentrationslager beseitigt hätten. Die in englische Kriegsgefangenschaft geratenen Deutschen mussten die ermordeten Häftlinge am Ufer bergen und in Gräbern beisetzen. Den ganzen Sommer 1945 über haben Gäste und Einheimische nicht in der Ostsee baden können, weil immer noch aufgedunsene Wasserleichen angeschwemmt wurden.

„Was geschah mit den Tätern? fragte Sengül.

„Dass die Mörder nie bestraft worden sind, liegt daran, dass die Nazi-Gesinnung nicht mit dem Ende Hitlers ausgestorben war. All` die Leute, über die Großadmiral Dönitz verfügte, blieben in ihren Ämtern. Kein Richter wurde wegen seiner Mordurteile belangt. Der Justizapparat blieb der gleiche wie unter Hitler. Der Erfinder des Judensterns, Ministerialdirigent Doktor Hans Globke, wurde höchster Beamter der Bundesrepublik Deutschlands. Gegen die Schuldigen an der Ermordung der Gefangenen auf den Schiffen wurde kein Urteil gesprochen. Dass die in Uniformen gesteckten Kinder, die in den letzten Kriegstagen die überlebenden Häftlinge, die schwimmend das Ufer erreichten, mit einem Kugelhagel empfangen haben, nicht zur Verantwortung gezogen wurden, kann ich verstehen."

„Natürlich", sagte Sengül. „Kinder, die für den Kriegsdienst missbraucht wurden. Wie heute immer noch die Kindersoldaten in mehreren afrikanischen Ländern."

Jens blickte auf seinen rechten Arm, den er in einer schwarzen Schlinge trug: „ Meine Schulter ist bald wie neu. Nächste Woche kann ich den Arm wieder voll belasten. Ich denke, dass ich erst einmal im Innendienst wieder arbeiten kann."

„Mir wird kalt", meinte Sengül und ordnete ihren dicken Wollschal.

Als sie den Ort, der abseits der Touristenwege lag, verlassen hatten und in einem Cafe an der Strandpromenade saßen, berichtete Sengül über die Ergebnisse der Ermittlungen während der Krankenhauszeit von Jens.

„Sandra Rademacher war die Enkelin eines der Opfer. Sie hat ausgesagt, dass sie Aufzeichnungen ihres verstorbenen Vaters gefunden hat, in denen der Ablauf des Geschehens mit den Kindern und Jugendlichen in Wehrmachtsuniform festgehalten ist. Sie hat Biggi Schöller davon erzählt, die sich als Studentin für Neuere Deutsche und Europäische Geschichte brennend für dieses Thema interessierte. Das von uns vermutete Mutter-Tochter-Verhältnis zwischen den beiden Frauen war so ausgeprägt, dass von Seiten der Biggi Schöller schon eine gewisse Hörigkeit gegenüber der älteren Frau bestand. Als die Schöller bei Recherchen für ihre Magisterarbeit in einem Archiv auf weitere Einzelheiten zu den Taten der jungen Soldaten stieß und der Sandra Rademacher darüber berichtete, benötigte diese nur noch leichte Anstöße, um die Schöller zu den Taten anzustacheln. Ihren Mercedes Kombi hat sie Biggi Schöller unabhängig von den Taten jederzeit geliehen. Bei einer Durchsuchung ihres Zimmers in der elterlichen Wohnung haben wir übrigens eine Bestätigung ihrer Schießkünste gefunden. Biggi Schöller hatte die Wände ihres Zimmers mit Urkunden von Wettbewerben tapeziert, und die Schränke und Regale waren voller Pokale."

Sengül blickte auf die Schulter von Jens: „Glücklicherweise hat sie nicht immer exakt getroffen. Ob sie wegen fünffachen Mordes . . ." Sengül blickte noch einmal auf die verletzte Schulter ihres Kollegen, „. . . und zweier Mordversuche angeklagt wird, werden die Psychiater entscheiden müssen. Die Frage ist, ob sie schuldfähig ist oder in eine geschlossene Abteilung der Psychiatrie eingewiesen wird. Sandra Rademacher sitzt in Untersuchungshaft. Ob es Anstiftung zu Mord oder Mittäterschaft war, werden die Richter entscheiden.

„Was ist mit dem Seemann Fritz Assmussen? fragte Jens.

Sengül setzte ihre Kaffeetasse ab: „Der ist inzwischen wieder auf dem Damm. Der Pfeil hat keine lebenswichtigen Organe verletzt. Ich habe ihn im Krankenhaus besucht und seine Schwiegertochter an seinem Bett getroffen. Er hat ihr von seiner Schuld, wenn man denn bei einem Kind von Schuld sprechen kann, erzählt. Sie hat die ganze Geschichte aufgeschrieben."

„Da hat er Glück gehabt", meinte Jens. „Bleibt nur noch die Frage nach der Schuld von John Miller oder Johann Müller."

„Auf jeden Fall gibt es eine Anklage wegen unerlaubten Waffenbesitzes. Sein Waffenschein ist in Deutschland nicht gültig. Ob die Schüsse von ihm auf Biggi Schöller – die den Rest ihres Lebens im Rollstuhl verbringen muss – als Notwehr durchgehen, müssen auch die Richter entscheiden. So oder so. Selbst bei einer Verurteilung würde er in Freiheit bleiben. Straftäter in seinem Alter werden in Deutschland nicht mehr eingebuchtet. Ach ja, der Hermann Plate war übrigens schon das zweite Opfer der Frau aus der Psychiatrie. Bevor sie der Armbrustschützin zuvor gekommen ist, hat sie schon einmal einen älteren Mann erschlagen. Deshalb war sie in der geschlossenen Abteilung."

„Ja", sagte Jens. „Ich habe darüber gelesen. Die Klinik oder besser gesagt die Klinikleitung hat eine Anklage wegen der laxen Sicherheitsbestimmungen am Hals."

Beide schwiegen eine Zeit lang.

„Was ist mit Hollersen?" fragte Jens.

Sengül lachte. „Der Pfeifenqualm bleibt dir in Zukunft erspart. Er ist in Pension gegangen und kann sich jetzt ganz dem Rotwein und seiner Pfeifen-Sammlung widmen.

Mit einem Blick auf die Schulter ihres Kollegen und die damit erkennbare Bewegungseinschränkung übernahm Sengül die Bezahlung des Kaffees.

Wortlos und in Gedanken versunken gingen sie die fast leere Strandpromenade entlang.

In der einbrechenden Abenddämmerung war ablandiger Wind aufgekommen. Mit seiner linken Hand griff Jens die rechte von Sengül und drückte sie leicht. Sein Druck wurde erwidert und Hand in Hand schlenderten sie weiter.

Miss Marple

„Ich werde ein Messer nehmen und ihr langsam und genussvoll die Kehle . . ."
Der Satz war nicht vollständig. Die Frau strich das zerknüllte Blatt Papier mit einer Hand glatt. Noch ein unvollständiger Text war zu lesen: „Wenn sie gefesselt ist, werde ich ihr ein Messer ganz langsam in die . . ." An dieser Stelle war die Abrisskante des Papiers. Das DIN A 4 Blatt war mitten im Text durchgerissen worden.

Nachdem die Frau sich durch einen Blick vergewissert hatte, dass keine Nachbarn zu sehen waren, steckte sie die Papierfetzen in ihre Jackentasche. Sie bückte sich und hob die restlichen Papierblätter auf, die neben den soeben geleerten Altpapiertonnen lagen. Mit ihrer freien Hand öffnete sie nacheinander die vier großen, 240 Liter fassenden blauen Tonnen, die erst vor einigen Wochen in ihrem Stadtteil eingeführt worden waren. Die Frau stellte fest, dass alle vollständig geleert waren.

In der einen Hand die zerrissenen und zerknüllten Papierblätter, zog sie mit der anderen Hand ihre Tonne den Gehweg der Reihenhäuser entlang, bis sie zu der rückwärtig gelegenen Gartenpforte ihres Reihenhauses kam. Sie stellte die Tonne auf ihrem Grundstück zu dem grünen Bioabfall-, dem gelben Wertstoff- und dem grauen Restmüllbehälter. „Wenn bald noch – wie von der Kommune angekündigt – ein Behälter für Flaschen dazu kommt, wird es in den kleinen Reihenhausgärten eng", dachte sie. Bevor sie ihr Wohnhaus durch die hinten gelegene Terrassentür betrat, sah sie in die Nachbargärten hinüber. Kein Mensch war zu sehen.

Im Wohnzimmer schob sie auf dem Couchtisch ein paar Zeitschriften, ihre Kaffeetasse und die Keksdose zur Seite. Auf der freien Fläche breitete sie ihren Fund aus.

Mit einer Hand jeweils ein Blatt haltend, strich sie mit der anderen Hand die insgesamt sechs Blätter glatt. Zwei davon waren vollständig, während vier nur Hälften eines Blattes waren, die nicht zusammen gehörten. Auf allen standen handgeschriebene Texte. Die Frau begann zu lesen: „. . . wieder zustechen", stand auf einem der unvollständigen Blätter. Auf einem vollständigen Blatt war das Wort „Alibi" mit einem Fragezeichen geschrieben, während auf dem anderen zwei Sätze standen: „Meine Vorbereitungen sind fast abgeschlossen. Bald ist es soweit: Sie muss sterben!" Die Texte auf den restlichen Blättern waren nur völlig unverständliche Wortfetzen. Nur „Blut" und „Messer" konnte sie entziffern. Dunkle Kreise deuteten auf einen übergeschwappten Kaffeebecher hin.

Die Frau richtete sich auf. Nicht ihre Neugier war geweckt; die war bei ihr permanent präsent. Nein, Jagdinstinkt war in ihr geweckt worden. Da gab es in ihrer Nachbarschaft offensichtlich jemanden, der ein Kapitalverbrechen plante.

Sie ging in die Küche, um sich noch einen Kaffee einzuschenken. Dass der inzwischen kalt geworden war, störte sie nicht. Es war nicht wichtig. Es kam jetzt darauf an, keine Zeit zu verlieren.

Sie überlegte. Mit ihren Beweisstücken zur Polizei zu gehen, schien ihr wenig sinnvoll zu sein. Sie war schon einmal wegen einer geplanten Straftat, die sie aufgedeckt hatte, zur Polizei gegangen. Die Beamten würden sie wieder nicht ernst nehmen und die Texte für Kindergeschmiere halten. Sie musste den Verfasser der Zeilen selber ermitteln.

„Wenn ich den Mann der Polizei präsentiere, werden die Beamten mich nicht wieder von oben herab behandeln, sondern mir dankbar sein, dass ich einen Mord verhindert habe", dachte sie. Nachbarn konnte sie keinesfalls in ihre Entdeckung einweihen. Erstens war ja einer der Nachbarn der Mann, der das Verbrechen plante, und die anderen würden über sie lachen. Sie hatte schon vor längerer Zeit herausbekommen, dass sie in der Nachbarschaft einen Spitznamen hatte.

Die Frau, die Gundula Göske hieß, war für die Nachbarn Miss Marple. Den Spitznamen hatte sie wegen ihrer Neugier, die oft in Schnüffelei ausartete, schon vor längerer Zeit bekommen. Äußerlich glich sie der von der englischen Schauspielerin Margaret Rutherford gespielten Hobbydetektivin überhaupt nicht. Gundula Göske war 45 Jahre alt, sah aber viel jünger aus. Seit dem Tod ihres Ehemannes vor fünf Jahren lebte sie allein in dem kleinen Reihenhaus. Anders als bei der von Agatha Christie geschaffenen Romanfigur – bei der es nur die platonische Liebe zu dem Bibliothekar Mister Stringer gab -- spielten in ihrem Leben auch Männer eine Rolle. Wegen ihrer stark ausgeprägten Neugier und der Manie, überall Verbrechen zu wittern, hielten die es aber nicht lange mit ihr aus. Dabei war sie mit ihrer wallenden Haarpracht, der etwas fülligen Figur mit dem ausladenden Busen für viele Männer sehr attraktiv. Ihre letzte Beziehung war vor ein paar Wochen in die Brüche gegangen. Ein biederer Handwerksmeister hatte schnell das Weite gesucht, nachdem sie ihn ununterbrochen mit ihrer unstillbaren Neugier genervt hatte.

Gundula Göske trank den Rest ihres Kaffees und überlegte. Wer könnte den Mord planen? Der Text „Sie muss sterben", deutete ihrer Meinung nach auf einen Mann hin. Es musste ein Bewohner der Reihenhausgasse sein, der den Mord plante. Sie nahm ihr Schlüsselbund vom Bord im Flur und ging noch einmal die Gasse entlang zur Straße.

Auf den blauen Papiertonnen waren von den Bewohnern der Reihenhäuser die Hausnummern geklebt oder mit Farbe beschriftet. 19 A, 19 C und 19 F standen noch am Bordstein. Aus einem dieser Tonnen mussten die Zettel stammen. Der Jagdinstinkt ließ Miss Marple die Straße ein Stück hinaufgehen. Vielleicht hatte der Wind noch ein paar Papierblätter verweht. „Vom Winde verweht", sagte Miss Marple leise und dachte dabei an ihren Lieblingsfilm mit Clark Gable und Vivien Leigh. Sie fand aber keine weiteren Indizien, die auf ein geplantes Verbrechen hindeuten könnten.

Nachdem sie an die von ihr bewohnte Gasse 19 der Reihenhaussiedlung zurückkam, stellte sie fest, dass die Papiertonnen A und F inzwischen von der Straße geholt worden waren. Die Bewohner des Hauses 19 C waren beide berufstätig und würden sich erst nach Feierabend darum kümmern können.

Während sich Miss Marple in ihrer Küche als frühes Abendessen zwei Scheiben Brot mit Gouda zubereitete, überlegte sie, welcher Bewohner der Häuser A, C und F fähig sein könnte, einen bestialischen Mord zu begehen. Da sie das Haus E bewohnte, fing sie mit ihren Überlegungen bei ihren unmittelbaren Nachbarn in Haus F an.

Bewohnt wurde das Haus von Elmar und Susanne Hagemann. Ein gut situiertes Ehepaar in mittleren Jahren. Sehr viel wusste Miss Marple nicht von beiden. Der Kontakt zwischen ihnen beschränkte sich auf „guten Tag" und ein gelegentliches „schönes Wetter heute". Kinder hatten die Hagemanns nicht. Der Mann war durch seine Berufstätigkeit wenig im Haus. Die Frau arbeitete hin und wieder aushilfsweise in einer Buchhandlung. Das hatte sie ermittelt, als sie die Frau einmal ganz geschickt gefragt hatte, ob sie Lehrerin sei. Die Frage nach dem Beruf des Mannes hatte Frau Hagemann pauschal mit „in der Industrie" beantwortet und war dann weitergegangen. Das war etwas unbefriedigend für Miss Marple gewesen.

„Blöde Ziege", hatte sie gedacht. „Etwas genauer hätte sie das ja sagen können."

Nachdem Sie ihren Wellensittich Pupsi mit Futter und Wasser versorgt hatte, setzte sie sich mit einer frisch gebrühten Tasse Kaffee zu den Käsebroten an den Küchentisch. Während sie mit gutem Appetit die Schnitten verzehrte, überlegte sie weiter. Haus 19 A: Knut und Maike Schomaker. Das netteste und älteste Paar in ihrer Nachbarschaft. Leute, die manchmal kurz mit ihr sprachen und ihre Fragen beantworteten. Knut

Schomaker arbeitete im Controlling eines Versandhauses, während Maike Schomaker in der Volkshochschule in der Erwachsenenbildung tätig war. Miss Marple hatte festgestellt, dass es zwischen den Eheleuten manchmal Eifersuchtsszenen gab. Wenn sie nach einem Ausgang auf dem Weg zu ihrem Reihenhaus an Haus A vorbei kam, hatte sie hinter dem gekippten Küchenfenster schon öfter lautstarke Auseinandersetzungen gehört. Um ganz sicher zu gehen, war sie einmal durch das Stiefmütterchenbeet im Vorgarten zum Küchenfenster geschlichen und hatte vorsichtig hinein gespäht. Es hatte keinen Zweifel gegeben. Es waren keine Fernseh- oder Radiotöne, sondern es waren Knut und Maike Schomaker, die sich auf das Übelste beschimpften.

Sie hatte ihr Abendessen beendet, legte Teller, Tasse und Besteck in den Geschirrspüler und überlegte weiter. Blieben noch die Bewohner von Haus C. Die Jüngsten ihrer Nachbarn. Ein unverheiratetes Paar. Olaf Brunswick und Karina Gniefke-Ellinghausen. „Der Zauselbart und die Doppelnamen-Prinzessin, die gehören der Generation Lahmarsch an", hatte ihr verstorbener Mann immer gesagt. Er hatte recht gehabt. An Wochenenden schliefen sie immer bis zum Mittag, und an Müllabfuhrtagen vergaßen sie, die Tonnen an die Straße zu stellen. Der zauselbärtige Olaf Brunswick arbeitete als Computerfachmann bei einer Versicherung. Das hatte Miss Marple schon herausbekommen. Die Doppelnamen-Prinzessin an seiner Seite arbeitete auch. Jedenfalls ging sie jeden Tag um etwa acht Uhr aus dem Haus. Wohin, hatte Miss Marple noch nicht ermitteln können.

Normalerweise nahm Miss Marple gleich nach Ihrem Abendessen die Fernsehzeitschrift zur Hand. Sie sah sich gerne Dokumentationen mit starken Frauen an. Mit Frauen, die so waren wie sie. Jane Goodall zum Beispiel, die in Tansania unter Schimpansen lebte. Oder die Biologin Nicole Seiler, die sich in Afrika für den Erhalt der letzten Berggorillas einsetzte. Heute interessierte sie das Fernsehprogramm nicht. Sie kuschelte sich in ihre Sofaecke und überlegte: Welcher ihrer Nachbarn könnte vorhaben, seine Frau umzubringen? Knut Schomaker, der Mann aus Haus A, von dem sie wusste, dass er wegen der Eifersucht seiner Frau oft mit ihr stritt? Ihr unmittelbarer Nachbar aus Haus F, über den sie so gar nichts wusste? Sie hatte schon einige Male ihr Ohr an die Wand gelegt, die ihr Haus von dem der Nachbarn trennte. Außer Wortfetzen hatte sie nie etwas verstehen können. Von dem wortkargen Zauselbart aus Haus C, diesem lahmarschigen Computerspezialisten, der noch nie ein Wort mit ihr gesprochen hatte, und der den Eindruck eines Autisten machte, konnte sie sich nicht vorstellen, dass er vorhatte, seine Doppelnamen-Prinzessin mit einem Messer zu erstechen. Ein Messer sollte die Mordwaffe sein.

Das hatte auf dem Zettel gestanden, den sie neben der Altpapiertonne gefunden hatte. „Wie dumm von dem Mann", dachte sie. „Er hätte die Papierblätter, auf denen er seine Mordpläne notiert hatte, verbrennen müssen. Andererseits ist es gut, dass er es nicht getan hat. Sonst könnte ich ihm nicht auf die Schliche kommen."

Sie würde versuchen müssen, von den drei von ihr verdächtigten Männern Schriftproben zu bekommen.

Wenn die Schrift einer der Männer mit den handschriftlich ausgeführten Mordplänen identisch wäre, könnte sie mit den Indizien zur Polizei gehen und den Beamten beweisen, dass einer ihrer Nachbarn plante, seine Frau umzubringen.

„Wie komme ich an Schriftproben der Männer?" Mit ihren Gedanken bei diesem Problem ging sie schlafen, ohne heute den Fernseher eingeschaltet zu haben. Sie vergaß sogar, den Käfig von Wellensittich Pupsi mit dem Tuch abzudecken.

Am nächsten Morgen bekam sie einen Schreck, als sie auf den Wecker sah. Genau auf neun Uhr standen die Zeiger. So lange hatte sie schon lange nicht mehr geschlafen. Sie war erst gegen Morgen eingenickt, weil sie sich das Gehirn zermartert hatte, wie sie mehr über die Männer erfahren oder im Idealfall an Schriftproben herankommen könnte. In der Vergangenheit hatte sie schon mehrfach in Abwesenheit der Nachbarn deren Pakete, Päckchen und auch Briefsendungen angenommen. Die Pakete hatte sie schüttelnd ans Ohr und die Briefe gegen das Licht gehalten. Irgendwelche Erkenntnisse hatte sie leider nie daraus gewonnen.

Während sie den Morgenkaffee brühte, kam sie auf den nächstliegenden Gedanken, wie sie das Schriftproblem lösen konnte. Es war doch ganz einfach. Sie brauchte nur die Papiertonnen der Nachbarn zu überprüfen. Vermutlich würde derjenige, der den Mord plante, wieder etwas Handgeschriebenes hineinwerfen. Darauf hätte sie doch gleich kommen müssen. Während sie den vollen Kaffeefilter in den Kücheneimer für den biologischen Abfall warf, überlegte sie, dass es bis zum nächsten Abholtermin zu lange dauern würde.

Die als Opfer vorgesehene Frau wäre bis dahin längst getötet. Miss Marple durfte keine Zeit verlieren und musste schnell handeln. Das Problem war nur, dass sie bei diesen Ermittlungen die Grundstücke der Verdächtigen betreten musste. Aus Kriminalfilmen wusste sie, dass es Hausfriedensbruch war. Aber sie wusste auch, dass Gefahr im Verzug war. Den Begriff kannte sie, und es traf in diesem Fall eindeutig zu.

Alle Bewohner der Gasse 19 hatten ihre Tonnen im Garten hinter dem Haus stehen. Zugang hatten sie durch die Terrassentür des Wohnzimmers oder durch eine Gartenpforte, die auf die davor liegende Gasse mit der Nummer 17 führte. Von dort würde sie den Zaun übersteigen und die Grundstücke A, C und F betreten müssen. Im Überklettern der niedrigen Zäune hatte sie schon Übung. Als ihr Pupsi einmal durch die offene Terrassentür ins Freie entschlüpft war, musste sie über die Zäune ihrer Nachbarn steigen, um ihn fünf Reihenhausgärten weiter von einem Kirschbaum wieder in seinen Käfig locken zu können.

Während Miss Marple eine aufgebackene Brötchenhälfte mit Himbeermarmelade verzehrte, stand ihr Plan fest: Heute würde sie in der abendlichen Dunkelheit die Altpapiertonnen der Nachbarn auf Indizien überprüfen. Ihre Taschenlampe, die sie für einen eventuellen Stromausfall in der obersten Schublade ihres kleinen Flurschranks aufbewahrte, würde ihr dabei gute Dienste leisten. Befriedigt, dass sie mit ihrer Kombinationsgabe einen Weg zur Festnahme eines potentiellen Mörders gefunden hatte, schenkte sie sich noch eine Tasse Kaffee ein und biss herzhaft in die mit Käse belegte zweite Brötchenhälfte.

Den Tag hatte Miss Marple vertrödelt. Mit den Gedanken war sie bei der Lösung des Falles gewesen. Sie hatte Pupsis Käfig gereinigt, ihm sauberen Sand, Futter und frisches Wasser hinein gegeben. Im Supermarkt hatte sie sich nicht entscheiden können, was sie zu Mittag essen könnte. Sie hatte schließlich sechs Bio-Eier mitgenommen und sich ein leichtes Omelett zubereitet.

Beim Lesen der Tageszeitung war sie unkonzentriert gewesen und hatte einige Absätze zweimal lesen müssen, um den Sinn zu verstehen. Schließlich hatte sie die Fensterscheiben des Wohnzimmers geputzt und Staub gewischt, um auf andere Gedanken zu kommen.

Als es langsam dunkelte, wurde sie wieder unruhig. Sie fühlte sich wie vor einiger Zeit, als sie ihren ersten menopausialen Schub bekommen hatte und für andere unausstehlich geworden war.

„Es muss so etwas wie Jagdfieber sein", dachte sie. „Kein Wunder bei einem Mann in der Nachbarschaft, der ein Kapitalverbrechen begehen will, und den ich heute zur Strecke bringen werde."

Nach der Tagesschau blickte sie durch ihre Wolkenstore-Gardinen in den Garten. Es schien jetzt dunkel genug zu sein, um die Beweismittel für einen geplanten grausamen Mord gefahrlos sichern zu können. Die Nachbarn würden sich vielleicht den Krimi nach der Tagesschau im 1. Programm ansehen und deshalb nichts von den Ermittlungen in ihren Gärten bemerken. Sie war sich ganz sicher, dass sie der Polizei morgen oder vielleicht sogar heute noch den Mann benennen und die Beweise präsentieren könnte. Sie zog sich flache, feste Schuhe an. Beinfreiheit für das Übersteigen der Gartenzäune hatte sie in ihrem Faltenrock. Sie zog noch ihre leichte dunkelgraue Windjacke an und verbarg ihre üppige Haarpracht unter einer Baskenmütze. Nach der Überprüfung der Funktionsfähigkeit ihrer Taschenlampe verließ sie das Haus.

Zuerst nahm sie sich die Papiertonne ihrer unmittelbaren Nachbarn vor. Elmar und Susanne Hagemanns Entsorgungstonnen standen am Ende des Gartens am Zaun, der die beiden Grundstücke voneinander trennte. Miss Marple konnte sich hinüber beugen und den Inhalt von ihrem Grundstück aus kontrollieren. Sie klappte den Deckel der Altpapiertonne hoch, leuchtete hinein – nichts! Kein Fetzen Papier war heute in die Tonne geworfen worden. Sicherheitshalber sah sie auch in der grünen Biotonne und der grauen Restmülltonne nach. In der einen lag ein vertrockneter Blumenstrauß, in der anderen Tonne ein voller Staubsaugerbeutel. Nirgendwo ein Stück Papier.

Die Tonnen von Olaf Brunswick und Karina Gniefke-Ellinghausen in Haus C standen dicht an der Terrasse des Hauses. In keinem der Zimmer brannte Licht. Das war günstig. Die beiden jungen Nachbarn waren nicht im Haus. Auf der anderen Seite hieß das aber auch, dass durch eine ganztägige Abwesenheit der Bewohner keine neuen Papiere in der Tonne sein konnten.

Der niedrige Gartenzaun war schnell überstiegen. Mit ein paar flotten Schritten war sie bei den Tonnen. Sie schlug den Deckel des Papierbehälters hoch. Volltreffer! Ein dicker Stapel DIN A 4 Blätter lag in der Tonne. In der linken Hand die Taschenlampe haltend, durchwühlte sie mit der rechten Hand den Stapel. Die Enttäuschung war groß. Alle Blätter waren bedruckt oder mit dem Computer beschrieben. Sie förderte nichts Handschriftliches ins Licht der Taschenlampe. Nur alte Versicherungspolicen, Steuerformulare, Briefe der Energieversorger des Hauses. Unter anderen Umständen hätte Miss Marple sich brennend dafür interessiert. Heute ging es ihr nur um Handgeschriebenes, um Beweise, mit denen sie ein Verbrechen verhindern konnte. Nach einer Kontrolle der beiden anderen Tonnen verließ sie das Grundstück.

Blieb noch Haus A. Bewohnt von Knut Schomaker und seiner eifersüchtigen Ehefrau Maike. Im Wohnzimmer brannte Licht. Das musste nichts heißen. Sie wusste, dass manche Nachbarn bei Abwesenheit in einigen Zimmern die Lampen vor Verlassen des Hauses einschalteten, um potentiellen Einbrechern die Anwesenheit von Menschen im Haus zu signalisieren. Das Licht konnte auch durch eine Zeitschaltuhr gesteuert sein.

Die Sprossen der Gartenpforte boten besten Halt, um hinüber steigen zu können. Schnell hatte Miss Marple die an einem hölzernen Gartenhaus stehenden Tonnen erreicht. Nach dem Hochklappen des Deckels erfasste der Lichtstrahl der Taschenlampe einige handgeschriebene Zettel im Format DIN A 4, weitere Blätter und sehr viel zerknülltes Papier. Miss Marples Adrenalinspiegel stieg. Sie musste sich tief vornüber in die 240-Liter-Tonne beugen, um die am Boden liegenden Schriftstücke greifen zu können. Beim ersten Versuch klappte es nicht. Sie legte ihre Taschenlampe neben die Tonne, um beide Hände für die Bergung der Beweisstücke frei zu haben.

Mit ausgestreckten Armen und mit ihren Füßen in der Luft, tauchte sie tief in die jetzt dunkle Tonne und versuchte mit beiden Händen nach dem Papier zu greifen. Der karierte Faltenrock legte sich dabei wie eine Glocke über die Tonne mit der darin bis zur Hüfte steckenden Miss Marple. Da sie möglichst alle Blätter und das zerknüllte Papier in die Hände bekommen wollte, strampelte sie mit den Beinen und verlagerte ihr Gewicht, um tiefer zum Boden zu gelangen. Dabei geriet die Tonne ins Schwanken, neigte sich bedrohlich und fiel schließlich polternd mit der darin verkeilten Miss Marple zu Boden. Doch bevor sie sich von dem Schreck erholt hatte, spürte sie, wie sie an den Beinen gepackt und gezogen wurde.

Im ersten Moment bekam sie vor Angst keinen Ton heraus. „Jetzt bin ich sein erstes Opfer", war ihr erster Gedanke, bevor sie laut um Hilfe schrie. Ihre mit schriller Stimme ausgerufenen Laute bekamen in der fast leeren Tonne einen dunklen, schauerlichen Ton.

Miss Marple merkte, wie die schraubstockartigen Griffe ihre Fesseln losließen, sie um die Hüften fassten, sie das letzte Stück aus der Tonne zogen. Dabei wurde sie auch aus ihrer grauen, etwas weiten Windjacke gezerrt, die an der Tonnenkante hängen blieb. Ihre Baskenmütze war auf den Boden der Tonne gefallen.

Als sie von kräftigen Armen auf den Erdboden gestellt worden war, erkannte sie in ihrer Todesangst Knut Schomaker. In der einen Hand noch krampfhaft ein paar zerknüllte Papierblätter haltend, wurde sie von ihrem Nachbarn am Oberarm gepackt und durch die offen stehende Terrassentür in sein Wohnzimmer geschoben. Dort ließ er sie los, schloss hinter ihnen die Tür und zog den Vorhang zu.

Erst jetzt, im Licht der Lampe über dem großen Wohnzimmertisch, erkannte Knut Schomaker die Nachbarin, obwohl Gundula Göske anders als bei einer Begegnung auf der Straße aussah. Die üppige Haarpracht der nicht unattraktiven Frau fiel ungebändigt bis auf ihre Schultern. Da die beiden obersten Knöpfe ihrer Rüschenbluse bei dem Herausziehen der Frau aus der Altpapiertonne abgesprungen waren, ließ das Kleidungsstück einen Großteil ihres prächtigen Busens sehen. Der Faltenrock war zerknittert und an den flachen Schuhen befand sich etwas Erdreich.

Knut Schomaker, von großer kräftiger Gestalt, wirkte leicht amüsiert. „Miss Marple, Entschuldigung, ich meine Frau Göske; was haben Sie in meinen Mülltonnen gesucht?" Dabei fasste er nach der Hand der Nachbarin, die immer noch das zerknüllte Papier hielt. Widerstandslos ließ die sich ihre Beute abnehmen. Die zitternde Frau, die jetzt nichts mehr von der englischen Amateurdetektivin an sich hatte, brachte kein Wort heraus. Die Todesangst stand ihr immer noch ins blasse Gesicht geschrieben.

Als Knut Schomaker das Papier geglättet und einen Blick darauf geworfen hatte, rückte er einen Stuhl an den Esstisch. „Setzen Sie sich doch erst einmal."

Widerstandslos ließ sich Gundula Göske auf den angebotenen Stuhl fallen. Auf dem Tisch lag ein kleiner Stapel DIN A 4 Blätter. Das oberste Blatt war zur Hälfte beschrieben. Ein Kugelschreiber lag auf den geschriebenen Zeilen. Daneben lag ein Frühstücksbrett, auf dem ein angeschnittenes Brot lag.

„Bauernbrot, das mit der harten Kruste, vom Hansebäcker", erkannte Gundula Göske. Ein großes Messer mit der sägeartigen Schneide lag neben dem Brot. Eine Kaffeekanne und ein Becher vervollständigten das Bild, das sich der Frau auf dem Tisch bot.

Knut Schomaker kam ihr größer vor, als sie ihn von den kurzen Begegnungen vor den Häusern der Gasse in Erinnerung hatte. Und kräftig musste er sein. Das hatte er bewiesen, als er sie aus der Altpapiertonne gezogen und auf die Beine gestellt hatte.

Knut Schomaker nahm aus einem Wandschrank einen Becher und eine Flasche Scotch, goss in beide Becher einen kräftigen Schuss Whisky und füllte mit Kaffee aus der Kanne auf. Er stellte einen der Becher vor der verängstigten Frau hin. „Fast ein Pharisäer, Rum habe ich leider nicht. Trinken Sie erst mal einen Schluck, der wird Sie auch seelisch wieder auf die Beine bringen." Er hob seinen Becher. „Prost; und nun raus mit der Sprache; was haben Sie in meinen Mülltonnen gesucht."

Gundula Göske merkte erst jetzt, dass Sie ihre Windjacke und die Baskenmütze, als sie kopfüber aus der Tonne gehoben wurde, verloren haben musste. Sie ordnete mit ihren Händen die Haare und strich sich – so gut es ging – den Faltenrock glatt und versuchte eine Erklärung: „Ich wollte Beweismaterial sichern."
„Beweismaterial? Wofür?"

„Für einen geplanten Mord", sagte Gundula Göske immer noch zitternd und blickte auf das lange Brotmesser. Dabei fiel ihr auf, dass die Ehefrau des Mannes nicht im Haus zu sein schien.

Knut Schomaker folgte ihrem Blick und lächelte. „Ich verstehe; ein Mord mit einem Messer. Wie sind Sie darauf gekommen?

Gundula Göske setzte ihren Becher an die Lippen, trank einen Schluck und entspannte sich etwas. „Durch die Zettel aus der Altpapiertonne, die bei der Leerung auf die Straße geflattert waren. Und da ich schon einige Male einen heftigen Streit zwischen Ihnen und Ihrer Frau gehört habe, konnte ich eins und eins zusammen zählen."

Knut Schomakers Lächeln wurde zu einem Grinsen. Er stand auf und nahm aus einem Wandregal zwei Bücher heraus und legte sie vor Gundula Göske auf den Tisch. Die Frau blickte auf die Titel: „Mord im Hochhaus" und „Mörderisches Wochenende". Auf den beiden Büchern war Knut Schomaker als Autor angegeben.

Gundula Göske atmete tief durch. „Und ich habe gedacht, . . ." Sie sprach nicht aus, was sie gedacht hatte, sondern leerte ihren Becher Pharisäer.

Knut Schomaker hatte seinen Becher auch leer getrunken und gab seiner Nachbarin eine Erklärung: „Ich notiere die Ideen für meine Bücher, die ich neben meinem eigentlichen Beruf schreibe, immer von Hand. Jederzeit und überall. So wie eben beim Abendessen hier am Tisch. Zettel und Stifte liegen im Haus überall dafür bereit. Manchmal wird es auch ein ganzer Handlungsablauf. Gleich nach der Eingabe in den Computer wandern die Ideenzettel zum Altpapier und damit in der Tonne."

Gundula Göske wurde wieder zu Miss Marple: „Wo ist denn Ihre Frau?", fragte sie den Schriftsteller, wobei sie noch einmal die Eifersuchtsszenen, die sie durch das gekippte Küchenfenster gehört hatte, erwähnte.

Auch die Frage beantwortete Nachbar Schomaker lächelnd: „Meine Frau ist Schauspiel-Dozentin an der Volkshochschule und einige Tage verreist. Was Sie gehört haben, waren einige Szenen aus meinem ersten Theaterstück. Meine Frau und ich proben manchmal einige Textpassagen. Ich will hören, ob es realistisch klingt, was ich geschrieben habe. Allerdings – meine Frau ist tatsächlich sehr impulsiv und auch eifersüchtig; besonders auf die jungen Schauspielerinnen, die in meinem Stück spielen. Aber deshalb bringe ich sie doch nicht um."

Knut Schomaker schenkte noch einmal Kaffee und einen Schuss Scotch in die Becher. „So, bevor Sie gehen, trinken wir noch einen Schluck, und dann wollen wir Ihr Delikt Hausfriedensbruch vergessen."

Während sie die Becher an den Lippen hatten, hörten sie das Klappen der Haustür, das scheppernde Geräusch, das vom Wurf eines Schlüsselbundes auf eine Glasplatte verursacht wurde und Maike Schomaker kam zur Wohnzimmertür herein.

Noch im Mantel und mit einer Reisetasche in der Hand überblickte sie die Situation. Auf dem Tisch sah sie das Brot, die Kaffeekanne, zwei Becher, das Messer und eine Flasche Scotch. Sie blickte auf die etwas derangiert aussehende Haus-Nachbarin am Tisch. Sie sah eine Frau mit langen, offenen, etwas zerwühlt aussehenden Haaren und einer Bluse, die soweit geöffnet war, dass die üppigen Brüste fast frei lagen.

Maike Schomaker wurde zur Furie. Zornrot angelaufen blickte sie von Gundula Göske zu ihrem

Mann und schrie mit sich überschlagender Stimme: „So ist das also. Da bin ich mal ein paar Tage nicht im Haus und schon nimmt eine Geliebte meinen Platz ein. Wie war sie denn im Bett, diese neugierige Schlampe. Konnte sie . . ."

Knut Schomaker fiel ihr ins Wort. „Nun mach mal halblang. Es ist nicht so, wie du denkst. Ich wollte doch nur . . ."

Maike Schomaker ließ ihn nicht ausreden: „Ja, du wolltest nur, du hast sie nur gevögelt, wie alle Frauen, mit denen du herummachst, du verdammtes Schwein." Maike Schomaker hatte sich nicht mehr in der Gewalt. Sie ließ ihre Reisetasche aus der Hand fallen und griff wie von Sinnen zu dem langen Brotmesser, und führte es wie ein Degenfechter seine Waffe auf den Gegner, gegen die Brust ihres Mannes.

Gundula Göske, die sich mit einem lauten „Nein" dazwischen warf, spürte nicht, wie das Brotmesser mit den Sägezähnen sich durch ihre freiliegende linke Brust in ihren Körper bohrte. Mit dem Messer bis zum Heft in Höhe des Herzens im Leib, sackte sie röchelnd, die Augen verdrehend, auf dem Schoß von Knut Schomaker tot zusammen.

All Inclusive – auch der Tod

Die Stimmung hatte ihren Höhepunkt erreicht. Der Chefanimateur rief die Gewinner des Karaoke-Abends auf die kleine Bühne im Saal des Hotels. Eine etwas übergewichtige dralle Blondine in einem zu engen Kleid, das ihre überbordenden Formen kaum fassen konnte, sprang zuerst auf das Podium. Der männliche Gewinner, ein über und über tätowierter, stark gebauter Engländer in Muskelshirt und Jogginghosen, folgte der Blondine. Er hatte den Sieg mit „Delilah" in der Interpretation von Tom Jones errungen. Die Blondine hatte die All-inclusive-Gäste mit Celine Dions „My Heart will go on" nicht zu Begeisterungsstürmen, aber zu brüllendem Gelächter gebracht. Das hatte für den ersten Preis gereicht.

Unter dem Gejohle und Gepfeife des angetrunkenen Publikums überreichte der Animateur den beiden Siegern jeweils eine Urkunde, die sie triumphierend in die Höhe hielten.

Wie jede Veranstaltung im Baccara Hotel in Puerto de Santiago auf Teneriffa endete damit kurz nach 23 Uhr der Veranstaltungsabend. Nach und nach verließen die Gäste den Saal, um ihren Rausch im Hotelzimmer auszuschlafen. Die Sieger verzogen sich mit dem harten Kern der Zecher an die weiterhin geöffnete Bar, um ihren Sieg zu feiern.

Es war eine bunt zusammen gewürfelte Gesellschaft mit überwiegend deutschen Gästen, die sich um den langen, in ovaler Form gestalteten Tresen zusammen fand. Das große Wort führte nicht der grobschlächtige Sieger des Wettbewerbs, sondern ein Deutscher.

Gert Dietermann war Alleinreisender. Er hatte All in clusive gebucht, um sich – wie er schon mehrfach in fröhlicher Runde gesagt hatte – mal richtig die Kante zu geben. In bier- und schnapsseliger Laune hatte er anderen Zechern gestanden, dass er zu Haus in Castrop-Rauxel unter der Fuchtel seiner dominanten Ehefrau keinen Alkohol trinken durfte. Da sie wegen ihrer Mops-Zucht, der sie sich mit Hingabe widmete, kein Interesse an einer Urlaubsreise hatte, ließ sie ihn einmal im Jahr von der Leine. Das nutzte Gert Dietermann, um es mal richtig krachen zu lassen. Zwar nahmen alle Gäste mit der All-inclusive-Regelung die Gelegenheit wahr, dem Alkohol kräftig zuzusprechen, aber Dietermann übertraf sie alle.

Morgens, nach dem Frühstück begann er mit Wodka, zum Mittagessen musste es Bier vom Fass sein, Nachmittags beim Bingo – von dem zweiten Animateur des Hotels lautstark mit Bingo-Bingo-Bunga-Bunga-Rufen angekündigt – schlürfte er, bequem auf eine Liege am Pool hingefläzt, die gehaltvollen Longdrinks. Zum üppigen Abendessen und bei dem täglichen Unterhaltungsprogramm wie "Wahl der Miss Baccara" oder „Das ideale Paar", trank er alles, womit er mit der sich herausgebildeten Zecher-Clique anstoßen konnte. Zu dieser Clique gehörte auch ein Paar, bei dem nicht deutlich wurde, wie sie zueinander standen. Eine etwas verlebt aussehende Frau und ein deutlich jünger wirkender Mann.

Indiskrete Fragen, ob Mutter und Sohn oder Frau und Mann wurden von Trixi und Gernot abgeblockt. Die beiden bewiesen jeden Abend, dass man sich auch mit Haselnuss-Likör ganz gepflegt betrinken konnte. All inclusive.

Der Stamm dieser aus ungefähr zwölf Personen bestehenden Clique wechselte durch die unterschiedlichen Ankunfts- und Abfahrtszeiten ständig. Nur die Langzeiturlauber bildeten einen trinkfesten Stamm.

Neu hinzugekommen war ein Ehepaar aus Cloppenburg. Rainer und Mona Bredenbeck. Er, ein brachial wirkender Mann. Von kräftiger Gestalt mit Stiernacken und vor sich her getragener Wampe vermittelte er den Eindruck, dass er alles im Griff hatte. Sie dagegen wirkte geradezu elfenhaft. Zart, aber gut gebaut, mit schmaler Taille und langen blonden Haaren, machte sie einen etwas in sich gekehrten Eindruck.

Sie war es, die zum Aufbruch drängte. „Du willst morgen doch die Wanderung mitmachen. Lass uns aufs Zimmer gehen."

Sie hatte Recht. Rainer Bredenbeck war nicht zum Saufen, sondern zum Wandern nach Teneriffa gekommen. Als Inhaber eines Sanitärbetriebes war er nicht mehr vor Ort tätig, sondern leitete seinen Betrieb vom Schreibtisch aus. Dabei hatte er in den letzten Jahren Fett angesetzt und war träge geworden. Ein Aktivurlaub mit ausgiebigen Wanderungen sollte etwas von seiner ehemals guten Kondition zurückbringen.

Er hatte den Betrieb aus kleinsten Anfängen zu einem Unternehmen mit über 40 festen Mitarbeitern gemacht. Während der ersten Jahre nach der Wiedervereinigung, die in den neuen Bundesländern einen

Bauboom auslösten, hatte er gute Geschäfte gemacht. Er hatte in seinen Betrieb investiert und Gewinne in Immobilien und Grundstücken angelegt. Er war zu einem vermögenden Mann geworden. Mona, die vor ihrer Heirat mit Rainer Bredenbeck als Fremdsprachenkorrespondentin gearbeitet hatte, unterstützte ihn in seinem Betrieb. Sie koordinierte die Termine der Firma auf den Baustellen mit den anderen Handwerksfirmen und den Architekten.

Mona hatte nicht viel Überredungskraft gebraucht, um ihn zu überzeugen, diese Reise mitzumachen. Sie hatte schon einige Male hier im Süden Teneriffas Urlaub gemacht, während Rainer Bredenbeck den Aufbau seines Betriebes vorantrieb.

Die Bergwelt über Los Gigantes hatte sie fasziniert. Bei einer geführten Wanderung durch die Maska-Schlucht hatte sie eine vage Idee gehabt. Zuerst war sie über sich selbst erschrocken und hatte die Idee wieder aus ihrem Bewusstsein verdrängt. Aus ihrem Urlaub zurückgekehrt und wieder mit der unfreundlichen, aggressiven und selbstherrlichen Art ihres Mannes konfrontiert, war die Idee wieder aufgeblüht wie eine fast vertrocknete Pflanze nach einem Regenguss. Sie war es leid, die Demütigungen und Gewalttätigkeiten des Handwerksmeisters zu ertragen. Eine Scheidung käme für ihn nicht in Frage, hatte er gesagt. In seinem überwiegend katholisch und konservativ geprägten Kundenkreis und bei den ihn beauftragenden Architekten würde er bei einer Scheidung geschäftliche Einbußen hinnehmen müssen. Aber es war auch die attraktive Frau an seiner Seite, mit der er bei Richtfesten, Hauseinweihungen und Empfängen der Handwerkskammer glänzte, die er nicht verlieren wollte. Nach jedem familiärem Krach, bei dem ihm auch schon mal die Hand ausrutschte, versprach er reumütig Besserung. Eine Besserung, die nie eintrat. Kinder, die so etwas wie ein Bindeglied zwischen ihnen hätten sein können, hatten sie nicht. So waren die Urlaube, die sie auf Teneriffa bisher allein gemacht hatte, immer Zeiten des Auf- und Durchatmens gewesen.

TRAVEMÜNDE

Die vage Idee, die ihr im letzten Jahr bei der Wanderung durch die Maska-Schlucht gekommen war, wurde konkreter, als sie Arnold Wagner kennen gelernt hatte. Rainer Bredenbeck hatte einen Herrenausflug mit der Handwerker-Innung nach Hannover gemacht. Sie konnte sich sehr gut vorstellen, wo dieser Ausflug in Hannover enden würde. Sie selbst hatte die Abwesenheit ihres Mannes genutzt, um einen Wochenendausflug an die Ostsee zu machen. Ihre ehemalige Schulfreundin Bettina war in Tavemünde mit dem Besitzer eines kleinen Hotels verheiratet. Seit Beendigung ihrer Schulzeit vor zwölf Jahren war die Verbindung zwischen ihnen nie abgebrochen. Zuerst hatten sie sich gegenseitig besucht, aber in den letzten Jahren waren die Besuche von Bettina bei Mona immer seltener geworden. Auch die Freundin fand die unangenehme Art Rainer Bredenbecks abstoßend und lud ihre Freundin lieber zu sich nach Travemünde ein. Eine kleine Dachkammer war auch bei voll belegtem Hotel immer für Mona frei.

Bei einem Besuch im vorigen Frühjahr war es passiert: Mona hatte einen Mann kennen gelernt. Arnold Wagner. Ein Mann, der so ganz anders als Rainer Bredenbeck war. Einfühlsam, zuvorkommend und höflich. Erst durch ihn merkte sie, was ihr in den Jahren der Ehe mit ihrem Mann gefehlt hatte. Gespräche, in denen ihre Meinung zu bestimmten Themen nicht einfach mit einer Handbewegung abgetan wurde, und eine Schulter, an die sie sich lehnen konnte, wenn es ihr mal nicht so gut ging.

Arnold Wagner hatte sie angesprochen, als ihre Freundin Bettina sich um eine neu im Hotel eingetroffene Reisegesellschaft kümmern musste und Mona einen spätnachmittaglichen Spaziergang am Strand machte. Sie hatte sich barfuss laufend an einer zerbrochenen Muschel den rechten großen Zeh aufgeschnitten. Mit einem Stofftaschentuch hatte er den Fuß umwickelt, und ihr seine Schulter angeboten, auf die sie sich stützen konnte. An Arnold Wagners Seite war sie zu einer Erste-Hilfe-Station an der Strandpromenade gehumpelt. Nachdem die kleine Schnittwunde versorgt worden war, hatte er sie zu einem Kaffee eingeladen. Aus Dankbarkeit für die Hilfe mochte sie ihm die Einladung nicht abschlagen. Im Gespräch bei Cappuccino und Käsekuchen merkte sie, dass der Zufall sie mit einem interessanten Mann zusammen geführt hatte. Arnold Wagner war ein gut aussehender, schlanker und durchtrainiert wirkender Mann, der zwei Köpfe größer als sie war. Braungebrannt, mit vollen blonden Haaren und blauen Augen hatte sie ihn für einen Mann von der Küste gehalten.

Im Gespräch mit ihm erfuhr sie bald, dass er nur geschäftlich in Travemünde war. Seine Heimatstadt war Bremen. Es stellte sich heraus, dass Arnold Wagner zwölf Jahre älter als sie war. Er erzählte ihr, dass er nach einem abgebrochenen Jurastudium ein paar Jahre zur See gefahren und anschließend zwei Jahre in der französischen Fremdenlegion in Übersee gewesen sei. In Französisch Guyana, Neu Kaledonien und auf den Antillen war er eingesetzt worden. Diese wilde Zeit – wie er sich ausgedrückt hatte – sei abgeschlossen und seinen Lebensunterhalt würde er jetzt im Chartergeschäft von Motor- und Segelyachten verdienen.

Für Mona tat sich eine spannende Welt auf, die mit ihrer kleinbürgerlichen Umgebung in dem soliden Handwerkermilieu in Cloppenburg nicht zu vergleichen war. Gebannt hatte sie an seinen Lippen gehangen, als er von seinen Abenteuern auf Martinique und Guadeloupe erzählte. Auch seine jetzige Tätigkeit, für die er nicht nur an Nord- und Ostsee arbeitete, führte ihn nach Übersee. Seine Reisen in die Karibik und in die Südsee boten Stoff für interessante Erzählungen. Eine langfristige Beziehung oder gar eine Heirat hatte sich in seinem unsteten Leben bisher nicht ergeben. Erst jetzt, da er in ein gesetztes Alter käme, sei die Zeit reif, sein Leben als einsamer Wolf zu beenden, hatte er noch hinzu gefügt, wobei er Mona tief in die Augen geblickt hatte. Mona war von dem Mann hingerissen.

Es blieb nicht bei Cappuccino und Käsekuchen. Sie ließ sich von Arnold Wagner verführen „einmal aus ihrer Ehe auszubrechen", wie er es genannt hatte. In seinem Hotelzimmer zeigte er sich von einer zärtlichen

Seite, wie sie es in ihrer zehnjährigen Ehe bei ihrem Mann nie kennen gelernt hatte.

Mona und Arnold Wagner verbrachten das ganze Wochenende miteinander. Monas Freundin Bettina kam ihre Abwesenheit sehr gelegen, weil die neu eingetroffene Reisegruppe einige Probleme bereitete und ihre ganze Aufmerksamkeit erforderte.

Es blieb auch nicht bei dem Wochenende in Travemünde. Mona Bredenbeck und Arnold Wagner sahen sich von da an fast regelmäßig. Nur wenn sein Chartergeschäft ihn auf die Balearen, die Kanaren oder in die Karibik führte, gab es eine Pause, deren Ende Mona immer mit Ungeduld erwartete. In einer längeren Wartezeit hatte er ein größeres Geschäft in Kolumbien abwickeln müssen. In Cartagena hatte es sich dabei um die Hochseeyacht eines Saudi-Prinzen gehandelt die überführt werden musste.

Um die Gastfreundschaft von Monas Freundin Bettina nicht überzustrapazieren, trafen sie sich auch auf halber Strecke zwischen Cloppenburg und Bremen in einem Hotel in Delmenhorst.

Arnold Wagner war es, der Mona wieder an die vage Idee, die sie in der Masca-Schlucht auf Teneriffa gehabt hatte, denken ließ. Bei „der Zigarette danach" hatte er sie im Doppelbett des Hotels „Zum Deichgrafen" in Delmenhorst nach dem familiären Umfeld ihres Mannes gefragt.

„Da gibt es Niemanden, er hat keine Angehörigen", hatte sie gesagt.

„Kinder habt ihr keine, also bist du die Alleinerbin", hatte er nach einem tiefen Zug aus seiner Zigarette festgestellt.

Nachdem er die Kippe im Aschenbecher auf dem Nachttisch ausgedrückt hatte, war ihm noch ein Halbsatz von den Lippen gekommen: „Was wäre wenn ..."
Er hatte den Satz nicht beendet, und Mona wollte nichts zu diesem Thema hören, obwohl sie in der Masca-Schlucht auch in diese Richtung gedacht hatte. Aber der Grundstein für einen Plan war gelegt. Der Gedanke, statt eines Lebens an der Seite eines großkotzigen, überheblichen und gewalttätigen Kerls mit einem charmanten, aufmerksamen Mann, den sie liebte, leben zu können, ließ sie nicht mehr los.
Der Same, der gelegt war, ging nach einigen Monaten und unendlich vielen Gesprächen auf. Arnold Wagner, der viel Überzeugungsarbeit geleistet hatte, und Mona waren sich einig: Rainer Bredenbeck musste beseitigt werden.
Sie hatten einen einfachen, ihnen perfekt erscheinenden Plan entwickelt. Mona hatte ihrem Mann vorgeschlagen, sie in diesem Jahr auf ihrem Urlaub nach Teneriffa zu begleiten. Dort könne er auf Bergwandertouren abspecken und seine Kondition verbessern.
Nach einigen Einwänden hatte er zugestimmt: „Höchstens eine Woche. Länger kann ich dem Betrieb nicht fernbleiben."

OROTAVA

Rainer Bredenbeck hatte die Verantwortung für den reibungslosen Ablauf der Arbeiten in seinem Betrieb in die Hände seines zuverlässigen Meisters Hermann Plate gelegt. „Eine Woche ohne Chef werden wir schon aushalten", hatte der knorrige alte Hase, der schon seit Gründungsjahren dabei war, etwas ironisch gesagt.

Mona hatte für sie acht Tage „All inclusive" gebucht. Etwas widerwillig hatte Rainer Bredenbeck sich das rote Plastikarmband, das ihn als All-inclusive-Bucher auswies, anlegen lassen.

„Äußerst gewöhnungsbedürftig, das ist wie ein Trichinenstempel bei Schweinen", hatte er gemurrt.

Drei Tage waren inzwischen herum. Am ersten Tag hatten sie zur Einstimmung eine Inselrundfahrt in einem Mietwagen gemacht. Mona konnte ihrem Mann mit ihrer Teneriffa-Erfahrung die Sehenswürdigkeiten der Insel erläutern. Nach einer Besichtigung der alten Hauptstadt La Laguna, die mehrere Jahrhunderte lang das geistige und politische Zentrum Teneriffas war, hatten sie einen Abstecher nach Santa Cruz, der heutigen Hauptstadt Teneriffas und der Hafenstadt Puerto de la Cruz gemacht.

Rainer Bredenbeck zeigte kein allzu großes Interesse an den Sehenswürdigkeiten der Insel und drängte immer schnell zur Weiterfahrt.

Sie waren nach La Orotava gefahren. Im Stadtkern dieser Stadt, die als Europas Kulturerbe anerkannt war, hatten Taschendiebe Rainer Bredenbeck 400 Euro aus der Gesäßtasche seiner Hose gestohlen. Es war in einem Pulk von Menschen beim Betrachten der historischen Bauten passiert.

Auf dem Revier der Guardia Civil, wo sie den Diebstahl zu Protokoll gegeben hatten, konnten sie zwei Diebinnen auf einem Fax identifizieren. Es handelte sich nach Aussage des Beamten um Rumäninnen, die sich aus Touristengruppen, die auf Sightseeing-Tour waren, ihre Opfer heraussuchten.

Die Lust an weiteren Besichtigungen war Rainer Bredenbeck damit völlig vergangen. In seinem ersten Ärger über den Diebstahl wollte er den Urlaub sofort abbrechen und nach Deutschland zurückfliegen. Mona hatte ihre ganze Überredungskunst aufbringen müssen, um ihren Mann zum Hierbleiben zu bewegen.

Sie waren in ihr Hotel zurückgefahren, wo zum Schaden noch der Spott kam, als Rainer Bredenbeck an der Hotelbar in der Runde der Zecher empört von dem Erlebnis berichtet hatte. Es war für ihn nur ein schwacher Trost, dass anderen Gästen ähnliches Missgeschick passiert war.

Ein Mann, den alle den Grauen nannten – graue Haare, graue Augenbrauen, graue Bartstoppeln und immer grau gekleidet – berichtete, dass ihm in einer ähnlichen Situation eine Kugel Eis an die Jacke geklatscht worden war. Nachdem hilfsbereite Passanten ihm – so gut es ging – die Jacke mit Taschentüchern gereinigt hatten, hatte er feststellen müssen, dass ihm dabei die Geldbörse aus der Jacke gezogen worden war.

Ein Neuankömmling in der Runde der Zecher, der, wenn er sprach, unschwer als Berliner zu erkennen war, erzählte, dass ihm aus einer mit Reißverschluss und Knöpfen gesicherten Gesäßtasche sein Bargeld gestohlen worden war. Der Dieb hatte die Hosentasche mit einer Rasierklinge aufgetrennt.

„Aber bis zu deiner Arschbacke ist er dabei nicht durchgekommen, oder?", hatte ein offensichtlich schon angetrunkener Gast mit rheinischem Dialekt gejohlt.

Für Rainer Bredenbeck war das Thema „Besichtigungen" damit erledigt gewesen. „Ab morgen wird nur noch gewandert. Deshalb bin ich schließlich hier."
Mona hatte das nicht ungern gehört.

TAMAIMO

Am zweiten Tag hatten sie sich mit einem Taxi nach Tamaimo hochfahren lassen. Ihr Tagesziel war Cruz de los Missioneros. Der Weg führte von dem kleinen Ort aus über den Osthang des Montana de Guama hoch bis zum Kreuz der Missionare. Von La Vera, dem ältesten Teil von Tamaimo waren sie unterhalb eines alten Dreschplatzes auf den aufsteigenden Weg gestoßen, der zum Kreuz hoch führte.

Als Rainer Bredenbeck hoch geblickt und das Kreuz auf der höchsten Bergspitze des Massivs gesehen hatte, waren ihm Zweifel gekommen, ob er diese Höhe bewältigen könne. Aber er wollte sich vor seiner Frau, die leichtfüßig voranschritt, keine Blöße geben und war hinterher gestapft. Immer bergauf steigend, waren sie an großblättrigem Mauerpfeffer, Ginsterbüschen und Wolfsmilchsträuchern vorbei gekommen.

Nachdem sie eine hoch gelegene, versiegte Quelle passiert hatten, führte das letzte Stück auf schmalem Pfad serpentinenartig und immer steiler werdend bis zu dem mehrere Meter hohen Kreuz. Dabei waren sie mehr geklettert als gewandert. Oben angekommen hatten sie ausgiebig Rast gemacht.

Den beeindruckenden Blick auf das Bergmassiv von Teno hatte Mona nicht richtig genießen können. Ihre Gedanken waren immer wieder zu Arnold Wagner, und dem Plan, der gemeinsam verwirklicht werden sollte, gegangen. Aber ein paar Tage, die wie die Urlaubszeit eines in Harmonie lebenden Ehepaares aussehen sollten, mussten sein. Das war Teil ihres Planes.

Nach einem Blick auf die kleine Nachbarinsel Gomera, die bei klarer Sicht in der Ferne gut zu erkennen war, hatte Mona ihren Rucksack geöffnet und etwas Obst und zwei Flaschen Wasser herausgeholt.

Getrübt wurde das Picknick, wie auch vorher schon der Aufstieg, durch die Vorwürfe, die Rainer Bredenbeck seiner Frau machte. Er hatte sich immer noch nicht darüber beruhigt, in Oratava das Opfer von Taschendieben geworden zu sein. „Du mit deinen Scheißbesichtigungen wolltest unbedingt diese Tour zu den alten Bruchbuden machen." So und ähnlich hatte er Mona schon beschimpft, als er über das Geröll des unwegsamen Pfades hoch gestapft war.

Mona hatte seine Wutausbrüche nicht kommentiert, sondern nur daran gedacht, dass es bald damit vorbei sein würde.

Für den Abstieg vom Kreuz der Missionare hatte Mona eine andere, deutlich einfachere, aber dafür längere Strecke gewählt. In einem großen Bogen liefen sie im Teno-Massiv an den Ruinen verlassener Fincas vorbei. Ein Anbau von Gemüse und Getreide hatte sich für die Kleinbauern vermutlich nicht mehr gelohnt, und sie hatten ihren steinigen, kargen und trockenen Boden verlassen. Eingefallene Mauern und noch erkennbare Dreschplätze zeugten davon, dass diese Bergwelt einmal besiedelt war.

Schweigsam waren sie den nicht sehr steilen, weit um Berghöhen geschwungenen Weg nach Masca hinunter gelaufen. Als schönstes Dorf Teneriffas gerühmt, war Masca ebenso wie die anderen Dörfer im Teno-Gebirge bis vor wenigen Jahren mit Straßenverkehrsmitteln nicht zu erreichen.

Auch über die Schlucht von Masca und das Meer hinweg war Gomera deutlich zu erkennen.

Selbst Rainer Bredenbeck war von der überwältigenden Schönheit der Bergwelt beeindruckt und hatte sich wieder beruhigt. Mit seinem Vorschlag, für den nächsten Tag von Masca aus eine Wanderung durch die Schlucht zu machen, hatte er bei Mona offene Türen eingerannt. Es war genau das, was auch sie geplant hatte. Auf der Rückfahrt in dem kleinen Linienbus, der dort oben wegen der engen Kurven und schmalen Straßen eingesetzt wurde, hatte er davon gesprochen, dass ihm die Bewältigung der Gebirgswege leichter gefallen sei, als die Rennerei in den alten Städten am Tag vorher.

Abends an der Bar im Hotel Baccara hatten sie sich nicht lange aufgehalten. Rainer Bredenbeck wollte nicht so viel trinken und zeitig ins Bett gehen, um für die Masca-Tour fit zu sein. Mona hatte auf den einen Drink an der Bar gedrängt, weil sie sich mit ihrem Mann sehen lassen und Harmonie demonstrieren wollte. Den Aufforderungen der Zecher, mit ihnen anzustoßen – All inclusive – hatten sie widerstanden und die Bar verlassen.

MASCA

Wie geplant, hatten sie sich am dritten Tag den Weg durch die Masca-Schlucht vorgenommen. Mit dem Linienbus waren sie bis nach Santiago de Tede gefahren, um dort wieder in den Kleinbus umzusteigen, der sie bis in das Bergdorf hochbrachte. Der sehr forsch fahrende Chauffeur hatte keine Schwierigkeiten gehabt, das kurze Fahrzeug um die engen Windungen der Serpentinen zu lenken, die auf der einen Seite von hohen Steilwänden und auf der anderen Seite von steil abfallenden tiefen Schluchten begrenzt wurden.

Mona, die auf der Fensterseite gesessen hatte, bekam jedes Mal beim Hinunterblicken in die tiefe Schlucht, die nicht mal einen Meter neben dem Bus begann, feuchte Handflächen. Sie ließ sich aber nie etwas anmerken, um sich hämische Bemerkungen ihres Mannes zu ersparen. Der hatte auch keinen Blick für die landschaftlich eindrucksvolle Bergwelt gehabt, sondern sich mit seinem Smartphone beschäftigt, wobei er laut vor sich hin geflucht hatte, weil keine Verbindung zustande kam. Andere Fahrgäste hatten schon missbilligend hinüber geschaut.

Im 800 Meter hoch gelegenen Masca hatte Rainer Bredenbeck vor einer Bar bei einem Barraquito sein Telefongespräch endlich führen können. Auch Mona hatte sich diese kanarische Spezialität aus heißem Espresso, süßer Kondensmilch, Likör, Milchschaum und einem kleinen Stück unbehandelter Zitronenschale bestellt. In ihrem Urlaub des Vorjahres hatte sie dieses auf raffinierte Weise zubereitete Getränk kennen gelernt. In einem Espressoglas hatte der freundliche Wirt ihnen die Getränke mit einer Prise Zimt obendrauf serviert.

Mona hatte von einem Bauern, der an der Straße Obst anbot, etwas Proviant gekauft und zu den beiden Wasserflaschen in den Rucksack gelegt. Sie hatten noch einen Blick auf die atemberaubende Landschaft geworfen und waren in den Barranco de Masca gestiegen, der sich tief in das Teno-Gebirge eingeschnitten bis zum Meer erstreckt.

Die gleiche Tour hatte Mona schon im Vorjahr gemacht. Sie hatte deshalb gewusst, dass man für diese Wanderung trittsicher, trainiert und mit gutem Schuhwerk ausgestattet sein muss. In ihrem Reiseführer stand die Empfehlung, dass untrainierte Menschen oder Leute mit Gelenkschäden auf die Durchwanderung der Schlucht verzichten sollten. Weiter wurde empfohlen, sich möglichst der Leitung eines ortskundigen Wanderführers anzuvertrauen.

Rainer Bredenbeck, der noch nie einen Blick in die schon etwas veraltete Ausgabe von Monas Reiseführer geworfen hatte, vertraute ganz der guten Ortskenntnis seiner Frau. Sie waren zügig vorangekommen. Rainer Bredenbeck hatte erstaunlich gut mit dem Tempo Schritt gehalten, welches seine leichtgewichtige Frau vorgelegt hatte.

Nach einer Stunde war die Vegetation spärlicher geworden. Dattelpalmen, Rizinus und Meerkohl wuchsen nur noch sporadisch zwischen den gewaltigen Felsbrocken.

Als Bredenbeck erste Ermüdungserscheinungen zeigte und mürrisch von „diesen Scheißfelsen", die überklettert werden mussten, sprach, hatten sie kaum die Hälfte der Masca-Schlucht geschafft. An einem Bachlauf hatten sie Rast gemacht, und den Proviant aus Monas Rucksack verzehrt.

Mit einem Blick auf die Uhr hatte Mona zum Weiterlaufen gedrängt. „Wenn wir das Boot um 15 Uhr bekommen wollen, müssen wir weiter."

„Boot?", hatte Rainer Bredenbeck gefragt. „Mit einem Boot? Auf was für einen Mist habe ich mich da eingelassen?" Dabei hatte er auf die turmhohen Felswände geblickt, die einige Schritte von ihnen links und rechts wie Wolkenkratzer hochragten.

Mona hatte ihm am Abend vorher alle Einzelheiten der Tour erläutert. Aber Rainer Bredenbeck hatte sich mit seinen beiden iPhones beschäftigt und nicht richtig zugehört. Sie hatte ihm dann in der Schlucht alles noch einmal erklärt: „Irgendwann, wenn wir unter ein paar überhängenden Felsen durchgeklettert sind, wird der Blick durch eine Öffnung zwischen den Felsen auf das Meer freigegeben. Dort an der Küste befindet sich ein kleiner Anleger, von dem dreimal am Nachmittag ein Motorboot die Wanderer aufnimmt und nach Los Gigantes bringt. Ich habe Plätze für das Boot um 15 Uhr reserviert. Wer das letzte Schiff um 17 Uhr verpasst, muss den ganzen Weg bei totaler Dunkelheit zurücklaufen."

„Zurückklettern", hatte Rainer Bredenbeck gesagt und auf die Uhr gesehen. Ein Wutausbruch von ihm war die Folge. „Verdammte Scheiße, du immer mit deinen affigen Klettertouren. Ich hab die Schnauze voll."

Er hatte sich Monas Rucksack übergeworfen und war losgestapft. Die Wut hatte ihn vorangetrieben, so dass Mona leichte Schwierigkeiten hatte, seinem Tempo zu folgen. Ohne nach links und rechts zu sehen und auf Monas Schritttempo zu achten, war er die restliche Strecke voran gelaufen, bis sie das Meer riechen konnten. Als sich die Felsen öffneten und den Blick auf das blaue Meer freigaben, hatte er sich wieder beruhigt.

Einige Wanderer, von denen sie im ersten Teil der Strecke überholt worden waren oder die vor ihnen in Masca losgelaufen waren, hatten es sich auf dem verwitterten Anleger bequem gemacht.

Nachdem das Motorboot eingetroffen und alle Passagiere an Bord waren, fuhren sie an der Steilküste entlang in Richtung Los Gigantes. In Höhe der Zuchtanlagen, in denen Doraden und andere Fische gezüchtet werden, waren einige Delfine neben dem Boot aufgetaucht und hatten sie bis kurz vor den Hafen von Los Gigantes begleitet.

Nach dem Ausschiffen sahen sie, dass vor dem El Rincon ein paar Plätze frei waren. Sie setzten sich und gönnten sich in dem malerischen kleinen Cafe noch einen Barraquito.

Als sie abends in den schon gut gefüllten Speisesaal gekommen waren, hatte Mona gleich ihre Blicke über die schon besetzten Tische gleiten lassen. Besonders die Tische, die mit einzelnen Männern besetzt waren, hatte sie besonders im Visier.

Sie sah ihn und ihr Herz schlug schneller. An einem Tisch an der hinteren Wand saß er. Arnold Wagner war eingetroffen.

Als sie sich am Buffet einen Salatteller zusammenstellte, stand er plötzlich neben ihr. „Ist alles in Ordnung?", hatte er flüsternd gefragt.

„Ja, natürlich. Morgen alles wie geplant", war ihre leise gesprochene Antwort gewesen. Sie war zu ihrem Tisch zurückgegangen, an den auch ihr Mann gerade mit einem gut gefüllten Teller von der Fleischtheke gekommen war. All inclusive.

Als sich nach dem Abendessen die übliche Zecher-Clique an der Bar des Baccara-Hotels zusammenfand, brachte Mona das Gespräch sehr geschickt auf den „Königsweg". Diese Wandertour führte von Santiago del Teide über Tamara nach Los Gigantes. Sie wollte diese Strecke morgen mit Rainer Bredenbeck gehen.

„Nach dem heutigen Gewaltmarsch in der Masca-Schlucht mal eine leichtere Tour", sagte sie im Kreis der Zecher.

„Nicht, wenn ihr im letzten Teil durch den Tunnel und weiter auf dem schmalen Pfad oben am Fels an der Gigantes-Steilküste entlang lauft", sagte Gernot, der Likörtrinker und kippte sich ein weiteres Glas Nusslikör hinter den Knorpel.

„Ja", tönte Gert Dietermann, der den Kanal schon wieder ziemlich voll hatte. „Der Weg ist gefährlich. Touristen und sogar ortskundige Einheimische sind schon abgestürzt und zu Tode gekommen. Ich bin den Weg trotzdem gegangen. Aber der Weg ist nichts für Weicheier."

Keiner aus der an der Theke versammelten Gruppe glaubte diesem Mann, der seine Tage am Pool und die Abende an der Bar verbrachte, dass er die riskante Tour gemacht hatte.

Gernot bestätigte die Gefährlichkeit des Weges: „Der Pfad ist nicht markiert und die Wegführung unklar. Man läuft leicht eine falsche Abzweigung. Das Begehen dieser Irrwege ist lebensgefährlich. Ich bin auf halbem Weg an der Steilwand wieder umgekehrt. Ich konnte mich kaum umdrehen, so schmal ist der Pfad dort oben.

Mona hielt sich jetzt im Gespräch zurück. Sie hatte in ihrem Reiseführer auch über die Gefährlichkeit dieses nicht freigegebenen Weges mit der traumhaften Aussicht gelesen. Trittsicherheit und Schwindelfreiheit seien unbedingte Voraussetzungen für waghalsige Touristen, die den Weg trotzdem gehen wollten.

Als der Barkeeper ihr einen neuen Drink hinstellte, sah sie an der anderen Seite des großen Rundtresens Arnold Wagner vor einem Glas sitzen. Er blickte auf, und es gab einen kurzen Blickkontakt zwischen ihnen.

Der neben Mona sitzende Rainer Bredenbeck hatte es nicht bemerkt, weil er seinen Flüssigkeitsverlust nach der anstrengenden Masca-Tour mit Fassbier ausglich und gerade wieder den Inhalt eines großen Glases die Kehle hinunter gurgeln ließ.

Im Doppelbett ihres Hotelzimmers blickte Mona auf ihren schon schlafenden Ehemann. Im Halbdunkel des Schlafzimmers sah sie seinen geöffneten Mund, aus dem ein dünner Speichelfaden herauslief. Durch den reichlichen Alkoholgenuss hatte sein allnächtliches Schnarchen sich noch verstärkt und für sie die gefühlte Lautstärke einer Militärkapelle angenommen. Sie griff zu ihren Ohropaxstöpseln und dachte daran, dass es mit dem Plan gut lief. Rainer Bredenbeck hatte an der Bar in leicht trunkenem Zustand getönt, dass die Tour durch den Tunnel, die nichts für Weicheier sei, für ihn eine Herausforderung bedeute, und er diese Herausforderung annehmen würde.

Mona, die ihren Mann kannte, zweifelte nicht daran, dass er den Versuch unternehmen würde, sich und der Welt zu beweisen, dass er kein Weichei sei. Und damit gingen ihre Gedanken zu Arnold Wagner. Der kurze Kontakt zwischen ihnen hatte die leichten Zweifel, die ihr gekommen waren, wieder zerstreut. Er war eingetroffen und damit würde ihr Plan Realität. Der tägliche Horror mit Rainer Bredenbeck hätte ein Ende. Endlich, endlich würde ein neues Leben mit dem wunderbaren Mann, den sie liebte, und der sie liebte, beginnen können. Mit den Gedanken bei diesem Mann schlief sie ein.

DER KÖNIGSWEG

Der Linienbus hatte sie nach Santiago del Teide gebracht. Rainer Bredenbeck war trotz des übermäßigen Alkoholkonsums des vorhergehenden Abends leichtfüßig aus dem Bett gesprungen. „Denen werde ich mal zeigen, dass ich nicht zu den Weicheiern gehöre", hatte er dabei gesagt. Im Badezimmer hatte er sich Rasierschaum auf die Zahnbürste gedrückt. Er schien in Gedanken schon auf dem Weg an der Steilküste von Los Gigantes zu sein.

Bevor sie zum Frühstück in den Speisesaal gegangen waren, hatte Rainer Bredenbeck sich mit seinen iPhones beschäftigt, Emails gecheckt und beantwortet. Er hatte deshalb nicht bemerkt, dass Mona, die schon vorangegangen war, von ihrem Mobiltelefon aus ein kurzes Gespräch geführt hatte. Ihr Gesprächspartner war Arnold Wagner gewesen.

Im Speisesaal hatte noch keiner der abendlichen Zecher gesessen. Nach einem ausgiebigen Frühstück waren sie gleich zur Bushaltestelle gegangen.

Sie sahen, dass der Weg von Santiago del Teide Richtung Los Gigantes gut markiert war. Ohne sich noch in dem Ort aufzuhalten, liefen sie los.

Der Weg führte sie entlang der westlichen Bergkette durch das Tal von Santiago del Teide sanft bergab in Richtung Küste. Es war eine Strecke ohne große Schwierigkeiten. Sie passierten einige uralte Häuser mit baufälligen Viehställen und ließen Tamaimo linker Hand liegen.

Nach einer kleinen Strecke über längst erkaltetes Lavagestein, führte der Weg sie am Wohnhaus und den Stallungen einer kleinen Ziegenfarm vorbei. Dabei mussten sie sich durch eine Herde dieser neugierigen Tiere drängeln.

Mona sah in naher Entfernung vor sich die Tunnelöffnung auf der rechten Seite des Weges. Sie machte ihren Mann, der verbissen den ausgetretenen Pfad geradeaus lief, darauf aufmerksam.

Wortlos verließ Arnold Wagner den Pfad und steuerte durch allerlei Geröll und Gestrüpp auf die am Fuße einer steilen turmhohen Felswand gähnende Öffnung zu. Dort angekommen, befreite er sich von Monas Rucksack, den er heute ausnahmsweise getragen hatte. Er nahm eine Flasche Wasser heraus, trank einen kräftigen Schluck und blickte in die dunkle, etwa dreimal drei Meter große Öffnung in der Felswand.

Nachdem er sich mit dem Handrücken den Mund abgewischt hatte, fragte er: „Wie war das noch mit dem Weg?"

Mona schlug ihren Wanderführer auf: „Hier steht nur, dass der Weg nicht offiziell als Wanderweg freigegeben ist und von einer Begehung abgeraten wird."

„Papperlapapp", sagte ihr Mann. „Was ich plane, ziehe ich auch durch."

„Habe ich ihn doch richtig eingeschätzt", dachte Mona. Sie nahm ihren Rucksack hoch und stellte die Trageriemen auf ihre Größe ein. „Ich gehe den Weg auf keinen Fall. Du kannst ja gehen. Mir ist das zu gefährlich. Ich warte unten in Los Gigantes im El Rincon auf dich."

„Gut", sagte Rainer Bredenbeck. „Ist ja auch nichts für Frauen und Weicheier. Ich bin ein Macher und kein Schwätzer." Damit stapfte er los.

Mona blickte ihrem in der Dunkelheit verschwindenden Mann nach. Nur kurz kam bei ihr der Gedanke auf, jetzt im letzten Moment den ganzen Plan noch stoppen zu können. Sie schluckte so etwas wie einen Kloß, der sich in ihrer Kehle gebildet hatte, hinunter. Dann dachte sie an seinen großspurig geäußerten letzten Satz und seine cholerische Art und ließ den Dingen ihren Lauf.

Mona wusste über den Weg durch und nach dem Tunnel Einzelheiten von anderen Urlaubern – jungen gut trainierten Leuten – die nicht in ihrem Reiseführer standen. Nach dem ersten Tunnel, der in der Mitte der Strecke bei völliger Dunkelheit durchquert werden musste, kam noch ein weiterer Tunnel. Erst der führte auf den schmalen Weg, der an der steilen Felswand entlang des Küstensaums nach Los Gigantes lief. Ein enger, unwegsamer Pfad, der auf der linken Seite von der turmhohen Felswand begrenzt wurde und auf der rechten Seite etwa 50 Meter steil zum Meer abfiel.

„Nichts für Weicheier", sagte sie laut, drehte sich herum und ging den ausgetretenen gefahrlosen Weg in Richtung Los Gigantes.

Auf dem letzten Stück, als sie durch die riesigen Bananenpflanzungen lief, dachte sie kurz an die hinter ihr liegenden gemeinsamen Jahre mit Rainer Bredenbeck. Die Zeit mit dem ungehobelten Grobian war vorbei. Alles Vergangenheit. Die Zukunft hieß Arnold Wagner. Sie hatte morgens in dem kurzen Telefongespräch mit ihm das El Rincon als Treffpunkt nach der Realisation ihres Planes vereinbart. Ihr Mann hatte sich währenddessen mit seinen geschäftlichen Emails beschäftigt. Im Hotel Baccara sollten sie vorerst nicht zusammen gesehen werden.

LOS GIGANTES

Das El Rincon war das kleine Straßencafe am Hafen von Los Gigantes, wo Mona schon einige Male einen Barraquito getrunken hatte. Von hier konnte man das geschäftliche Treiben im und am Hafen gut beobachten: Ausflugsschiffe, die zum Whale-Watching hinaus fuhren und Yachten, die nach einem Törn um die Kanaren den Hafen anliefen.

Mona setzte sich an einen freien Tisch mit zwei Stühlen, als gerade ein Katamaran in der Nähe des Cafes festmachte. Johlend wurde der Skipper am Kai von Angehörigen begrüßt.

Sie bestellte sich bei dem heraneilenden Kellner einen Barraquito und dachte daran, dass sie hier auch schon mit ihrem Mann ein paar Mal gesessen hatte. Alles Vergangenheit. Sie verdrängte die Gedanken an Rainer Bredenbeck und dachte an Arnold Wagner. Bald würde er kommen und wieder sagen: „Hallo mein blonder Engel." So nannte und begrüßte er sie immer. Sie spann den Gedanken weiter: „Es ist getan. Du bist frei und gehörst jetzt mir allein." Nein, dachte sie. Das wird er nicht sagen. Es ist zu kitschig und passt nicht zu ihm.

Um sich abzulenken, griff sie zu der auf dem freien Stuhl liegende Bild-Zeitung. Ein Gast schien sie ausgelesen oder vergessen zu haben. Als sie die vorher verdeckt liegende Titelseite sah, stockte ihr der Atem. Der Mann auf dem zweispaltigen Foto war Arnold Wagner.

„Millionenbetrüger Arnold W. auf der Flucht", lautete die Titelzeile. Darunter etwas kleiner: „Auch im Drogenschmuggelgeschäft tätig."

Wie in Trance las Mona den Text: „Der mutmaßliche Millionenbetrüger Arnold W., der von der Bremer Staatsanwaltschaft per Haftbefehl gesucht wird, soll sich ins Ausland abgesetzt haben. Wie wir gestern ausführlich berichteten, wird Arnold W. vorgeworfen, weltweit Luxusyachten verchartert zu haben, die nur auf Fotos existierten, oder die fest in Händen ihrer Eigner waren. Auch der Verdacht auf Drogenschmuggel hat sich inzwischen erhärtet. Nach dem Fund einer Tonne Kokain auf einer Yacht in der Karibik hat die Staatsanwaltschaft Hamburg Anklage gegen eine mutmaßliche internationale Drogenhändler-Bande erhoben. Arnold W., der wegen Betrügereien schon einige Jahre in Haftanstalten verbracht haben soll, wird vorgeworfen, Mitglied dieser Bande zu sein. Mit zwei Komplizen soll er regelmäßig Kokain aus Südamerika nach Europa geschmuggelt haben. Auf einer Segelyacht vor Saint Martin waren 1100 Kilo Kokain im Wert von 42 Millionen Euro entdeckt worden. Jaqueline W., die Ehefrau von Arnold W., die gestern in Bremen verhört worden war, bestreitet, etwas von den Machenschaften ihres Ehemannes gewusst zu haben."

Mona Bredenbeck las nicht weiter. Sie ließ die Zeitung sinken. Es war zuviel für sie. Energisch wehrte sie sich gegen einen Schwächeanfall.

Der vorüber kommende Kellner fragte, ob alles mit ihr in Ordnung sei. Sie nickte, orderte einen Cognac und sah sich den Mann auf der Titelseite der Zeitung noch einmal an. Zweifellos war der Mann Arnold Wagner.

Der Kellner hatte gerade den Cognac gebracht, als sie sich nähernde Schritte hörte. Stapfende Schritte, die sie zuordnen konnte. Sie ließ die Zeitung wieder sinken und blickte hoch.

Rainer Bredenbeck kam an den Tisch und ließ sich ächzend auf den freien Stuhl sinken. Er sah völlig erschöpft aus und stammelte: „Ein Mann, ein großer blonder Mann wollte mich vom Weg an der Steilwand stoßen. Wir müssen die Polizei verständigen."

„Was ist mit dem Mann?", konnte die kurz vor einer Ohnmacht stehende Mona noch fragen.

„Er liegt unten. Im Meer oder auf den Uferfelsen." Mona Bredenbeck kippte ohnmächtig von ihrem Stuhl, wobei sie das von ihr unberührte Glas Cognac mitriss, so dass es klirrend neben ihrem Rucksack zersprang. Der hochprozentige Inhalt lief als kleines Rinnsal unter den Tisch.

Nette Nachbarn

Wutentbrannt standen sich die beiden alten Männer an der Grenze von zwei fast vollständig abgeernteten Weißkohlfeldern in Holdinghusen gegenüber. Ihre sonnengebräunten, fast ledern wirkenden Gesichter und die großen knorrigen, schwieligen Hände deuteten darauf hin, dass sie schon vor Jahrzehnten auf dem Feld gearbeitet hatten, als die heutige Industrealisierung noch nicht in der Landwirtschaft Einzug gehalten hatte. Beide waren mit grüner Schirmmütze, geknöpfter Arbeitsjacke, Manchesterhose und derben Arbeitsstiefeln bekleidet.

Der Streit hatte sich mal wieder an der unterschiedlichen Auffassung über den Grenzverlauf der beiden Felder und über einige Felssteine, die einer der beiden nach dem Umpflügen dem anderen auf den Acker geworfen hatte, entzündet. Ein Streit, der schon seit Generationen zwischen ihren Familien erbittert ausgefochten wurde, und der sie und ihre Familienmitglieder schon mehrfach vor das Amtsgericht in Marne geführt hatte.

Heute übertraf die Auseinandersetzung der Männer an Heftigkeit alles bisher Dagewesene: Mit hochroten Köpfen brüllten sie sich an und belegten sich gegenseitig mit den übelsten Ausdrücken. Sie hatten sich beide nicht mehr in der Gewalt. Der Altersstarrsinn der beiden Männer ließ die Situation eskalieren. Einer der Männer stieß den anderen mit beiden Händen vor die Brust, so dass der ins Taumeln geriet und nach hinten umkippte. Das dumpfe Geräusch, als der Mann mit dem Hinterkopf auf einen der Felsbrocken schlug, ließ Harm Lütjen erschreckt zusammenzucken. Er beugte sich zu seinem Kontrahenten hinunter. Hauke Wollersen gab keinen Ton von sich. Er konnte es nicht mehr. Er war tot.

Harm Lütjen hatte seine zum größten Teil abgeernteten Weißkohlfelder inspiziert. Fast alles hatte er – wie im Vertrag festgelegt – bei der Konservenfabrik Hauberg in Meldorf angeliefert. Auf einem halben Hektar stand noch Weißkohl für eine letzte Lieferung an die Fabrik, sowie für einige Privatabnehmer und für den Eigenbedarf.

Eigentlich waren es nicht mehr seine Felder. Er hatte den Hof schon vor zwei Jahren seinem tatkräftigen Sohn Jens überschrieben und sich auf Drängen des Sohnes aufs Altenteil zurückgezogen. Nur die Auslieferungsfahrten zu dem Kunden Hauberg hatte der Sohn ihm überlassen. Sehr zum Unwillen von Jens mischte er sich aber immer wieder in die Arbeitsabläufe auf dem Hof ein. Ein Rundgang zu den Feldern, um das Gedeihen des Grün-, Rot-, Weiß- und Wirsingkohls zu kontrollieren, gehörte zu seinem täglichen Programm.

Jetzt stand er vor seinem toten Nachbarn Hauke Wollersen und überlegte, was zu tun sei.

Im großen Festzelt im Zentrum von Holdinghusen fand die Generalprobe zur Wahl der Kohlkönigin statt. Acht junge Frauen – alle im Alter zwischen 15 und 17

Jahren hatten sich in diesem Jahr beworben. Vanessa Lütjen und Tanja Wollersen, die hübschen Enkelinnen der beiden verfeindeten Familien galten als Favoritinnen. Aber auch fünf der anderen Mädchen wurden Chancen auf den Sieg eingeräumt. Nur der kräftig gebauten Ulrike Brenner, die alle anderen Bewerberinnen um Kopfeslänge überragte, wurde ein Sieg bei der Wahl nicht zugetraut. Sieben von ihnen hatten sich zur Probe eingefunden. Ronny Albrecht vom Verkehrsverein überblickte die Schar der kichernden Teilnehmerinnen:„Wer fehlt noch?"„Tanja Wollersen", riefen einige der Mädchen. „Egal, wir fangen mit der Probe an",sagte der Organisator und bat die Teilnehmerinnen, sich in einer Reihe aufzustellen.

Plötzlich blickten alle Mädchen über Ronny Albrecht hinweg zum Zelteingang. Der Organisator drehte sich um, und alle sahen eine verheulte Tanja Wollersen hereinkommen. Mit der einen Hand verdeckte sie ihre rechte Wange.

„Was ist passiert?", fragte Ronny Albrecht. „Ich kann nicht mehr mitmachen", schluchzte Tanja Wollersen und nahm die Hand von ihrer Wange. Ein paar noch nicht verheilte Kratzer kamen zum Vorschein. Ronny Albrecht bat die anderen Mädchen, die jetzt durch-einander nach dem Grund der Verletzung fragten, um Ruhe. „Es ist doch nicht so schlimm, das werden wir morgen vor der Wahl überschminken", sagte er und fragte noch, ob sie zuhause eine aggressive Katze hätten.

Tanja Wollersen tupfte sich vorsichtig mit einem Papiertaschentuch die Tränen von den Wangen und erzählte stockend, was ihr passiert war: „Nein, eine Katze war es nicht. Es passierte gestern Abend nach dem Reitunterricht. Ich war auf dem Nachhauseweg -- es war schon dunkel --, als ich von hinten angesprungen wurde. Ehe ich mich wehren konnte, wurde mein Kopf mit einem Arm umklammert und ich spürte, wie jemand mit Fingernägeln mein Gesicht zerkratzte."„Und du hast niemanden erkannt?", fragte Ronny Albrecht.

„Nein, es ging alles so schnell. Das habe ich auch dem Beamten auf dem Revier in Meldorf gesagt, zu dem meine Mutter mich gefahren hat. Aber ich habe einen Verdacht, wer es gewesen sein könnte." Dabei blickte sie zu Vanessa Lütjen hinüber.

Nach der Probe, die Tanja Wollersen widerstrebend mit verheultem Gesicht mitgemacht hatte, saßen die Mädchen noch eine Weile an einem Tisch in einer Ecke des Festzeltes zusammen. Es wurde lautstark über die mögliche Täterin des Überfalls spekuliert. Für Angela Stockmeyer, die zum erweiterten Favoritenkreis zählte, war die Sachlage klar. „Es muss eine von uns gewesen sein, die sich mehr Chancen auf einen Sieg ausrechnet, wenn die Favoritin ausfällt." Vanessa Lütjen bezog diese Bemerkung auf sich: „Nein ich war es nicht." Sie blickte Tanja Wollersen an: „Ich bin doch nicht wie deine Oma, die in ihrem Hausgarten Pflanzen anbaut, deren Gift nicht nachweisbar ist. Bei einem Versöhnungsgespräch in eurem Haus hat sie meiner Oma davon was in den Tee gegeben. Sie war nach dem Besuch drei Tage lang krank."

Tanja Wollersen sprang mit einem solchem Schwung auf, dass ihr Klappstuhl umkippte: „Du blöde Ziege . . ." Ehe sie sich auf Vanessa Lütjen stürzen konnte, gingen die anderen Mädchen dazwischen und verhinderten damit, dass auch ihre Rivalin mit

Kratzern im Gesicht an der Wahl zur Kohlkönigin teilnehmen musste.

In der Konservenfabrik Hauberg in Meldorf hatte es eine Betriebsversammlung gegeben. Karsten Hauberg, der Chef und Enkel des Firmengründers Friedrich Wilhelm Hauberg, hatte die Mitarbeiter des Unternehmens darüber informiert, dass an den Ge-rüchten über eine Schließung der Firma nichts dran sei.

„Natürlich haben wir es mit unseren Produkten schwer, am Markt zu bestehen. Die Hauberg-Konserve ist eine regionale Marke, und da gibt es von den großen Marktführern Begehrlichkeiten für eine Übernahme und auch entsprechende Angebote. Diese Firmen, die mit ihren Marken die großen Filialketten und Discounter bundesweit beliefern, können mit ihrer Marktmacht die Preise diktieren. Mit unseren Kohlprodukten werden wir es nicht schaffen, über eine regionale Bedeutung hinauszukommen. Mit anderen Worten: Auf Dauer werden wir als letzte mittelständische Konservenfabrik in der Region durch unsere Nischenprodukte nicht mehr bestehen können. Ob nach Gesprächen mit potentiellen Geldgebern an eine Expansion zu denken ist, werden Marktuntersuchungen ergeben. Aber es wird schwer werden, mit groß angelegten Marketingstrategien oder einer aggressiven Preispolitik den Großen der Branche Paroli zu bieten." In diesem Tenor hatte der Hauberg-Chef die Mitarbeiter über die Situation der Firma informiert. Nach der Versammlung begaben sich die Mitarbeiter wieder an ihre Arbeitsplätze. Einige still in sich gekehrt, andere miteinander diskutierend und ihren

Unmut über die nicht geklärte Zukunft ihrer Arbeitsplätze äußernd.

Zu den Stilleren gehörte Sönke Strübel. Ein besonnener Mann, der schon in der dritten Generation seiner Familie in der Fabrik arbeitete. Sein Großvater hatte unter dem Firmengründer Friedrich Wilhelm Hauberg zu den ersten Mitarbeitern gehört. Er ging an der Zerkleinerungsmaschine für die Sauerkrautproduktion vorbei. Er beobachtete, wie die gewaschenen Weißkohlköpfe vom Fließband in die rotierende Trommel mit den scharfen Messern transportiert wurden.

Sönke Strübel arbeitete heute an der Maschine für die Dosenproduktion von „Haubergs Dithmarscher Sauerkraut mit Schweinefleisch". Er setzte die Maschine wieder in Gang und kontrollierte, ob die auf dem Fließband herankommenden Dosen aus einem Trichter reibungslos mit dem Sauerkraut-Schweinefleisch-Gemisch gefüllt wurden.

Plötzlich stutzte er. Irgendetwas verstopfte den Trichter. Er stellte die Maschine auf Stopp und rief seinem Kollegen am Anfang des Fließbandes zu, sofort den Nachschub der leeren Dosen zu unterbrechen. Als auch das Fließband still stand, untersuchte er die Ursache des Staus.

Inzwischen war der auf die Unterbrechung des Arbeitsablaufes aufmerksam gewordene Betriebsleiter Uwe Niebuhr herangekommen. „Was gibt's denn?", fragte er. Strübel hatte die Maschine schon wieder angestellt und hielt dem Betriebsleiter einen Knochen hin.

„Verdammte Sauerei, ein Schweineknochen. Da muss in der Fleischabteilung jemand geschlafen haben", meinte Uwe Niebuhr und warf den Knochen in einen Abfalleimer neben dem Fließband.

Die Pressekonferenz wurde von dem Leitenden Staatsanwalt eröffnet, bevor er das Wort an Kriminalhauptkommissar Franz Daniels übergab. Franz Daniels – ein massiger Mann mit Halbglatze – setzte seine Lesebrille auf, blickte auf die vor ihm liegenden Unterlagen und schaute auf die vor ihnen sitzenden Presseleute. Neben Journalisten der verschiedenen Zeitungen der Region war auch ein Team des Regionlfernsehens erschienen.

Er räusperte sich und begann mit seinem Bericht: „Der Fall des vermissten Landwirts Hauke Wollersen ist geklärt. Er wurde von seinem Nachbarn, dem Landwirt Harm Lütjen, im Streit umgestoßen, und stürzte dabei so unglücklich mit dem Kopf auf einen Felsstein, dass er am Ort des Geschehens verstarb. Die Tat oder das Unglück geschah", der Kriminalbeamte blickte auf die vor ihm liegenden Unterlagen und sprach weiter „. . . an einer Ackergrenze in der Gemarkung Holdinghusen, Flurstück 3725. Die Ermittlungen haben ergeben, dass die Familien der beiden über Generationen hinweg im Streit lagen. Überwiegend ging es dabei um unterschiedliche Auffassungen über den Grenzverlauf ihrer nebeneinander liegenden Kohlfelder. Bei Harm Lütjen haben Sachverständige neben Verwirrtheit und einer leichten Demenz, wie sie bei älteren Menschen auftreten können, auch eine psychische Störung diagnostiziert. Nachdem sein Nachbar kein Lebenszeichen mehr von sich gab, hat er die Leiche mit seinem Trecker nach Haus geschafft. Während sich seine Familie bei der Wahl der Kohlkönigin, an der seine Enkelin teilnahm,

im Festzelt aufhielt, hat er die Leiche zerlegt und das Fleisch gekocht. Durch frühere Schweinehaltung und Hausschlachtung hatte er die Fähigkeiten dafür. Die Knochen hat er auf einem Acker hinter dem Hof vergraben."
Der Kriminalbeamte machte eine Pause, während die Presseleute leise miteinander sprachen. Nachdem der Kommissar einen Schluck Wasser getrunken, in seine Unterlagen geblickt und sich noch einmal geräuspert hatte, setzte er seinen Bericht fort: „Durch die jahrzehntelang durchgeführte Anlieferung des Kohls an die Konservenfabrik Hauberg in Meldorf kannte Harm Lütjen sich dort bestens aus. Als er bis vor ein paar Jahren neben dem Kohlanbau noch Schweinezucht betrieben hat, wurde von ihm auch Schweinefleisch für die Dosenverarbeitung dorthin geliefert. Auch jetzt, auf dem Altenteil, wurde er von seinem Sohn immer noch mit der Auslieferung des Kohls betraut. Ohne dass seine Familie etwas bemerkte, schaffte er die gekochten Leichenteile mit der letzten Kohllieferung der Saison in die Fabrik. Durch seine Ortskenntnis, und von den Mitarbeitern nicht registriert, gelang es ihm, die Teile in die Sauerkraut-Gärbottiche zu verbringen. Von dort aus wurden sie weiterverarbeitet und in die 800-Gramm-Dosen =Dithmarscher Sauerkraut mit Schweinefleisch= gefüllt".
Kriminalhauptkommissar Franz Daniels zog etwas umständlich ein kariertes Stofftaschentuch aus einer Hosentasche und wischte sich damit über Stirn und Nacken, ehe er fortfuhr: „Als wir unsere Ermittlungen abgeschlossen hatten, waren die Dosen bereits ausgeliefert und in den Handel gelangt."

Im Saal wurde es unruhig. Vereinzelte Unmutsäußerungen waren zu hören. Der Leitende Staatsanwalt klopfte mit einem Kugelschreiber gegen sein Wasserglas, und es kehrte wieder Ruhe ein.

Diesen Moment nutzte einer der Journalisten, um lautstark eine Frage loszuwerden: „Wurde der Verkauf der Dosen in den Läden verhindert?"

Der Kommissar rutschte auf seinem Stuhl etwas nach vorn: „Die Firma Hauberg hat alle Abnehmer informiert und eine Rückrufaktion eingeleitet. Wir haben in den Medien vor dem Verzehr der Ware gewarnt. Sie werden das ja auch mitbekommen haben."

Gespannt, einige mit offenem Mund, warteten die Teilnehmer der Pressekonferenz auf weitere Erläuterungen des Beamten. Nachdem der seine Brille abgesetzt und in ein Etui gelegt hatte, kam von ihm der letzte Satz der offiziellen Presseerklärung: „Es war zu spät. Der Großteil der Dosen war schon verkauft. Wir müssen davon ausgehen, dass der Doseninhalt verzehrt worden ist."

Als Franz Daniels seine vor ihm liegende Mappe zuklappte, kam er ins Grübeln.

Hatte seine Frau Roswitha vor ein paar Tagen – weil es wegen Renovierungsarbeiten an ihrem Reihenhaus schnell gehen musste – nicht auch „Dithmarscher Sauerkraut mit Schweinefleisch" aus der Dose auf den Tisch gebracht?

In das Moor ohne Wege und Stege
Zieht es mich mächtig hinein,
In dem pfadlosen Moore
Wird für mich Frieden sein.

Hermann Löns

Lichtenmoor

PROLOG

Das letzte, was sie vor ihrem Tod noch gesehen hatte, war ein grauer Schatten, der plötzlich neben ihr aufgetaucht war. Wie sie bei strömendem Regen vom Weg am Rand des Waldes in das Unterholz geschleift wurde, erlebte sie nicht mehr bei Bewusstsein. Aus der Bewusstlosigkeit glitt sie in den Tod hinüber, als sich Zähne immer wieder in ihren Hals schlugen und das Blut schmatzend aus ihr heraus gesogen wurde. Die junge Frau war regelrecht zerfleischt worden.

1. DIE TOTE

Für Claudia Lietz war es ihr erster ernsthafter Einsatz als Spurensicherin. Sie war von Haus aus medizinisch-technische Assistentin und als Quereinsteigerin zur Nienburger Kriminalpolizei gekommen.
Obwohl sie während ihrer Ausbildung damit vertraut gemacht worden war, dass die Arbeit an einem Tatort häufig starke Nerven erfordert, schockierte sie der Anblick der Leiche, die in Sonnenborstel gefunden worden war.

Die auf dem Rücken liegende Frau war bekleidet. Die Bluse war bis zu den Brustansätzen zerrissen. Der gesamte Halsbereich und der Unterkiefer waren nur noch eine matschige Masse aus Fleischfetzen, Sehnen, Knochen und geronnenem Blut. Die durch den Waldboden stark verschmutzte Kleidung deutete darauf hin, dass es sich um eine junge Frau handelte.
„Kein schöner Anblick!" Kriminalhauptkommissar Sebastian Bahr war zusammen mit dem Gerichtsmediziner Ulf Pohl dazu getreten.
Dr. Pohl beugte sich zu der Leiche hinunter. „Wenn ich nicht wüsste, dass es bei uns keine Wölfe mehr und auch noch nicht wieder gibt, würde ich vermuten, dass ein Wolf für diese Schweinerei verantwortlich ist. Ein aus einem Tierpark oder Zirkus entwichenes Raubtier wie Tiger, Panter, Puma oder Bär könnte es auch gewesen sein.
„Was ist mit einem Menschen?", fragte Sebastian Bahr.
Der Gerichtsmediziner nickte. „Auch möglich. Es hat solche Fälle schon gegeben, bei denen Menschen im Blutrausch ihre Opfer bis zur Unkenntlichkeit zerbissen, und dabei sexuelle Lust empfunden haben. Aber lassen wir diese Spekulationen. Nachdem wir das Opfer untersucht haben und nach Auswertung aller Erkenntnisse kann ich sicher mehr dazu sagen."
Claudia Lietz, die den Tatort inzwischen weiträumig abgeschritten hatte, sprach Sebastian Bahr an: „Vom Weg am Waldrand führt eine breite Schleifspur durch das Unterholz bis hierher."
Sie deutete mit der Hand in Richtung Weg hinüber. „Fußspuren von Männerschuhen und Tierspuren -- vermutlich von großen Hunden wie Rottweilern,

Riesenschnauzern oder Schäferhunden – führen vom Weg in das Gehölz. Ich habe Gipsabdrücke genommen; so gut das bei den von den starken Regenfällen verwaschenen Spuren noch möglich war."

„Gut", sagte der Kripobeamte. „Die Spuren können auch von Männern, die ihre Hunde ausgeführt haben und zum Pinkeln mal ins Gebüsch gegangen sind, stammen."

„Das ist nicht auszuschließen", meinte Claudia Lietz.

„Gut", sagte Kriminalhauptkommissar Sebastian Bahr noch einmal. „Ich gehe jetzt. Die Ergebnisse bekomme ich dann ja."

Er nickte der Spurensichererin und dem Gerichtsmediziner zu und verließ den Tatort.

Im Nienburger Kommissariat wurde Sebastian Bahr von seiner Kollegin, Kriminalkommissarin Sandra Borgmann, die das Büro mit ihm teilte, erwartet.

Sie hatte die Fahrt zum Tatort nicht mitmachen können, weil sie ein Problem mit ihrer pubertierenden Tochter lösen musste.

Die Kriminalkommissarin war 36 Jahre alt, allein erziehende Mutter einer 13 Jahre alten Tochter, die sich gerade in einer schwierigen Phase befand.

Sandra Borgmann hatte ihren Mann, der auch Polizist gewesen war, bei einem Einsatz in Hamburg verloren. Er war bei einer Schießerei zwischen zwei rivalisierenden Albanergangs geraten, die um die Vorherrschaft auf dem Kiez kämpften, und dabei tödlich verletzt worden. Um Abstand zu gewinnen, hatte die Kripobeamtin sich in das vermeintlich ruhigere ländliche Nienburg versetzen lassen. Einige ihrer neuen Kollegen hatten gleich ein Auge auf die attraktive

Witwe geworfen. Ein älterer Beamter, der im Kollegenkreis als ewiger Junggeselle galt, hatte sie als erster zum Essen eingeladen. Nachdem sie die Einladung freundlich, aber bestimmt abgelehnt hatte, waren andere Kollegen auf ähnliche Weise abgeblitzt. Sie war zu allen freundlich und zuvorkommend. Aber sie galt seitdem als unnahbare Witwe.
Kriminalhauptkommissar Sebastian Bahr war ein im Dienst frühzeitig ergrauter Beamter. Trotz seiner grauen Haare waren ihm seine 53 Jahre nicht anzusehen. Er war sportlich sehr aktiv und hatte sich auch deshalb eine gute Figur erhalten. Seine Frau war vor zwei Jahren an Darmkrebs gestorben. Um in der Endphase der Krankheit für sie da zu sein, hatte er zu seinem Jahresurlaub zwei Monate unbezahlten Urlaub genommen.
Nach der Beerdigung hatte er sich – um etwas Ablenkung zu finden – mit Verbissenheit in seine sportlichen Aktivitäten gestürzt, und war etwas wortkarg geworden.
In Kollegenkreisen wurde von Sandra Borgmann und Sebastian Bahr etwas despektierlich und unpräzise von der Witwen- und Waisenabteilung gesprochen.
Sebastian Bahr berichtete seiner Kollegin von dem neuen Fall und den Erkenntnissen, die er am Tatort gewonnen hatte: „Die Leiche einer jungen Frau, die keine Papiere bei sich trug, wurde von einer aus dem Lichtenmoor zurückkehrenden Wandergruppe in Sonnenborstel gefunden. Ein Mann aus dieser Gruppe entdeckte die furchtbar zugerichtete Leiche etwas abseits des Weges in einem Gestrüpp, als er sich zum Pinkeln in die Büsche schlug. Im Halsbereich sind ihr schwere Verletzungen zugefügt worden. Sie war

vollständig bekleidet, so dass nach ersten Erkenntnissen ein Sexualverbrechen ausscheidet. Doktor Pohl schließt nicht aus, dass die Frau von einem Raubtier getötet wurde. Es ist nicht unser Bereich, aber hast du etwas von einem entlaufenen Zootier gehört?"
Sandra Borgmann, die aufmerksam zugehört hatte, strich sich eine Haarsträhne aus dem Gesicht. „Nein, ich kann ja mal im Safaripark Hodenhagen anrufen, und fragen, ob sie ein Tier vermissen."
„Gut, mach das. Morgen werden wir uns in der Nachbarschaft des Tatortes umhören."

2. SCHÜTZENVEREIN

Die feuchtfröhliche Feier im Haus des Schützenvereins dauerte schon einige Stunden. Ein paar der fröhlichen Zecher waren neben ihrer Mitgliedschaft im Schützenverein auch Mitglied der Freiwilligen Feuerwehr.
Nach einer Übung, bei der ein verfallener Schafstall im Moor abgefackelt worden war, hatten sie ihren durch die Gluthitze entstandenen Durst stillen wollen.
Inzwischen war der Getränkevorrat im Vereinshaus schon stark dezimiert und die Diskussionen wurden immer lauter. Alles drehte sich heute um die in Sonnenborstel aufgefundene Tote, die auf so bestialische Weise ums Leben gekommen war.
Karl Henning, Nebenerwerbsbauer und Schafzüchter, hatte als erster von der „Bestie aus dem Moor" gesprochen. Diese Bezeichnung wurde von den Schützenbrüdern und Feuerwehrleuten sofort übernommen. Es hatten sich zwei Fraktionen gebildet. Während eine Gruppe ein aus einem Tierpark entlaufenes Raubtier für diese Bestie hielt, meinte die

andere Gruppe, dass nur ein Mensch fähig sei, ein solch grausames Verbrechen zu begehen. Gernot Schwarzer, ein Computerfachmann, tippte auf einen aus einem Tierpark entlaufenen Wolf, während Ortwin Scheller, ein Futtermittelhändler, der Ansicht war, dass ein Wolf mehr als nur den Halsbereich seines Opfers zerfleischen würde. Sein hoher Trunkenheitsgrad hatte einen Pegel erreicht, der ihn die Vermutung aussprechen ließ, dass ein Vampir der Täter sei.

Der Landwirt Willi Olbers war der Meinung, dass ein großer Hund die üblen Bisswunden verursacht haben könnte.

Mit zunehmendem Alkoholpegel wechselten die Meinungen der einzelnen Zecher über den Täter, ob Tier oder Mensch, im Minutentakt. Wer eben noch einen Bewohner des Ortes verdächtigte, sprach zehn Minuten später davon, dass der Bär aus einem vor kurzem gastierenden Wanderzirkus das Unglück verursacht haben musste.

Irgendwann zu vorgeschrittener Stunde sprachen alle nur noch von der „Bestie aus dem Moor", und die Spekulationen darüber, wer den Tod der jungen Frau aus Sonnenborstel verursacht haben könnte, schossen wild ins Kraut.

Ortwin Scheller, der Futtermittelhändler war es, der den Namen „Moorteufel" erwähnte. „Der war mir schon immer suspekt. Er könnte es gewesen sein."

„Ja", hatten einige der Schützenvereinsmitglieder gerufen, „ihm sollten wir mal auf den Zahn fühlen".

Schnell war man sich einig geworden, dem Mann mit einem Fackelzug einen Besuch abzustatten. Vom letzten Schützenfestumzug lagen noch ein halbes

Dutzend Fackeln, in feuersicheren Kisten verwahrt, im Keller des Vereinshauses.
Zwar bemühten sich die noch halbwegs Nüchternen, die anderen von ihrem Vorhaben abzuhalten. Aber die Männer waren nicht zu bremsen. Unter lautem Gejohle zogen die uniformierten Schützenbrüder und Mitglieder der Freiwilligen Feuerwehr mit ihren brennenden Fackeln los.
Voran marschierte der bullige Jagdpächter Heinz-Herbert Klenke. Es folgten Karl Henning und Willi Olbers. Ortwin Scheller und Gernot Schwarzer hielten die Verbindung zu Martin Könke, der unpassend zu seiner Schützenuniform einen Cordhut trug und Günter Süsel, der die Nachhut bildete.
Der einzige, der keine Uniform und auch keine Fackel trug, war Dietrich Jankowski. Er folgte der uniformierten Gruppe mit einigen Metern Abstand. Für Heinz-Herbert Klenke war er so etwas wie ein Lakai. Als Treiber bei Jagden und als Helfer bei Haus- und Hofarbeiten des Jagdpächters besserte der Frührentner seine karge Rente auf.
Um zu der im Moor gelegenen Hütte des Moorteufels zu gelangen, mussten die Männer erst ein paar dünn besiedelte Straßen entlang marschieren. Sie merkten nicht, dass Gardinen zur Seite gezogen wurden und Menschen kopfschüttelnd dem abendlichen Spuk zusahen.
Zwischendurch wurde dem flüssigen Proviant beherzt zugesprochen.
Als sie sich nach über einer halben Stunde Fußmarsch ihrem Ziel näherten, wurden sie von einem Polizeiwagen mit Sirene und eingeschaltetem Blaulicht an ihrem Vorhaben gestoppt.

Dem Polizeibeamten Harro Ebermann und einem Kollegen gelang es, die angeheiterte Gruppe davon zu überzeugen, die Aktion sofort abzubrechen. Zuerst widerwillig, dann aber einsichtig, kamen die Trunkenbolde der Aufforderung der Beamten nach. Nachdem die Fackeln gelöscht und ein Protokoll aufgenommen worden war, wurden die Männer mit einer Ermahnung nach Hause geschickt.
„Wir sind hier doch nicht in den Südstaaten der USA. Ihr seid nicht der Klu-Klux-Klan, und der Schützenverein ist kein rassistischer Geheimbund", wurde ihnen noch mit auf den Weg gegeben.

3. DER WOLF

Es wurde Morgen. Ein widerlich peitschender Regen hatte eingesetzt. Einsam war der Wolf die ganze Nacht auf der Suche nach einer Wölfin durch Heide, Wald und Brachland gezogen. Es wurde für ihn Zeit, ein Lager für den Tag zu suchen.
Es hatte sich keine Gelegenheit ergeben, eine zusätzliche Beute zu schlagen. Bei seinem Erfolg am Vorabend hatte er sich seinen Wanst nicht mehr voll schlagen können. Kurz nachdem er seine Beute getötet hatte, war er bei seiner Mahlzeit durch herannahende Menschen gestört worden und hatte sich durch das dichte Unterholz davon gemacht.
In der Hoffnung, ein durstiges Beutetier reißen zu können, war er am Ufer eines Baches entlang gestrichen. Aber kein Reh, kein Frischling oder anderes Tier hatte sich blicken lassen.
Der Wolf war ein junger, starker Rüde. Sein Fell war dunkelgrau. Nur auf dem Rücken und an der Schwanz-

spitze zeigten sich einige schwarze Flecken. In seinem Rudel, welches er vor Wochen verlassen musste, hatte er das Aufspüren und Jagen von Beutetieren im Rudel gelernt. Im Alter von zwei Jahren, als er geschlechtsreif geworden war, hatte sein Vater, das Alphatier des Rudels, ihm und seinem Bruder sehr deutlich gemacht, dass es für sie Zeit sei, sich ein eigenes Revier zur Gründung einer Familie zu suchen. Sie hatten ihr Rudel in unterschiedliche Richtungen verlassen, und er war jetzt darauf angewiesen, seine Beute allein aufzuspüren und zu schlagen.

Er war durch dunkle Wälder, Sumpfgebiete, vorbei an Windbrüchen, über Lichtungen und zugefrorenen Flüssen immer weiter gen Westen gelaufen. Er war den uralten Fernwechseln, die schon seine Urahnen genommen hatten, gefolgt, um in einer wildreicheren Gegend eine Familie zu gründen.

Nachdem er in vielen Nächten Hunderte von Kilometern zurückgelegt hatte und kein ihm zusagendes Gelände gefunden hatte, schien ihm die Gegend, die er seit ein paar Nächten durchstreifte, geeignet zu sein.

Viel Wald, Heide, Grasland, Moor und Brachland wechselten sich ab. Beutetiere gab es auch genügend. Er musste nur noch seine Technik des Alleinjagens verbessern. Und eine Wölfin fehlte ihm noch zur Gründung eines eigenen Rudels. So oft er auch seine Nase in den Wind hielt, die Witterung einer läufigen Wölfin hatte er bisher nicht aufnehmen können.

Geschmeidig lief er weiter durch den Mischwald mit dem alten Laub- und Nadelbaumbestand. Als er eine kleine Lichtung überquerte, bemerkte er einen Habicht, der am Himmel des beginnenden Tages seine Kreise zog und nach Beute Ausschau hielt. Es wurde Zeit, eine Höhle zu finden, in der er den Tag verschlafen konnte. Unter einer mächtigen Buche, aus deren Geäst sich ein Kauz mit dumpfen Rufen meldete, fand er einen verlassenen alten Dachsbau. Herunter hängende Zweige bildeten mit ihren inzwischen welk gewordenen Blättern einen schützenden Vorhang. Es schien ein geeignetes Lager zu sein. Nach Begutachtung der Höhle kroch er hinein und rollte sich zusammen. Mit dem Gedanken an eine fette Beute auf seinem nächsten Jagdzug schlief er ein.

Der Wolf wurde am nächsten Abend, bevor er auf Beutezug gehen wollte, von Lärm und lauten Stimmen geweckt. Er war sofort hellwach. Vorsichtig steckte er den Kopf aus seiner Höhle und sicherte nach allen Seiten. Die Stimmen und der Radau kamen von einer weiter entfernten Straße. Die geschärften Sinne des Wolfes nahmen noch etwas wahr: Einen Geruch, der ihm sehr unangenehm in die Nase stieg.
Er steckte den Kopf weiter aus der Höhle. In der einsetzenden Dunkelheit hielt er die Nase noch einmal sichernd in die leichte Brise, die vom Waldrand her wehte. Er konnte den Geruch nicht zuordnen, denn diesen Mischmasch aus menschlicher Ausdünstung und Brandgeruch hatte er bisher noch nicht kennen gelernt.
Er verließ seine Höhle, um möglichst weit entfernt von diesem ihm unangenehm erscheinenden Geruch auf Beutezug zu gehen.
Er verspürte Hunger. Diesmal wollte er sich nicht wieder mit Mäusen und anderem Kroppzeug begnügen.

Er schnürte an einem schon seit langer Zeit verlassenen Torfstich vorbei und lief in schnellem Trab weiter. Als er ein von Schilf, Binsen und Schmielen bewachsenes Birken- und Weidengebiet durchquert hatte, kam er in lichteres Gelände.
Ein kurzes nächtliches Gewitter war vorüber. Der Regen hatte nachgelassen, die letzten Wolkenfetzen verzogen sich und es wurde ein klarer Sternenabend.
Der Wolf hatte den Waldrand erreicht. Dort verharrte er. Innehaltend, die Ohren lauschend aufgestellt, eine Pfote an die Brust gehoben, sicherte er nach allen Seiten. Der Wind hatte ihm eine Witterung zugetragen, die auf leichte Beute hindeutete. Begierig sog er noch einmal die Witterung ein. Muskeln und Nerven, jede Faser in ihm war in einen Zustand der Erregung versetzt.
Mit weit ausholenden Sprüngen schnellte er los.

4. MOORHEXE

Bei der in Sonnenborstel tot aufgefundenen Frau handelte es sich um die 20jährige Michaela Diekmann. Sie hatte bei ihren Eltern gelebt, die am Tag nach ihrem rätselhaften Verschwindens eine Vermisstenanzeige aufgegeben hatten.
Die Kommissare Sebastian Bahr und Sandra Borgmann hatten die Eltern zur Identifizierung der Toten in die Pathologie begleitet.
Ingrid und Horst Diekmann waren einer Ohnmacht nahe, als der Gerichtsmediziner das Leinentuch zurückgeschlagen hatte. Gestützt auf die beiden Kripobeamten, hatten sie trotz der schweren Verletzungen ihrer Tochter sofort bestätigen können, dass die Tote

ihr Kind sei. Körperliche Merkmale wie eine kleine Narbe durch eine Blinddarmoperation, eine Tätowierung auf der Schulter und auch die Kleidung ließen keinen Zweifel zu.
Als die Eltern nach dem Schock in der Pathologie wieder in der Lage waren, Fragen der Kripobeamten zu beantworten, hatte Sandra Borgmann durch sensibel und zurückhaltend gestellte Fragen erfahren, dass Michaela Diekmann am Tag ihres Verschwindens eine Freundin besucht hatte. Diese Freundin hatte bei einer anschließenden Befragung den Beamten gegenüber den Besuch bestätigt. Bei der Verabschiedung hatte Michaela Diekmann ihrer Freundin gesagt, dass sie direkt nach Hause gehen wolle. Die Freundin hatte ihr wegen des einsetzenden Regens einen Schirm mitgeben wollen. Aber Michaela Diekmann hatte sinngemäß geantwortet, dass der nur hinderlich sei. Sie würde unter den paar Tropfen durchlaufen.
Die Beamten hatten festgestellt, dass der Weg, an dem das Verbrechen oder Unglück geschehen war, direkt zum Haus der Diekmanns führte.

Verbrechen oder Unglück? Das war die Frage, die die beiden Ermittler beschäftigte. War ein Mensch der Täter, war es klar ein Verbrechen. Hatte ein Tier zugeschlagen, musste von einem Unglück gesprochen werden.
DNA-Ergebnisse lagen noch nicht vor. Der Bericht des Gerichtsmediziners besagte, dass es sich zweifelsfrei um Bisswunden handelte. Tierhaare waren gefunden worden. Die konnten von streunenden Hunden, Waschbären oder anderen Tieren, die sich an der Leiche zu schaffen gemacht hatten, stammen.

Der Bericht der Spurensicherin war ähnlich unbefriedigend. Die unterschiedlich großen Schuhabdrücke konnten den Mitgliedern der Wandergruppe zugeordnet werden. Die Männer hatten auf Befragen bestätigt, dass sie nach der Entdeckung der Leiche durch eines ihrer Mitglieder auch durch das Gebüsch zum Fundort gegangen waren.

Sebastian Bahr hatte sich nicht verkneifen können, seinen Unmut über das Verhalten der Wanderer auszusprechen. „Und dann haben Sie alle um die Leiche herumgestanden und in dem durch den Regen aufgeweichten Boden alle Spuren zertreten", hatte er gesagt.

Neben Dachs- und Waschbärspuren waren Abdrücke von den Läufen sehr großer Hunderassen festgestellt worden. Den Ermittlern war klar, dass diese Tiere nicht unbedingt mit dem Tod der Frau in Verbindung gebracht werden konnten. Mitglieder der Wandergruppe hatten ihnen erzählt, dass die Gegend unter Hundehaltern ein beliebtes Auslaufgebiet für ihre Tiere wäre.

Bei einer erneuten Begehung des Fundortes hatten die Beamten festgestellt, dass große Rassen wie Rhodesien Ridgeback, Berner Sennenhunde, Doggen, Riesenschnauzer und natürlich Schäferhunde zu den bevorzugten Lieblingen der Hundehalter in dieser ländlich geprägten Gegend gehörten.

Jetzt waren Kriminalhauptkommissar Sebastian Bahr und Kriminalkommissarin Sandra Borgmann auf dem Weg zum Gasthaus Moorhexe.

Mitglieder der Wandergruppe und einige Hundehalter hatten ihnen den Tipp gegeben, sich unter den Gästen einmal umzuhören. Es verkehrten dort Leute, die aus der Gegend waren und „die Flöhe husten hörten", wie der Halter eines riesigen Dobermannrüden sich ausgedrückt hatte.

Auf der Hinfahrt erzählte Sandra Borgmann ihrem Kollegen, dass sie alle Tier- und Safariparks in Norddeutschland abtelefoniert habe. Nirgendwo würde ein größeres Tier vermisst.

Das Gasthaus Moorhexe lag an einer Kreuzung, von der die eine Straße direkt Richtung Lichtenmoor führte. Hinter dem Haus war ein geräumiger Parkplatz, auf dem schon einige PKW standen, darunter auch Fahrzeuge eines Typs, den Jäger und Förster bevorzugen.

„Ich kann mir vorstellen, dass Kollegen von der Schutzpolizei, die für Alkoholkontrollen zuständig sind, hier reiche Beute machen würden", sagte Sandra Borgmann, nachdem sie sich umgesehen hatte.

„Das ist nicht unser Bier", entgegnete ihr Kollege. „Gehen wir hinein."

Das Gasthaus Moorhexe war an diesem Spätnachmittag sehr gut besucht. Fast alle Tische der Gaststätte waren besetzt. Am Tresen standen vier Männer, denen vom Wirt gerade ihr Feierabendbier hingestellt wurde.

Sebastian Bahr und Sandra Borgmann stellten sich dazu und blickten auf die an den Tischen sitzenden Gäste. Überwiegend waren es Männer. Einige davon waren vom derben Schlag. Die wettergegerbten Gesichter und ihre robuste Kleidung ließen vermuten, dass sie in der Land- oder Forstwirtschaft arbeiteten.

Fast alle Gäste blickten auf die Beamten. Sebastian Bahr drehte sich um, nickte dem Wirt zu und blickte wieder in den Gastraum.

Er grüßte und stellte sich und seine Kollegin vor. „Sie haben sicher alle von dem Tod der jungen Frau aus Sonnenborstel gehört oder in der Zeitung „Harke" davon gelesen. Vielleicht hat jemand von Ihnen eine Beobachtung gemacht, die für uns von Interesse sein könnte. Wir sind für jeden Hinweis dankbar. Wir wollen nicht, dass Sie harmlose Nachbarn denunzieren, aber wenn Ihnen an Mitbürgern etwas Ungewöhnliches aufgefallen ist oder wenn Sie ein nicht heimisches Tier im Moor oder sonst wo gesehen haben, sollten Sie es uns mitteilen."

Aufmunternd blickten die beiden Kripobeamten in die Runde.

Martin Könke, ein älterer Gast mit einem Cordhut auf dem Kopf, wischte sich mit dem Handrücken Bierschaum vom Mund und sprach als erster: „Den Moorteufel sollten Sie sich mal vornehmen, dem traue ich alles zu."

Der Wirt tippte dem Kripomann auf die Schulter. „Der Fritz Kiesling, also der Moorteufel, ist ein harmloser alter Mann. Der kann keiner Fliege etwas tun. Aber im Moor, da kennt er sich aus."

Ein schmächtiger, blonder Mittdreißiger meldete sich: „Ich tippe auf ein großes Tier. Ein Wolf oder eine aus einem Tierpark entlaufene Raubkatze könnte es gewesen sein."

Sebastian Bahr sah den Blonden an: „Das sind Vermutungen. Wir sind mehr an konkreten Beobachtungen interessiert."

Jetzt war das Eis gebrochen. Viele der Gäste hatten etwas Ungewöhnliches mitzuteilen. Einer wollte in der Abenddämmerung eine riesige Katze, vermutlich einen Jaguar, gesehen haben. Ein anderer hatte ein gerissenes Kalb auf seiner Weide gefunden. Daraufhin meldete sich ein anderer Gast und gab an, dass ihm ein Schaf aus seiner Herde gerissen worden sei. Einer Frau waren drei Hühner aus dem Stall gestohlen worden.

Als alle, die etwas sagen wollten, sich wieder beruhigt hatten, schaltete sich vom Stammtisch aus ein distinguiert aussehender Mann mit schütterem Haar und einer dicken Hornbrille auf seiner Rotweinnase ein.

Er hatte ein ziegelrotes Gesicht, das auf zu hohen Blutdruck schließen ließ, und stellte sich als Heinz-Herbert Klenke vor: „Ich bin Jagdpächter. Ist es nicht denkbar, dass ein wildernder Hund oder ein Wolf über die Frau hergefallen ist?"

„Wieder nur eine Vermutung", dachte Sebastian Bahr. Vom Nachbartisch des Jagdpächters meldete sich jetzt ein Mann. Unter seinem Tisch lag ein großer Mischlingshund. „Das musste ja kommen. Immer die Hunde und die Hundehalter. Die schießwütigen Jäger würden doch am liebsten alle Hunde abknallen. Und Wölfe gibt es hier auch nicht. Die sind doch vor einhundert Jahren von den Jägern ausgerottet worden. Und es ist doch kein Geheimnis, dass sich hier in der Gegend ein Wilderer herumtreibt, der auch für das Töten von Schafen und Kälbern verantwortlich ist."

Jetzt prallten konträre Meinungen aufeinander und ein Tumult brach los. Die beiden Kripobeamten merkten, dass sie hier keine brauchbaren Informationen mehr bekommen würden. Lautstark rief Sebastian Bahr ein

„Dankeschön" in das Getöse hinein, nickte dem Wirt zu und verließ mit seiner Kollegin die Moorhexe.
Draußen kam ihnen ein Mann entgegen, der die Moorhexe betreten wollte. Dem Kommissar fiel auf, dass er so gar nicht zu den anderen Gästen passte. Er war etwa 30 Jahre alt, trug eine runde Nickelbrille und Kleidung, die darauf schließen ließ, dass er nicht in Land- oder Forstwirtschaft tätig war. Eine Ausnahme waren die Gummistiefel, die der Mann trug. Während sein Sakko und die gebügelte Hose sauber wirkten, waren die Gummistiefel schmutzverkrustet.
Während Sebastian Bahr noch an den Neuankömmling dachte, der inzwischen in die Moorhexe gegangen war, meinte Sandra Borgmann: „Dieser Besuch war wohl doch keine gute Idee."
„Sozusagen ein Schuss in den Ofen", bestätigte Bahr.
„Den Moorteufel werde ich morgen Vormittag aber aufsuchen und befragen. Du könntest Dich ans Telefon hängen und die Sache mit den gerissenen Tieren klären. Landesveterinärmediziner, Naturschutzbund, Landesjägerschaft und so weiter wären zu befragen. Machen wir Schluss für heute."

Nachdem die Kriminalbeamten die Moorhexe verlassen hatten, wurde am Stammtisch weiter über den Hintergrund des rätselhaften Todesfalls spekuliert.
Über dem runden Stammtisch hing ein als Kupferrelief gearbeitetes Schild: „Hier sitzen die, die immer hier sitzen".
Heute war der harte Kern der Stammtischrunde unter dem Schild versammelt: Martin Könke, der Mann mit dem Cordhut. Gernot Schwarzer, der schmächtige, blonde Mittdreißiger. Er arbeitete als Computer-

spezialist in einem Verlag in Hannover als Supporter. Ortwin Scheller, ein Futtermittelhändler, der den Moorteufel als Täter verdächtigte. Willi Olbers, ein Landwirt. Karl Henning, Nebenerwerbsbauer und Heinz-Herbert Klenke, der Jagdpächter.
Karl Henning, ein Mann von derbem Schlag schlug vor, eine Treibjagd zu veranstalten.
Der Jagdpächter Heinz-Herbert Klenke meldete Bedenken an: „Doch nicht jetzt. Es ist noch keine Jagdsaison!"
Willi Olbers meinte: Du bist doch sonst nicht so pingelig. Es wird doch Zeit, dass wir die Bestie zur Strecke bringen!"
„Nein, nein", sagte der Jagdpächter, „ich darf mir keinen Schnitzer mehr leisten. Der Jagdverband hat mich schon auf dem Kieker."
Auch Gernot Schwarzer mahnte zur Besonnenheit: „Keine voreiligen Schnellschüsse. Die Polizei wird sicher bald einen Erfolg melden können."
Jetzt meldete sich Martin Könke noch einmal: „Pah, die Polizei! Dass ich nicht lache. Parksünder können die aufschreiben. Aber Mörder dingfest machen? Wenn sie tatsächlich mal einen Verbrecher schnappen, lässt unsere Justiz ihn, weil er eine schwere Kindheit hatte, mit einer Bewährungsstrafe frei herumlaufen.
Bei dieser Meinung gab es keinen Widerspruch. Alle Teilnehmer des Stammtisches waren dieser Ansicht. Es wurde noch eine Runde Bier mit dem dazugehörenden Kurzen beim Wirt Günter Süssel, der heute nicht mit am Tisch saß, geordert.

Als Sebastian Bahr am nächsten Mittag von der Befragung des Moorteufels ins Büro kam, legte Sandra

Borgmann gerade das Telefon in die Halterung. „Gut abgepasst", sagte sie. „Ich bin gerade mit den Befragungen durch."
„Prima, erzähl doch mal."
„Ja, aber erstmal hole ich uns einen Kaffee, Du willst doch sicher auch einen?"
„Ja, danke."
Nachdem beide einen Becher mit dampfendem Kaffee vor sich auf dem Schreibtisch hatten, berichtete seine Kollegin: „Also, der Kreisveterinärmediziner, Peter Jenning heißt er, hat bei einem toten Rind festgestellt, dass es nicht von einem Tier gerissen wurde. Die Wundränder waren sauber und glatt. Die Knochen waren wie mit einer Axt abgehackt. Da ist ein Trittbrettfahrer am Werk und hat sich kostenlos eine große Ration Frischfleisch beschafft."
„Also ein Wilderer."
„Ja, bei den zuständigen Kollegen sind dieser Fall und ähnlich gelagerte Vorkommen aktenkundig. Seit die Zeiten schlechter geworden sind, hat die Wilderei wieder zugenommen. Festnahmen hat es noch nicht gegeben. Bei dem getöteten Schaf verhielt es sich anders. Dort gab es keine glatten Wundränder, sondern Quetschungen, wie sie Bisse von großen Hunden und einigen Raubtierarten verursachen."
„Also könnte es ein Wolf gewesen sein!"
Sandra Borgmann trank einen Schluck Kaffee.
„Größere Beutetiere wie Hirsche und Rehe werden von der Seite angegriffen, zu Fall gebracht und durch einen Kehlbiss getötet. Ich habe auch mit…" Sie blickte auf ein vor ihr liegendes Blatt Papier. „…Hajo Görrissen heißt er, telefoniert. Er vertritt den Naturschutzbund. Seine Organisation ist für die Wiederansiedlung von

Wölfen. Vereinzelt sind Wölfe aus dem Osten, wo sie nicht gnadenlos ausgerottet wurden und es noch Rudel gibt, wieder nach Deutschland eingewandert. Er erzählte mir, dass im Lichtenmoor Ende der vierziger Jahre mal ein Wolf aufgetaucht sei. Eine Jagd mit 1500 Treibern und 70 Jägern hatte zu keinem Erfolg geführt. Irgendwann soll ein Jäger ihn in dem etwa 100 qm großen Hochmoor später erlegt haben. Wölfe haben hier keine natürlichen Feinde. Eine Gefährdung gibt es nur durch den Menschen. Von 1990 bis 2009 sind durch illegale Abschüsse und durch die hohe Verkehrsdichte als Opfer des Straßenverkehrs 14 eingewanderte Wölfe ums Leben gekommen. Die Tiere werden seit Menschengedenken als mordlustig verteufelt. Vom Senckenberg Museum für Naturkunde gibt es eine Wanderausstellung, die neueste Erkenntnisse aus der Freilandforschung der Wölfe bringt und mit der Vorstellung von Vorurteilen aufräumt. In Polen, Spanien und Italien gehören Wölfe längst wieder zum Alltag."
Sandra Borgmann trank den Rest ihres Kaffees. „Der NABU-Mann deutete an, dass die Jägerschaft eine ganz andere Meinung zu der Wiederansiedlung von Wölfen hat. Da wird schon mal eines dieser unter Naturschutz stehenden Tiere abgeschossen. Vor Gericht wird dann behauptet, man hätte das Tier für einen wildernden Hund gehalten. Die Kugeln der Jäger verhindern den Vormarsch der Wölfe nach Deutschland. Hier in Niedersachsen gibt es fast doppelt so viele Jäger wie im Bundesdurchschnitt. Fast 2300 Jungjäger haben 2010 die Prüfung bestanden. Sie alle haben die Macht, den Vormarsch der Wölfe zu verhindern. Wolfsjäger sind zwar in der Minderheit,

aber sie haben die Boulevardpresse hinter sich. Aus Sicht der Förster erfüllt der Wolf die Aufgabe, kranke und schwache Tiere zu reißen. Außerdem hilft der Wolf mit der Dezimierung der Rehe und Hirsche, den Wald zu schützen. Viel zu viel Rotwild schädigt den Wald, weil es die Triebe junger Bäume frist. Einer meiner Gesprächspartner hat ein russisches Sprichwort zitiert: `Wo der Wolf lebt, wächst der Wald`. Jäger haben bisher immer behauptet, sie müssten die Arbeit der Wölfe erledigen, weil es die in Deutschlands Wäldern nicht mehr gäbe. Jetzt, nach Rückkehr einiger weniger Wölfe fordern sie deren Abschuss, weil sich die Tiere über das von ihnen teilweise mit Zufütterung verbreitete Wild hermachen. Dass Wölfe ihre Beutetiere ausrotten, hat es noch nie gegeben. Gegen alle Erfahrung und die Meinung der Förster behaupten das nämlich die Gegner der Wölfe."

Sandra Borgmann setzte ihre Kaffeetasse ab. „Ich habe dann noch mit einem Kynologen gesprochen."

„Kynologe?" fragte Sebastian Bahr.

„Kynologie, Lehre von Zucht und Krankheiten der Hunde", klärte die Kommissarin ihren Kollegen auf. „Dieser Experte sagte mir, dass es sehr unwahrscheinlich sei, dass die Frau von einem Hund getötet wurde. Selbst ein aggressiver Hund wird einem Menschen nicht sofort an die Kehle gehen und andere Körperteile unangetastet lassen. Im Übrigen gelten die großen Hunderassen wie zum Beispiel Doggen und Irische Wolfshunde bei den Züchtern und Haltern als `die sanften Riesen`. Auch einen Angriff durch einen Wolf kann er sich nicht vorstellen. Wölfe sind von Natur aus scheu und ergreifen beim Herannahen von Menschen die Flucht. Die Geschichten vom bösen

Wolf sind Märchen. Eine Einschränkung machte er. Wölfe können sich mit Hunden kreuzen. Wie eine solche Kreuzung aus einem Wolf und beispielsweise einer Rottweilerhündin sich entwickelt, konnte er nicht sagen. Das letzte Gespräch habe ich mit meinem Großvater geführt."
Sandra Borgmann bemerkte, wie Sebastian Bahr die Augenbrauen hochzog.
„Ja, mit meinem Opa. Durch die mit dem NABU-Mann geführten Gespräche erinnerte ich mich, dass er einmal etwas von einem Wolf im Lichtenmoor erzählt hatte. Obwohl er schon über 80 Jahre alt ist, funktioniert sein Langzeitgedächtnis noch sehr gut. Er erzählte mir, dass nach dem Krieg um das Lichtenmoor herum zahlreiche Wild- und Nutztiere gerissen wurden. Die Fälle erregten damals großes Aufsehen. Die Zeitungen sprachen von der Bestie aus dem Moor oder dem Würger vom Lichtenmoor. Angeblich hatte ein freigelassener Kriegsgefangener 1947 aus Russland einen sibirischen Wolfswelpen mitgebracht und hier ausgesetzt. Einige Leute hatten eine profanere Erklärung: In den mageren Nachkriegsjahren waren Wilderer am Werk, um an Fleischrationen zu kommen. Mein Opa meint sich zu erinnern, dass es sich doch um einen Wolfsrüden gehandelt hat, der dann von einem Jäger erlegt wurde."
„Tolle Story", meinte Sebastian Bahr. „Was hältst Du von Mittagessen?"
„Viel, mir knurrt der Magen."
„Gut, gehen wir in die Kantine."
Als das Essen vor ihnen stand – beide hatten sich für Rindsgulasch entschieden – berichtete der Kommissar

von seinem Besuch beim Moorteufel. „Der ist dort in der Gegend bekannt wie ein bunter Hund. Die Leute, die ich nach dem Weg zu ihm fragte, haben mir erzählt, dass es sich bei ihm um einen etwas sonderlichen alten Mann handeln soll. Er lebt in einer halb verfallenen Kate am Rande des Moores. Er heißt Fritz Kiesling, ist weit über 70 Jahre alt und kommt schon allein deshalb nicht als Täter in Betracht. Obwohl – er ist körperlich und geistig noch völlig auf der Höhe. Seinen Ruf als Sonderling hat er sich erworben, weil er Selbstversorger ist. Er lebt schon seit Jahrzehnten auf eine Art, wie es die heutigen Menschen als alternative Lebensweise mit Biogemüseanbau bezeichnen. Ein großer Garten, etwas Federvieh wie Hühner und Gänse und ein paar Schafe reichen ihm, um über die Runden zu kommen. Er hat kein Radio und keinen Fernseher. Aber er scheint sehr belesen zu sein."
Sebastian Bahr kratzte seinen Teller leer. „Eine Erkenntnis hat mein Besuch bei ihm gebracht. Er behauptet, einen Wolf gesehen zu haben. Sogar mehrfach. Er ist sich ganz sicher. Ein großer Rüde soll es gewesen sein, der abends um seinen verschlossenen Schafstall gestrichen ist. Er hat ihn nicht vertrieben, sondern ist der Meinung, dass eine Wiederansiedlung der Wölfe zu begrüßen sei. Viel Hoffnung hat er aber nicht. `Die schießwütigen Idioten knallen doch alles ab, was sich auf vier Beinen bewegt`, oder so ähnlich hat er sich über die Jäger geäußert."
Sandra Borgmann hatte ihre Mahlzeit inzwischen auch beendet. „Kein Wunder, dass die Dorfbewohner ihn hassen. Viele von denen sind doch Jäger oder mindestens Treiber. Ich werde Hajo Görrissen, den

Naturschützer informieren. Er könnte eine Fotofalle aufstellen. Die könnte Gewissheit über die Anwesenheit eines Wolfes bringen."

„Gut", sagte Sebastian Bahr.

Und er sagte noch etwas: „Übrigens, dieser Mann in Gummistiefeln, der uns aufgefallen ist, als wir die Moorhexe verlassen haben, ist mir wieder begegnet. Er bog von einer Straße in einen Weg ab, der direkt ins Moor führt."

Seine Kollegin sah darin nichts Auffälliges: „Vielleicht ein friedlicher Wanderer mit einer Vorliebe für nasse Moorlandschaften."

5. DER MANN

Er kauerte in einem Gebüsch neben dem Waldweg. Als die schlendernde junge Frau mit ihm auf gleicher Höhe war, sprang der Mann mit einem gewaltigen Satz die Frau von der Seite an, wobei er mit beiden Händen ihren Hals umschloss.

Die Frau geriet gurgelnd ins Straucheln. Der Mann fiel mit ihr auf den nassen Waldweg, ohne die Hände von ihrem Hals zu lassen. Auf dem Boden liegend grub er seine Zähne oberhalb seiner einen Hand wie ein Raubtier in den Hals der jungen Frau. Wie von Sinnen biss er, rasend im Blutrausch, immer wieder in den Kehlbereich seines Opfers, bis das Blut aus der Halsschlagader der nur noch zuckenden Frau herausschoss. Gierig schmatzend schluckte er das mit kleinen rohen Fleischbrocken angereicherte Blut.

Der Mann vor seinem Laptop hatte genug gesehen. Er schaltete den Computer aus. Er war hochgradig erregt; aber nicht soweit, dass er die absolute Befriedigung bekommen hatte. Ein Dämon, eine unheimliche Macht beherrschte ihn wieder. Der Film reichte ihm nicht. Er musste es selbst wieder tun. Er musste eine junge Frau oder besser noch ein junges Mädchen finden, bei dem er die totale Befriedigung bekommen würde. So wie der Mann in dem Film musste er es auch machen. Wie in den Tierfilmdokus über die afrikanische Savanne, wenn ein Gepard eine Antilope mit einem Biss in die Kehle riss oder eine Löwin auf diese Weise ein Zebra tötete.

Solche Filme sah er am liebsten. Krimis, Komödien und Sportsendungen interessierten ihn nicht. Am allerliebsten sah er jedoch Filme wie den eben gesehenen. Er bedauerte, dass solche Filme nicht in den normalen Fernsehprogrammen liefen, sondern dass er sie sich auf illegale Weise aus dem Internet herunterladen musste. Ein Netzwerk von Gleichgesinnten, die er auch über das Internet kennen gelernt hatte, sorgte immer wieder für Nachschub an interessanten Filmen. Sie stammten aus Quellen, die diese Freunde nicht verrieten.

Er blickte auf die Uhr. Die Zeit war günstig. Die Dämmerung würde bald einsetzen.

Er verließ sein Arbeitszimmer. Im Wohnzimmer hatte seine Frau etwas Gebäck auf den Couchtisch gestellt. Er hörte, wie sie in der Küche mit Geschirr hantierte.

„Der Kaffee ist gleich fertig", rief sie.

„Ich kann jetzt nicht", sagte er. „In der Firma gibt es ein Problem. Ich muss los."

„Ich verstehe das nicht. Immer an den Wochenenden oder nach Feierabend", maulte die Frau verärgert.

„So ist das nun einmal, wenn man Bereitschaftsdienst hat", entgegnete er, zog sich Schuhe sowie Jacke an und verließ die Wohnung.

Dabei überlegte er, wo die Gelegenheit am günstigsten sein könnte. Am Rande eines Moores musste es sein. Einsam, aber nicht zu einsam. Eine junge Frau oder ein Mädchen musste vorbei kommen. Zu Fuß oder auf dem Fahrrad. Auf dem Fahrrad wäre nicht so günstig, aber in einem Film hatte er gesehen, dass es zu machen war. Er musste sich in diesem Fall nur sehr geschickt verhalten.

Nachdem er einige Kilometer mit seinem alten Opel Astra gefahren war, hatte er eine günstige Stelle entdeckt. Ein Fuß- und Radweg am Rand eines Moores. Viel Buschwerk bot ihm Gelegenheit, sich ein Versteck zu suchen.

Weil er schlau war, hatte er seinen Opel ein paar Kilometer vorher an einer belebten Straße geparkt und war die letzte Strecke zu Fuß gelaufen. Wenn in den nächsten Tagen in den Zeitungen und im Fernsehen über das Mädchen berichtet würde, sollte niemand eine Verbindung zwischen dem Mädchen und dem Halter eines in der Nähe geparkten Autos herstellen. Ja, er fand, dass er sehr schlau war.

Prüfend ging er den Weg entlang. An einer leichten Biegung fand er das ideale Versteck. Hinter zwei dicht bewachsenen Holunderbüschen, deren Laub sich schon spätsommerlich verfärbt hatte, konnte er nicht gesehen werden. Zwischen den beiden Büschen konnte er nach vorn auf den Weg springen und tun, was er tun musste. Ohne gesehen zu werden, konnte er auch zwischen den beiden Büschen hindurch sehen, wenn Spaziergänger oder Radfahrer sich näherten.

Er machte es sich hinter den Büschen bequem. Sprungbereit in die Hocke musste er erst gehen, wenn eine junge Frau oder ein Mädchen herankommen würde. Das konnte er trotz der leichten Dämmerung, die inzwischen hereingebrochen war, erkennen.
Zuerst kam ein älteres Ehepaar vorbei. Die beiden unterhielten sich über ihren ungeratenen Sohn. Nach weiteren drei Minuten sah er zwei Frauen herankommen. Als sie auf seiner Höhe waren, hörte er, dass sie nicht sehr freundlich über ihre Männer sprachen. Zwei Frauen waren natürlich total ungünstig. Eine Frau oder ein Mädchen musste es sein.
Fast eine halbe Stunde musste er warten, bis er in der jetzt stärker gewordenen Dämmerung erkannte, dass sich ein großes Mädchen oder eine junge Frau näherte. Und die Person kam allein! Niemand folgte ihr. Er blickte kurz in die Gegenrichtung und stellte fest, dass von dort kein Mensch kam. Die Gelegenheit schien günstig zu sein.
Der Mann ging leicht in die Hocke, in eine sprungbereite Position. Dabei dachte er an eine Szene aus der letzten Tierfilmdoku, die er gesehen hatte. Eine Löwin hatte in diesem Film ein Gnu mit einem Biss in die Kehle getötet. Seine Erregung stieg ins Unermessliche. Er merkte, wie ihm Speicheltropfen aus dem Mundwinkel rannen.
Er erkannte, dass es ein etwa zwölf Jahre altes Mädchen war. Es kam näher. Jetzt war es soweit. Er schnellte hoch und sprang mit den nach vorn gereckten Armen auf das Mädchen zu.

6. WEISSE MOORSCHNUCKEN

Ein letzter schöner Herbsttag war zu Ende gegangen. Die Abenddämmerung ging in die Nacht über. Der Wolf schnürte über eine Lichtung. Er hatte Hunger. Die letzten Tage hatte er sich mit Mäusen und anderem Kleingetier begnügen müssen. Ihm stand der Sinn nach einer größeren Beute. Er musste sich den Wanst mal wieder richtig voll schlagen.
Seine Suche nach einer Wölfin war weiter ergebnislos verlaufen. Immer wieder hatte er die Nase in den Wind gehalten. Aber neben den tausend Gerüchen hatte er keine Witterung einer Wölfin aufnehmen können. Die Suche kostete Energie. Deshalb musste er bei Kräften bleiben und ein größeres Beutetier aufspüren.
In den Wäldern, aus denen er gekommen war, hatte es genügend schwache und kranke Tiere gegeben, die auch für unerfahrene Jungwölfe eine leichte Beute wurden. Obwohl er bisher auf keine Artgenossen gestoßen war, gab es diese kranken und geschwächten Tiere hier nicht.
Plötzlich verharrte er. Er bekam eine Witterung in die Nase, die er kannte. Sein Vater hatte, als er noch ein Welpe war, große Fleischbrocken, dem dieser Geruch anhaftete, für ihn und seine Geschwister angebracht.
Der Wolf lief dem Geruch nach durch ein Waldstück und traf auf angrenzendes Weideland. Er folgte der Waldgrenze und nachdem er einen Placken Goldrute durchquert hatte, sah sie: Vierbeinige, wollige Beutetiere.
Er witterte nach allen Seiten. Kein anderer Geruch, der ihn von seinem Vorhaben abhalten könnte. Er zögerte nicht lange. Mit ein paar Sätzen war er an einem Zaun,

der ihn von der Beute trennte. Mit einem Satz war er darüber hinweg und schnellte auf die sich in einer Ecke der Weide zusammen drängenden Tiere zu. Ein großer Sprung, und er hing einem der Beutetiere an der Kehle und biss zu. Obwohl er die Kehle genau getroffen hatte, konnte das Tier ihn abschütteln und verdrückte sich mit schwindender Kraft in das Gewühl der kleinen Herde. Dadurch wurde ein anderes Beutetier direkt vor ihn gedrückt. Er zögerte nicht. Unter Aufbietung aller Kräfte, die ihm zur Verfügung standen, packte er die Kehle des Tieres und riss sie auf, so dass er warmes Blut trinken und Fleisch in großen Brocken verschlingen konnte.
Die anderen Beutetiere zerstoben in alle Richtungen auf der Weide. Das zuerst gerissene Tier verendete nach kurzer Zeit. Die Bisswunde war zu tief gewesen.
Der Wolf fraß sich an dem Kadaver des vor ihm liegenden Beutetiers satt.

Die Versammlung auf der Weide des Nebenerwerbsbauern Karl Henning setzte sich außer ihm zusammen aus dem Jagdpächter Heinz-Herbert Klenke, der dem Kripobeamten Sebastian Bahr bei dem Besuch im Gasthaus Moorhexe unangenehm aufgefallen war, dem Kreisveterinärmediziner Peter Jenning, Hajo Görrissen vom Naturschutzbund, Harro Ebermann, Beamter von der nächstgelegenen Polizeistation, und den beiden Kripolbeamten Sebastian Bahr und Sandra Borgmann.
Die beiden Kommissare waren vorher auf dem Hof des Bauern Karl Henning mit dem Polizeibeamten zusammen getroffen.
„Na, muss die Kripo sich jetzt auch um gerissene Schafe kümmern?" hatte der etwas ironisch gefragt.

Sandra Borgmann hatte ganz sachlich geantwortet: „Es gibt eventuell einen Zusammenhang mit dem Tod einer jungen Frau."

„Ach so", hatte er nur erwidert.

Jetzt standen sie mit den anderen im Halbkreis um zwei Schafkadaver herum.

Der Jagdpächter Heinz-Herbert Klenke, in grünem Jägerlook gekleidet, führte das große Wort: „Das war ein Wolf. Wehret den Anfängen. Der muss abgeschossen werden."

Der NABU-Mann Hajo Görrissen fiel ihm ins Wort: „Ich höre wohl nicht richtig. Wölfe stehen unter Naturschutz und dürfen nicht bejagt werden. Das sollten Sie als Jäger eigentlich wissen. Erste Stunde im Unterricht bei der Ablegung der Jägerprüfung.

Der Kreisveterinärmediziner machte sich an einem der Kadaver zu schaffen. „Kein Zweifel, die Schafe sind von einem Tier gerissen worden."

Das war das Signal für den Jagdpächter, wieder das Wort zu ergreifen: „Sage ich doch. Wir wollen hier keine Wölfe haben."

Alle, bis auf die Kripobeamten, hatten plötzlich zu dem Thema etwas zu sagen. Als Bauer Henning immer wieder ein „und wer bezahlt mir den Schaden, das waren seltene Moorschnucken" in die Diskussion warf, beendete der Polizeibeamte Harro Ebermann das Tohuwabohu mit lauter Stimme: „Schluss jetzt. Wir können zusammen singen, aber nicht zusammen sprechen. Ich nehme den Fall jetzt auf, mache Fotos, der Tierdoktor kann seinen Bericht machen, und dann sehen wir weiter."

Jagdpächter Klenke nörgelte: „Dann muss ich mir das ja nicht länger ansehen und kann gehen."

„Richtig", sagte der Polizist.
Sebastian Bahr nahm den Naturschützer zur Seite: „Könnten wir uns mal kurz unterhalten?"
„Na klar. Worum geht's denn? Schießen Sie los."
„Meine Kollegin hat ja schon ein längeres Telefonat mit Ihnen geführt. Ich möchte es noch einmal aus berufenem Munde hören: Kann ein Wolf einen Menschen töten?"
„Ach, Sie meinen den Fall der jungen Frau aus Sonnenborstel. Ich erinnere mich natürlich an das Gespräch. Grundsätzlich könnte ein Wolf einen Menschen töten. Allerdings ist mir ein solcher Fall nicht bekannt. Wölfe sind scheue Tiere, die die Nähe des Menschen meiden. Nur in Notzeiten kommen sie in die Nähe von Menschen-Siedlungen. Ihre Opfer sind meist sehr alte oder junge, durch Hunger oder Krankheit geschwächte oder kranke Tiere. Da alte und kranke Tiere in unseren Breiten von den Jägern ausgemerzt werden, vergreifen sich die hin und wieder bei uns auftauchenden Wölfe an Haustieren und Weidevieh, wie in diesem Fall der gerissenen Schafe. Aber einen Menschen töten…"
Hajo Görrissen holte tief Luft. „Nein, dass ein Wolf für den Tod der jungen Frau verantwortlich ist, halte ich für ausgeschlossen. Solche Fälle kommen den Wolfshassern, den Jägern sehr gelegen. Sie sehen in dem Wolf einen Konkurrenten bei ihrer Jagd auf das heimische Wild. Fast jeder eingewanderte Wolf wird gnadenlos abgeknallt, obwohl die Jäger wissen müssten, dass die Tiere unter Naturschutz stehen. Die Fälle werden selten bekannt. Die Devise der Jäger ist „Schießen, Schaufeln, Schweigen.""

Sandra Borgmann, die sich zu den beiden gestellt hatte, war beeindruckt von dem, was Harro Görrissen über die Wölfe erzählt hatte.

„Danke für die Auskunft", sagte Sebastian Bahr, und die drei verließen die Weide des Bauern Klenke. Im Weggehen drehte sich der Naturschützer zu den beiden Kripoleuten um: „Im Übrigen werden die betroffenen Tierhalter für den Verlust ihrer Tiere entschädigt."

Sandra Borgmann hatte noch eine Frage: „Die Aufstellung einer Fotofalle erübrigt sich also?"

„Ja, wir wissen, dass bei uns ein Wolf eingewandert ist."

Auf der Rückfahrt ins Kommissariat bemerkten die beiden Kripoleute einen Mann, der strammen Schrittes die Straße Richtung Lichtenmoor entlang ging. Er hatte Gummistiefel an.

„Das ist doch der Mann, der uns beim Verlassen der Moorhexe entgegenkam, und den ich bei meinem Besuch von Fritz Kiesling im Moor gesehen habe", meinte Sebastian Bahr.

„Ja", sagte Sandra Borgmann. „Wie ein Wanderer sieht er nicht aus. Die Kombination von Büroanzug und schmutzigen Gummistiefeln wirkt komisch. Vielleicht sollten wir ihn bei nächster Gelegenheit einmal befragen. Täter treibt es bekanntlich immer wieder zum Ort ihrer Verbrechen."

Dem Kommissar war nicht klar, ob diese Bemerkung seiner Kollegin ernst oder ironisch gemeint war.

8. DER STAMMTISCH

In der Moorhexe waren heute neben allen Plätzen am Stammtisch auch viele der anderen Tische besetzt. Durch die in den Medien angestellten Spekulationen über die „Bestie aus dem Moor" hatte fast jeder Bewohner oder Anrainer des Lichtenmoors Gesprächsbedarf. Und wo konnte man seine Meinung zu diesem Thema schon besser loswerden als in seiner Lieblingskneipe.
Am Stammtisch saßen Gleichgesinnte, die nicht nur Stammtischbrüder und Schützenbrüder waren, sondern auch Brüder im Geiste.
Es war wieder einmal Heinz-Herbert Klenke, der das große Wort führte: „Es ist schon richtig, wenn die Presse bei einem Wolf von der `Bestie aus dem Moor` spricht. Wie anders soll man denn ein Tier beschreiben, welches über wehrlose Frauen herfällt und das Vieh unserer Bauern zerfleischt."
„Richtig", sagte der ihm gegenüber sitzende Nebenerwerbsbauer Willi Olbers. „Die Hälfte der Schafherde meines Nachbarn Karl Henning hat die Bestie gerissen. Er hält doch diese seltenen, weißen, hornlosen Moorschnucken."
Was er nicht sagte, war die Tatsache, dass der Antrag auf Entschädigung für die zwei getöteten Schafe bewilligt worden war.
Der Computerfachmann Gernot Schwarzer äußerte auch einen Verdacht: „Die Bestie könnte auch ein Marderhund sein!"
„Marderhund?", fragte Willi Olbers.
Heinz-Herbert Klenke wusste Bescheid: „Marderhunde sind Raubzeug, das bekämpft werden muss. Diese

Tiere kommen vom Ural immer weiter nach Westen. Sie sind nachtaktiv; deshalb bekommt man sie nicht zu Gesicht. Nachts von meinem Hochsitz aus hab' ich schon mal einem den Garaus gemacht. Es war lange unklar, ob sie zur Familie der Marder oder Hunde gehören. Inzwischen haben die Wissenschaftler nachgewiesen, dass sie zur Familie der Hunde zählen."

Günter Süssel, der Wirt der Moorhexe, saß auch mit am Stammtisch. Alle 14 Tage, wenn der harte Kern der Stammtischbrüder tagte, war er dabei. Die Arbeit erledigten dann seine Frau Elsbeth hinter der Theke und ihre gemeinsame Tochter Katrin, die das Servieren übernahm.

Die dralle Katrin Süssel war 19 Jahre alt und arbeitete im Labor der Rinder-Besamungsanstalt Hannover.

Bei Hochbetrieb in der Gaststätte ihrer Eltern half sie nach Feierabend aus. Der Name ihres Arbeitgebers war unter den Gästen oft Anlass zu anzüglichen Zoten. Da Katrin Süssel nicht auf den Mund gefallen war, gab sie den Witzbolden ordentlich Kontra und hatte die Lacher auf ihrer Seite. Dem Umsatz an den Tischen kam ihre burschikose Art auch zugute.

Rechts neben Heinz-Herbert Klenke saß ein Mann, der etwas von einem Maulwurf an sich hatte. Der Frührentner Dietrich Jankowski hatte eine fliehende Stirn. Sein Haaransatz begann fast unmittelbar über den dunklen, buschigen Augenbrauen. Schadhafte Zähne und schwere Aknenarben im Gesicht vervollständigten das unangenehm wirkende Aussehen des Mannes.

Dietrich Jankowski wurde am Stammtisch nur geduldet, weil er für Heinz-Herbert Klenke so etwas wie ein Adlatus war. Bei Treibjagden, die der Jagdpächter regelmäßig veranstaltete, war der Frührentner

als erfahrener Treiber unverzichtbar. Er war es auch, der die anderen Treiber anheuerte. Von Haus aus schweigsam, saß er die meiste Zeit ohne etwas zu sagen mit am Tisch, und wartete darauf, dass der Jagdpächter ihm einen Auftrag erteilte.
Deutlich redseliger war dagegen Ortwin Scheller. Der Futtermittelhändler, der schon mehrfach die Durchführung einer Treibjagd vorgeschlagen hatte, war auch heute wieder bei seinem Lieblingsthema: „Wenn die Polizei es nicht schafft, den Täter dingfest zu machen, müssen wir die Initiative übernehmen und zur Selbsthilfe greifen."
Gernot Schwarzer bremste seinen Stammtischfreund: „Sachte, sachte. Bei Selbstjustiz bekommen wir Ärger. Unsere Fackelzug-Aktion vor ein paar Tagen hat genug Staub aufgewirbelt."
Martin Könke trug heute wieder seinen obligatorischen Cordhut. Nicht regelkonform hatte er seinen Schützenanzug an. Er war vor dem Stammtischtreffen im Vereinshaus des Schützenvereins gewesen, um mit dem Kassenwart eine Unklarheit zu besprechen. Obwohl er dort schon einige Biere getrunken hatte, war sein Durst noch nicht gestillt.
Als Katrin Süssel mit einem Tablett leerer Gläser vorbeikam, rief er ihr eine Bestellung zu: „Sechs Kurze und zum Runterspülen sechs Bier dazu."
Bevor die Getränke an den Stammtisch kamen, beobachteten die Gäste der Moorhexe, wie vier Männer den Gastraum betraten. Voran ging ein Mann in Jeans und legerem Sakko. Die drei anderen Männer waren mit T-Shirt und Cargohosen bekleidet. Die T-Shirts waren mit farbigen Motiven bedruckt.

Während der Mann im Sakko zu Elsbeth Süssel an die Theke ging und etwas fragte, blieben die T-Shirtträger am Eingang stehen.
Nach einem kurzen Gespräch mit der Wirtin kam der Mann an den Stammtisch und stellte sich bei Günter Süssel vor: „Pascal Brüning vom Regional-Fernsehen. Herr Süssel?"
Günter Süssel nickte.
„Wir arbeiten an einem Hintergrundbericht über die so genannte Bestie aus dem Moor. Ein Teil der Berichterstattung soll die Meinung der Bürger widerspiegeln. Eine Befragung haben wir heute schon im Zentrum Nienburgs gemacht. Bei Ihnen würden wir gerne die Meinung Ihrer Gäste zu diesem Thema hören."
„Wie, vor der Kamera?", fragte der Wirt.
„Ja, natürlich", bestätigte der Fernsehmann.
Günter Süssel sah seine Stammtischfreunde an. Offenbar hatte keiner dagegen Einwände. Ganz im Gegenteil.
Heinz-Herbert Klenke war begeistert: „Prima, wenn man seine Meinung mal deutlich machen kann."
„Prima", sagte auch der Fernsehmann. „Dann bauen wir die Kamera hier am Stammtisch auf und Sie alle – dabei blickte er in die Runde – können frisch von der Leber weg erzählen, was Sie von dieser Geschichte halten."
Er gab seinen an der Gaststättentür wartenden Kollegen einen Wink. Sie verließen darauf hin den Gastraum und kamen nach kurzer Zeit mit Kamera, Tongerät und sonstigem Equipment wieder herein.
Nachdem der Kameramann seinen Apparat am Stammtisch aufgebaut hatte, richtete der Beleuchter die Lampen ein, so dass die Gesichter der Stammtisch-

gäste voll im Licht waren. Der Tonmann hielt seine Angel mit dem Mikrofon über den Tisch und Pascal Brüning rief für alle Gäste in der Gaststube laut und verständlich: „Ruhe bitte. Achtung Probe."
In dem Moment kam Katrin Süssel mit einem Tablett voller Gläser an den Tisch. Sie wollte wieder umkehren, als sie die Ansage des Fernsehmannes hörte.
„Nein, bleiben Sie", sagte er. „Stellen Sie die Gläser ruhig hin. Das passt schon. Warten Sie eine Sekunde, wir drehen das gleich mit."
Die Probe schien in Ordnung gewesen zu sein, denn nachdem der Tonmann „Ton läuft" und der Kameramann „Kamera läuft" gesagt hatten, kam von Pascal Brüning die Regieanweisung: „Und bitte!"
Katrin Süssel servierte perfekt.
Der Fernsehmann begann mit seinem Interview: „Meine Herren, die Bestie aus dem Moor beschäftigt die Menschen nicht nur hier in der Region. Ganz Norddeutschland wartet darauf, dass rätselhafte Todesfälle von Menschen und Tieren aufgeklärt werden. Was haben Sie für eine Meinung zu diesem Thema?"
Pascal Brüning nickte Heinz-Herbert Klenke aufmunternd zu. Der ließ sich nicht lange bitten.
„Also, wenn Sie mich fragen, meine Meinung steht fest. Ein Wolf war es. Wölfe sind Raubtiere und gehören hier nicht her."
Der Fernsehmann sah den Futtermittelhändler an. Dessen Kommentar hatte den gleichen Tenor, wie der des Jagdpächters.
Auch der schmächtige Gernot Schwarzer hieb in die gleiche Kerbe. Für diese schrecklichen Taten kann nur ein Wolf oder ein anderes Raubtier verantwortlich

sein. Die ermittelnden Kriminalbeamten sollten ihre Aufmerksamkeit in diese Richtung lenken, damit es endlich Ergebnisse gibt."

Der Frührentner Dietrich Jankowski sah dem ganzen Geschehen nur zu. Sein Mund stand in seinem Gesicht, das im Licht der Fernsehlampen wie ein Mehrkornbrötchen aussah, weit offen.

Der Kameramann bat um eine kurze Pause, um eine neue Kassette einlegen zu können.

Das nutzte einer der interessiert zuschauenden Gäste von einem der anderen Tische der Moorhexe.

Er sprach Pascal Brüning an: „Entschuldigen Sie bitte, aber die Meinung der Herren am Stammtisch ist sehr einseitig. Mein Name ist Hajo Görrissen. Ich finde, dass Sie auch Leute mit einer Pro-Wolf-Meinung zu Wort kommen lassen sollten."

„Aber sicher doch", sagte der Fernsehmann. „Wir schwenken gleich zu Ihnen rüber, und dann können Sie sagen, was Sie zu diesem Thema bewegt."

Nachdem auch Willi Olbers am Stammtisch seine Meinung über die bösen Wölfe losgeworden war, richteten die Fernsehleute die Kamera auf den Tisch, an dem Hajo Görrissen saß.

Als die Kameraeinstellung perfekt war, die Ausleuchtung stimmte und der Tonmann bereit war, konnte Hajo Görrissen auf eine entsprechende Frage von Pascal Brüning antworten: „Einer der Herren am Stammtisch forderte, dass Wölfe abgeschossen werden müssten, weil sie hier nicht hergehören. Dazu muss ich sagen, dass sie sehr wohl hierher gehören. Wölfe hat es immer in Deutschland gegeben, bis die Jäger sie vor 100 Jahren ausgerottet haben. Aber es wandern wieder Wölfe ein. Die Tiere sind von Natur aus scheu und suchen sich ihre Beutetiere in der Natur. Rehe und Hirsche, von denen es in unseren Wäldern Überpopulationen gibt, gehören zu ihren Beutetieren. Wenn sie nicht durch Anfüttern an den Menschen gewöhnt werden, gehen sie ihm aus dem Weg. Die Anzahl der frei lebenden Wölfe in Deutschland wird auf etwa 90 Stück geschätzt. Sie leben in Familienverbänden. Es gibt Rudel in der Lausitz, in Brandenburg und in der Nähe von Magdeburg. Von einem dieser Rudel könnte ein Wolf hier eingewandert sein. Einzeltiere sind schon in der Lüneburger Heide und im Harzvorland aufgetaucht. In den vergangenen zehn Jahren sind immer mal wieder Wölfe aus Polen zugewandert und haben die genetische Vielfalt erhöht. Der hier zugewanderte Wolf könnte ein Jungtier sein, das sich von seinem Rudel gelöst hat, um eine eigene Familie zu gründen. Dass ein solches Tier einen Menschen anfällt, ist für mich nicht vorstellbar."

„Der Fernsehmann fasste nach: „Aber ganz ausschließen können Sie es nicht?"

„Nein, natürlich nicht. Aber alle Erfahrung zeigt, dass es sehr unwahrscheinlich ist. Und abschließend möchte ich zu den Forderungen der Herren am Stammtisch noch sagen, dass inzwischen das Ergebnis einer Studie vorliegt. Danach frisst ein Wolfsrudel – wohlgemerkt ein ganzes Rudel – wöchentlich zwei Wildschweine, fünf Rehe und ein Stück Rotwild. Unsere Jäger erlegen in dem Revier eines Rudels in der gleichen Zeit mehr als doppelt soviel Rotwild und viermal so viele Wildschweine. Dazu kommen noch, durch die immer größer werdende Fahrzeugdichte auf unseren Straßen bedingt, die vielen bei Autounfällen getöteten Tiere. Die Natur- und Tierschutzorganisationen begrüßen es, dass der Wolf unter Naturschutz steht und nicht gejagt werden darf. Im Übrigen bekommen in vielen Bundesländern Schafhalter Entschädigungen für gerissene Tiere, und bei der Anschaffung von Zäunen gibt es Zuschüsse."

„Danke", sagte Pascal Brüning. „Den Rest machen wir im Sender aus dem Off."

Der Beleuchter schaltete seine Lampen aus, und das Fernsehteam begann mit dem Abbau.

Pascal Brüning wandte sich noch einmal an die interviewten Gäste: „Meine Herren, vielen Dank. Der Beitrag wird eventuell morgen in der Abendschau gesendet. Weiterhin einen schönen Abend für Sie und Tschüß."

Einige der Gäste an den entfernten Tischen klatschten Beifall.

Während der Naturschützer Harro Görrissen seine Zeche bei der Wirtin an der Theke bezahlte und die Moorhexe verließ, wurde am Stammtisch die nächste Runde geordert.

Als Ortwin Scheller die Bestellung zur Theke hinüber rief, bemerkte er einen am Tresen stehenden Gast in Gummistiefeln. „Wer ist denn der Typ dort an der Theke?", fragte er den mit in der Runde sitzenden Günter Süssel.

Der Wirt blickte kurz zum Tresen. „Ach, der hat eines meiner Gästezimmer für ein paar Wochen bezogen. Er ist mein einziger Logisgast. Jetzt im Herbst sind die Zimmer schwer zu vermieten."

„Was macht er denn hier?", hakte der neugierige Scheller nach.

„Keine Ahnung", meinte der Wirt. „Hauptsache, er zahlt seine Rechnung. Für zwei Wochen hat er schon im Voraus bezahlt."
Inzwischen hatte Katrin Süssel die neue Getränkerunde serviert.
„Na, dann Prost!", sagte Ortwin Scheller.

8. MARTINA REPPLER

Das Mädchen war reaktionsschnell. Mit einer leichten Drehung konnte es den griffbereiten Händen ausweichen. Der Mann, der ins Leere griff, erkannte, dass sein erster Eindruck falsch gewesen war. Es war kein Mädchen, sondern eine junge Frau. Und diese junge Frau wirbelte herum und ging in Kampfstellung. So, wie sie es im Karatetraining ihres Clubs gelernt hatte. Sie zögerte nicht und attackierte den Mann mit einem Hiji Uchi. Dieser Ellenbogenschlag brachte den Mann ins Straucheln. Sofort setzte sie mit einem Ashi barai nach. Dieser Fußfeger verfehlte seine Wirkung nicht. Der Mann ging in die Knie.
Die Frau wunderte sich, das es in diesem – ihrem ersten – Ernstfall so einfach funktionierte. Sie fühlte keine Bedrohung durch den Mann. Es war kaum anders, als in den vielen Trainingsstunden, die sie in ihrem Club absolviert hatte. Aber in diesem Fall musste sie etwas mehr machen als in einer Übungseinheit.
Bevor der Mann wieder hoch kam, verpasste sie ihm noch zwei Zenpo geri. Diese Fußtritte machten ihn kampfunfähig. Jetzt ging der Mann ganz zu Boden und lag auf dem Waldweg wie ein Maikäfer auf dem Rücken.

Die junge Frau betrachtete den Mann. Mittelgroß, blond und von schmächtiger Figur. Sie beugte sich zu ihm hinunter, wobei sie sah, dass der Mann Nasenbluten bekommen hatte und total eingenässt war.
„Armes Schwein, ich hoffe, dass du die Lektion verstanden hast und in Zukunft keine Frauen mehr überfällst" sagte sie, und setzte ihren Weg fort, als ob sie die Unterbrechung nur für das Zubinden eines offenen Schnürsenkels benötigt hätte. Sie blickte sich nicht mehr um.
Nach einer Weile rappelte sich der Mann völlig benommen wieder auf und verschwand mit ein paar taumelnden Schritten im Gebüsch.
Nachdem er in der inzwischen eingetretenen Dunkelheit einige Zeit mehr getorkelt als gelaufen war, setzte er sich auf einen Baumstumpf. Wie ein wildes Tier, das nach einem Konflikt mit einem Kontrahenten anschließend seine Wunden leckt, tastete er seine Beine, Arme und seinen Körper ab. Es schien alles in Ordnung zu sein. Eine schmerzhafte Prellung im Nierenbereich würde sich bald wieder geben.
Der Mann ging nicht, sondern schlich zu seinem Wagen. Er wusste, dass er morgen wieder versuchen würde, was ihm heute nicht geglückt war.

Sebastian Bahr und Sandra Borgmann wollten gerade zur Mittagspause in die Kantine gehen, als Erwin Eilers, ein als Spaßvogel bekannter Kollege, ihr Büro betrat.
„Ihr ermittelt doch in dem Fall der jungen Frau, die durch Bisse getötet wurde. Bei uns ist eine Anzeige eingegangen. Ein Mädchen ist angegriffen worden. Allerdings nicht von einem Wolf, sondern von einem

Mann, der von dem Mädel, äh, der jungen Frau, in die Flucht geschlagen wurde. Ihre Eltern haben Strafanzeige gestellt. Vielleicht war das euer Kunde, der wieder zuschlagen wollte und an die Falsche geraten ist."

Erwin Eilers legte zwei Formulare auf den Schreibtisch des Kriminalhauptkommissars und verließ den Raum.

Sebastian Bahr blickte auf die Unterlagen und las einige Fakten laut vor: „Martina Reppler, 17 Jahre alt, Eltern Uwe und Hilde Reppler, wohnhaft in Nienhagen und so weiter, und so weiter. Es geschah auf einem Waldweg, als sie die Abkürzung zum Wohnhaus ihrer Eltern nahm. Täterbeschreibung liegt bei."

Sebastian Bahr blätterte zum zweiten Blatt. „Aha, hier. Schmächtige Gestalt. Etwa 170 Zentimeter groß. Haarfarbe blond. Nicht ungepflegt. Sprache oder Dialekt nicht bekannt."

Er legte die Formulare zur Seite.

„Gut, ein schneller Happen und dann hören wir uns mal an, ob die Familie Reppler uns noch weitere Einzelheiten mitteilen kann.

Die Repplers betrieben an der B 215 eine Tankstelle. Als die Kriminalbeamten dort eintrafen, blockierte gerade ein Tankfahrzeug der Mineralölfirma die Einfahrt.

Der Preis für Diesel und Super war heute gerade um ein paar Cent heruntergesetzt worden. Viele der vorbeifahrenden PKW-Fahrer wollten die günstige Gelegenheit nutzen.

Als sich der kleine Stau aufgelöst hatte, parkten die Beamten ihr Fahrzeug abseits der Tanksäulen und betraten den wieder leeren Verkaufsraum.

Hinter dem Tresen war eine Frau damit beschäftigt, irgendwelche Belege abzuheften.
Die Beamten stellten sich vor.
Die Frau, die jetzt hinter der Kasse stand, war Hilde Reppler.
Durch die hinter ihr liegende Tür, die in den Werkstatttrakt führte, rief sie laut nach ihrem Mann.
Uwe Reppler, der einen Blaumann trug, kam herein, während er sich mit einem Lappen die ölverschmierten Hände abwischte.
Sandra Bergmann fragte nach der Tochter.
„Sie müsste gleich kommen. Jetzt, in den Ferien, macht sie ein Praktikum bei einem Tierarzt. Nächstes Jahr, nach dem Abitur, will sie Veterinärmedizin studieren", sagte Hilde Reppler, wobei so etwas wie Stolz in ihrer Stimme zu hören war.
„Gut", meinte Sebastian Bahr. „Erzählen Sie doch mal, was Ihre Tochter von dem Überfall berichtet hat."
Uwe und Hilde Reppler sahen sich an, bevor die Frau mit dem Bericht begann: „Martina wollte von einer Anzeige eigentlich nichts wissen. Aber mein Mann und ich sind der Meinung, dass es doch sein kann, dass es sich um diese Bestie gehandelt hat, die unsere Martina überfallen wollte."
Dabei zeigte sie auf einen, neben der Kasse auf dem Tresen liegenden Zeitungsstapel.
Die Kripobeamten hatten den Aufmacher auf der Titelseite längst gelesen: „Immer noch keine Spur zu der Bestie aus dem Moor."
Sandra Borgmann bestätigte die Meinung der Frau: „Vollkommen richtig, Frau Reppler. Ein Überfall ist kein Kavaliersdelikt."

Das Gespräch musste für einige Zeit unterbrochen werden, weil zwei Tankkunden zahlen wollten. Einer der beiden deckte sich auch noch umständlich und langatmig mit Reiseproviant ein.
Sandra Borgmann nahm das Gespräch wieder auf: „Ihre Tochter muss ein sehr selbstsicherer Mensch sein. Es ist doch nicht selbstverständlich, dass man nach einem solchen Überfall zur Tagesordnung übergeht."
Jetzt sagte zum ersten Mal der Vater etwas zu dem Thema: „Ja, das ist sie. So war sie schon immer. Mit dem Karate hat sie auch sehr früh angefangen. Eine Wand in ihrem Zimmer hängt voller Urkunden. Jugendmeisterschaften, und Vereinsmeisterschaften, Landesmeisterschaften und so weiter, und so weiter."
Auch seiner Stimme war anzumerken, dass er sehr stolz auf seine Tochter war.
Nachdem ein weiterer Kunde seine Tankfüllung bezahlt hatte, kam eine junge, attraktive, sportlich wirkende Frau in den Verkaufsraum. Den Kripobeamten war klar, dass es Martina Reppler sein musste. Die Ähnlichkeit mit der Mutter war unverkennbar. Sie begrüßte die Eltern mit einer kurzen Umarmung.
Nachdem sie auch den Kripoleuten einen Gruß zugenickt hatte, musste sie erst einmal loswerden, dass sie heute bei der Geburt eines Kalbes helfen musste. Es hatte Komplikationen gegeben.
„Das Kalb aus dem Mutterleib zu ziehen, war anstrengender, als den Typen, der mich überfallen wollte, schachmatt zu setzen", sagte sie.
Damit waren sie beim Thema.

Sandra Borgmann bat Martina Reppler, ihnen den Ablauf des Geschehens zu erzählen.

„Ach", sagte die junge Frau, „das war keine große Sache. Der Kerl wollte mir an die Kehle und vielleicht auch an die Wäsche gehen. Dagegen habe ich mich gewehrt."

Sebastian Bahr schaltete sich ein: „Ihre Eltern haben bei ihrer Anzeige angegeben, dass Sie eine gute Personenbeschreibung des Täters machen konnten. Wir müssen für eine Fahndung eine Phantomzeichnung nach Ihren Angaben anfertigen und ein Protokoll über ihre Aussagen machen. Könnten Sie dazu gleich mit ins Kommissariat kommen?"

Martina Reppler sah ihre Eltern an. Von dort kam kein Widerspruch. Sie nickte.

Der Kommissar bedankte sich bei den Eltern, verabschiedete sich und wünschte gute Geschäfte.

„Ach, die Zeiten der guten Geschäfte sind vorbei", sagte Uwe Reppler. „Wir Tankstellenpächter sind doch nur die Erfüllungsgehilfen der Mineralölkonzerne."

Der bei der Kriminalpolizei zuständige Kollege musste bei der Anfertigung der Phantomzeichnung nicht viel fragen. Er saß vor seinem Computer, während Martina Reppler, Sandra Borgmann und Sebastian Bahr hinter ihm standen.

Die Angaben zum Aussehen des Mannes, der sie überfallen hatte, wurden von der jungen Frau sehr präzise gemacht.

Auf dem Monitor bildete sich immer mehr das Durchschnittsgesicht eines Mannes, der zwischen 30 und 40 Jahre alt sein konnte, heraus. Die Haarfarbe war blond. Die Körpergröße wurde von Martina

Reppler auf 178 cm geschätzt. Alles in allem ein Mann ohne besondere Merkmale.
Nur als der Kripobeamte die Augenpartie erarbeitete, musste Martina Reppler etwas länger überlegen. „Nachdem ich seinen Angriff abgewehrt hatte, lag er auf dem Rücken, und ich habe ihn kurz angesehen. Aber es war schon dämmrig. Vielleicht hatte er blaue Augen."
„Gut", sagte Sebastian Bahr nach der Fertigstellung des Phantombildes. „Hoffentlich bekommen Sie keinen Schreck, wenn Sie das Bild morgen in der Zeitung sehen."
„Ach was", meinte die junge Frau. „Der Mann ist für mich abgehakt."
Die beiden Kriminalbeamten fuhren Martina Reppler zu ihren Eltern zurück.
Als sie ausgestiegen war, sagte Sebastian Bahr zu seiner Kollegin: „Ich möchte wissen, was mit dem Mann in den Gummistiefeln los ist. Er schleicht immer allein im Moor herum und macht auf mich einen sehr seltsamen Eindruck. Der Mann verkehrt doch in der Moorhexe. Lass uns hinfahren und den Wirt befragen."

Günter Süssel bestätigte, dass der Mann bei ihm verkehrte. Und nicht nur das. „Er hat ein Zimmer bei mir gemietet", sagte der Gastwirt. „Ich habe fünf Fremdenzimmer über der Gaststätte."
Sebastian Bahr reichte diese Auskunft nicht. „Hat der Mann das Zimmer auf Dauer oder nur befristet gemietet?"
„Nur für drei Wochen."
„Wissen Sie, was der Mann hier den ganzen Tag macht?"

„Na, Urlaub, nehme ich an. Ich frage meine Gäste nie nach den Gründen ihres Aufenthaltes. Sie sind ja sehr neugierig!"
„Ich bin Kriminalkommissar, da gehört Neugierde zur Qualifikation."
„Hm, hm."
„Wie der Mann heißt, können Sie mir aber sicher sagen?"
„Ja. Frederik Stavenhagen heißt er."
Der Wirt begann ein frisches Bier zu zapfen.
„Gut", sagte Sebastian Bahr und verließ mit seiner Kollegin die Moorhexe.

9. ONTJE WILLERS

Der Anruf von Harro Ebermann, dem Polizeibeamten, erreichte die Kripobeamten am frühen Vormittag.
Die Polizei war von einem Bauern gerufen worden, der auf seiner Weide einen Mann erwischt hatte, der gerade dabei war, ein getötetes Rind in handliche Stücke zu zerteilen.
Auf der Fahrt zur Weide fragte Sandra Borgmann ihren Kollegen, ob er gestern den Fernsehbeitrag über die ungeklärten Fälle und die Reaktionen der Bürger gesehen habe.
„Nein habe ich nicht. Ich kann mir vorstellen, dass über ausbleibende Erfolge der Polizei gesprochen wurde."
„Eigentlich nicht, oder nur am Rande. Es war ein sehr sachlicher Beitrag. Teil der Sendung waren Interviews mit Bürgern. Es wurden auch Mitglieder des Stammtisches in der Moorhexe befragt. Alles komische Typen. Ich weiß, dass wir Gefühle bei unserer Arbeit

aus dem Spiel lassen sollten, aber so, wie diese die Wölfe verdammt und überhaupt kaltschnäuzig über das Töten gesprochen haben, werde ich das Gefühl nicht los, dass wir unseren Täter auch in diesem Personenkreis suchen sollten."

Sebastian Bahr winkte ab. „Schön, dass Du soviel Gefühl hast. Lass` uns sachlich an die Arbeit gehen."

Ebermanns Lagebeschreibung der Weide war genau und Sebastian Bahr und Sandra Borgmann gelangten schnell vor Ort.

Neben dem Kadaver des Rindes lagen ein Beil, ein großes Messer und ein kleiner, abgewetzter, leicht zerschlissener Rucksack mit einem daran hängenden Teddy. Davor standen der Polizist Harro Ebermann, der Bauer, der sich als Willi Olbers vorstellte, dessen Sohn Rüdiger und ein Mann, den der Bauer bei seinem Rind erwischt hatte. Unbeeindruckt von der Szenerie grasten in unmittelbarer Nähe mehrere Rinder auf der Weide.

Willi Olbers beschrieb für die Kripobeamten noch einmal den Ablauf des Geschehens: „Ich und mein Sohn, der Rüdiger, wir wollten unsere Weidezäune überprüfen. In letzter Zeit sind einige der hölzernen Pfähle durchgefault. Die müssen unbedingt erneuert werden. Von weitem haben wir den Mann schon auf unserer Weide gesehen. Als er uns bemerkte, lief er davon. Aber der Rüdiger ist ja ein ganz Schneller. In Sport hat er immer eine gute Zensur in der Schule bekommen. Er hat den Mann eingeholt und niedergerungen."

Bauer Olbers blickte die Kripobeamten erwartungsvoll an.

Sebastian Bahr blickte auf den Sohn des Bauern. Es war ein etwa 18 Jahre alter kräftiger Bursche. Der neben dem Polizeibeamten stehende Festgenommene war dagegen ein mageres, schmalbrüstiges Männchen. Er wirkte ungepflegt wie ein Mann, der schon seit Jahren auf der Landstraße lebt. Ein schmaler Kopf mit riesigen, abstehenden Ohren gab ihm ein skurriles Aussehen.

Harro Ebermann bemerkte den Blick des Kripomannes. „Ich habe seine Personalien schon aufgenommen."

Er blickte in ein kleines Notizbuch. „Sein Name ist Ontje Willers. 52 Jahre alt. Allein stehend. Ohne festen Wohnsitz. Hält sich seit längerer Zeit hier in der Gegend auf und kampiert in einem verlassenen Schafstall im Moor."

Harro Ebermann steckte sein Notizbuch ein und sagte etwas leiser zu Sebastian Bahr gewandt: „Er scheint etwas debil zu sein."

Sandra Borgmann, die während dessen in den Rucksack des Landstreichers geblickt hatte, sagte: „Was haben wir denn da?"

Sie schaute zu den anderen und entleerte den Rucksack, indem sie ihn wie einen Eimer mit Wasser ausschüttete.

Bis auf Ontje Willers blickten alle fasziniert auf den Inhalt des Rucksacks, der jetzt auf das Weidegras neben einen großen Kuhfladen purzelte. Eine billig wirkende Damenarmbanduhr, eine einfache Halskette mit einem Medaillon, Schminkutensilien, ein Päckchen Papiertaschentücher, einige lose kullernde Tampons und ein Schlüsselbund.

Jetzt blickten alle auf Ontje Willers. Er, der bisher noch nichts gesagt hatte, machte ein betretenes Gesicht und sagte immer noch nichts.
Harro Ebermann übernahm die Befragung: „Wo sind die Sachen her."
Der Landstreicher druckste herum und hüpfte ganz leicht von einem Bein auf das andere wie ein kleines Mädchen, welches ganz nötig pinkeln muss.
Der Polizeibeamte wurde energischer: „Raus mit der Sprache. Wo haben Sie die Sachen gestohlen?"
Der Mann konnte sprechen: „Nicht gestohlen, nur mitgenommen. Die Frau brauchte die Sachen doch nicht mehr."
Sebastian Bahr und Sandra Borgmann waren hellwach.
Die Kommissarin übernahm in einfühlsamerer Weise die weitere Befragung: „Herr Willers, wir würden die Frau gerne sehen, von der Sie die Sachen mitgenommen haben. Können sie uns dort hin führen?"
Ontje Willers nickte. „Ja, mit dem Auto."
Er deutete mit dem Zeigefinger auf den Dienstwagen der Kripobeamten, den sie auf einem Feldweg neben der Weide vor dem Trecker des Bauern und dem Polizeiwagen von Harro Ebermann geparkt hatten.
„Gut, fahren wir", sagte Sebastian Bahr.
Er sah zu Harro Ebermann hinüber und fügte hinzu: „Die Angelegenheit hier führen Sie sicher zu Ende."
Harro Ebermann nickte.
Sandra Borgmann hatte die neben dem Kuhfladen liegenden Teile inzwischen wieder aufgeklaubt und in den Rucksack gelegt.
Während der Polizist Harro Ebermann mit den beiden Bauern das weitere Vorgehen besprach, startete

Sebastian Bahr den Wagen, in dem Ontje Willers neben Sandra Borgmann auf der Rückbank saß.
Das Anfahren des Wagens gelang nicht. Die Räder drehten sich in dem morastigen Boden des Weideweges. Erst als Sebastian Bahr ausgestiegen war, Sandra Borgmann sich hinter das Lenkrad gesetzt und die beiden Bauern, der Polizist und der Kripomann den Wagen mit vereinten Kräften anschoben, gelang der Start aus der Matschkuhle.
Erstaunlich präzise lotste Ontje Willers die Kripobeamten eine Abzweigung von der Landstraße und einige Waldweg entlang.
Die Beamten registrierten einen strengen Geruch nach Schweiß und Schafkötteln, der von dem Landstreicher ausging.
Als der Weg immer enger und holpriger wurde und sie sich einem Gestrüpp aus dornigen Büschen näherten, sagte Ontje Willers: „Halt, dahinter liegt sie."
Sandra Borgmann, die gefahren war, vergewisserte sich, dass ihr Fahrzeug auf festem Boden stand, schaltete die Zündung aus und zog die Handbremse an.
Ontje Willers ging voran. Sie drückten dornige Zweige zur Seite, die ihnen an den Händen blutige Schrammen zufügten.
Nachdem sie über einen Baumstamm gestiegen waren, bot sich ihnen ein Anblick, der selbst dem erfahrenen Sebastian Bahr den Atem verschlug.
Bei der Leiche musste der Verwesungsprozess schon vor längerer Zeit eingesetzt haben. Schwärme von Fliegen umschwirrten den Leichnam. Das Fleisch auf den Knochen war nur noch eine glibbrige Masse, auf der weißliche Maden krochen. Die Kleidung der Frau hing nur noch in Fetzen am verwesenden Körper.

Sandra Borgmann telefonierte mit der Gerichtsmedizin, während Sebastian Bahr die Nummer der Spurensicherung in sein Mobiltelefon tippte.

10. DIE KOMMISSARE

Sebastian Bahr und Sandra Borgmann hatten anstrengende Tage und teilweise auch Nächte hinter sich. Die ungeklärten Todesfälle hielten sie auf Trab. Die Kriminalkommissarin benötigte nicht viel Schlaf. Aber sie hatte wieder Ärger mit ihrer Tochter.

„Mit dem Arsch von Lehrer mache ich keine Klassenfahrt", hatte die Tochter zu ihr gesagt, als sie eine schriftliche Information der Schule über die geplante Bildungsreise mit nach Haus gebracht hatte.
Aus dieser Bemerkung war wieder eine unerfreuliche Phase in der Beziehung zwischen Mutter und Tochter entstanden.
Im Gegensatz zu seiner Kollegin gehörte für Sebastian Bahr viel Schlaf zu den elementarsten Werten seines Lebens. Er brauchte, um fit zu sein, mindestens seine neun Stunden Schlaf. Dabei war es egal, ob am Tag oder in der Nacht.

„Der Mann mit den Gummistiefeln lässt mir keine Ruhe", sagte Sebastian Bahr zu seiner Kollegin, als er morgens ins Kommissariat kam.
Sandra Bergmann sah auf ihre Armbanduhr. „Als Mensch mit viel Freizeit, der den ganzen Tag im Moor herumspaziert, steht er jetzt vielleicht gerade auf. Wir könnten es schaffen, ihn beim Frühstück in der Moorhexe zu stören."
„Gut", sagte Sebastian Bahr. „Lass´ uns fahren."

Die Kommissarin lag mit ihrer Einschätzung nicht schlecht.
Frederik Stavenhagen hatte schon gefrühstückt und wollte das Grundstück der Moorhexe gerade verlassen, als die Kriminalbeamten mit ihrem Wagen direkt vor ihm hielten.
Sandra Borgmann fand, dass es etwas von einem amerikanischen Fernsehkrimi hatte, als sie beide aus dem Wagen sprangen, ihre Dienstausweise zückten und Sebastian Bahr „Halt. Kriminalpolizei" rief.
Frederik Stavenhagen reagierte erschreckt, erstaunt und empört. Genau in dieser Reihenfolge.
Er ließ sich noch einmal den Ausweis des Kripomannes zeigen und wurde zugänglicher. Mit einem: „Was habe ich verbrochen?", kam er der ersten Frage der Beamten zuvor.
Sebastian Bahr übernahm die Befragung: „Herr Stavenhagen, wir arbeiten an der Aufklärung mehrerer Todesfälle. Vielleicht Morde."
„Ja", sagte Frederik Stavenhagen. „Ich habe in der Zeitung davon gelesen. Die Bestie aus dem Moor. Und jetzt sind Sie der Meinung, dass ich das bin!"
„Nein", beruhigte der Kommissar den Mann. „Uns ist nur aufgefallen, dass Sie jeden Tag im Moor sind, ohne wie der typische Spaziergänger zu wirken."
„Da bin ich ja beruhigt", sagte Frederik Stavenhagen. „Kommen Sie doch bitte mit auf mein Zimmer. Da werde ich Ihnen zeigen, dass Sie mich als Verdächtigen ausschließen können."
„Jetzt wird er ironisch", dachte die Kommissarin.
„Gut", sagte Sebastian Bahr. „Gehen wir hinauf."
Als sie die abgetretenen Stufen auf der knarrenden Holztreppe hochgegangen waren, zog Frederik

Stavenhagen seine Gummistiefel vor einer der Türen aus und ging voran.
Das Hotelzimmer der Moorhexe war erwartungsgemäß keine Vier-Sterne-Suite. Es war ein einfaches Gästezimmer. Das ungemachte Bettzeug auf der einen Seite des Doppelbettes deutete darauf hin, dass hier nur eine Person genächtigt hatte. Zwei Nachtschränke, ein Kleiderschrank, sowie ein kleiner Schreibtisch vervollständigten die Einrichtung.
Auf dem Schreibtisch stand ein ausgeschalteter Laptop, neben dem einige beschriebene Papierblätter lagen. Die Tür zu einem kleinen Duschbad stand offen.
Frederik Stavenhagen zog ein Notizbuch aus seiner Jackentasche, blätterte es auf und hielt es den Kriminalbeamten hin.
„Gehölzbiotope zur Überwinterung in ausreichender Größe vorhanden", und ähnliche – für sie unverständliche – Eintragungen konnten sie lesen.
Die beiden Kriminalbeamten sahen den Mann fragend an.
„Ich bin Biologe und arbeite gerade an meiner Dissertation über Rana arvalis", sagte Frederik Stavenhagen.
„Sehen Sie", fuhr er in dozierendem Ton fort, ging an den Schreibtisch und setzte seinen Laptop in Betrieb.
„Tagsüber im Moor mache ich meine Beobachtungen, trage sie in mein Notizbuch ein und übertrage abends alles in meinen Computer. Schauen Sie hier."
Er tippte ein paar Tasten an und auf dem Monitor zeigte sich ein Frosch.
Frederik Stavenhagen sah die Kripobeamten mit einem glücklichen Lächeln an.

„Rana arvalis, der Moorfrosch! Innerhalb Deutschlands ist er stark gefährdet und in einigen Regionen vom Aussterben bedroht."
Die Kommissare waren einen Moment sprachlos. Das nutzte der Biologe, um weiter über sein Fachgebiet zu dozieren: „Rana arvalis ist auf nasse Biotope angewiesen. Er leidet unter der Kultivierung und Trockenlegung von Mooren. Auch der saure Regen schadet ihm. Der führt zu einem Absinken des pH-Wertes und damit zum Absterben des Laiches. Jetzt, nachdem die Metamorphose der Kaulquappen schon im August erfolgt ist, kann ich die Jungtiere gut beobachten, bevor sie sich in die Winterruhe begeben."
Sandra Borgmann wollte es genau wissen: „Über diesen Frosch schreiben Sie Ihre Doktorarbeit?"
Erfreut, dass sich jemand für das Fachgebiet interessierte, kam von dem Biologen die Antwort: „Ja. `Der saisonale Geschlechtsdimorphismus bei Rana arvalis`."
„Wie bitte", fragte die Kommissarin.
Frederik Stavenhagen lächelte. „Dimorphismus ist das Auftreten zweier – verschieden gestalteter – Formen bei derselben Tierart."
Sebastian Bahr drängte zum Aufbruch: „Wir müssen los. Vielen Dank und entschuldigen Sie bitte, Herr Stavenhagen."
„Alles okay", sagte der Biologe. „Ich verstehe das. Sie müssen jede Spur verfolgen. Wir können zusammen hinunter gehen."
Bevor die Kommissare in ihren Wagen stiegen, wünschten sie dem zukünftigen Doktor Frederik Stavenhagen viel Erfolg bei seiner Arbeit.

Der Landstreicher Ontje Willers befand sich in Untersuchungshaft. Er hatte abgestritten, etwas mit dem Tod der Frau, deren persönliche Habe bei ihm gefunden worden war, zu tun zu haben. Die Frau sei tot gewesen, als er ihre Sachen an sich genommen hatte, erklärte er bei allen Verhören. Aber ein Prozess wegen Wilderei und Leichenfledderei stand auf jeden Fall an.

Die Identität der getöteten Frau, zu der er die Kripobeamten geführt hatte, stand noch nicht fest. Papiere waren bei der Toten nicht gefunden worden, und die Spurensicherer hatten auch keine brauchbaren Hinweise mehr finden können.

Der Gerichtsmediziner Ulf Pohl hatte in seinem Bericht angegeben, dass die Frau etwa 30 Jahre alt gewesen sein musste und einiges darauf hin deutete, dass sie ohne festen Wohnsitz auf der Straße gelebt habe. Das erklärte auch, dass die Tote von niemandem vermisst wurde.

Ob die Frau auf die gleiche bestialische Art wie Michaela Diekmann aus Sonnenborstel getötet worden war, konnte durch den Zustand der Leiche von der Gerichtsmedizin nicht eindeutig geklärt werden. Einige der noch nachzuweisenden Verletzungen hätten auch durch hungrige Wildtiere hervorgerufen sein können. Dachse und Füchse seien zum Beispiel auch Aasfresser, hatte in dem Bericht des Gerichtsmediziners gestanden.

Sebastian Bahr und Sandra Borgmann mussten davon ausgehen, dass der Täter noch frei war und weitere Morde nicht auszuschließen seien. Die Frage war nur „Mensch oder Wolf?" Obwohl – nach dem Angriff des Mannes auf Martina Reppler war inzwischen auch

Sebastian Bahr davon überzeugt, dass der Täter für den Tod der Frauen verantwortlich war.
Wegen der besonders grausamen Art der Tötung von Michaela Diekmann hatte sich Sebastian Bahr mit Neurowissenschaftlern und Psychologen unterhalten. Er hoffte, etwas mehr über die Motive eines Menschen zu erfahren, der solche Taten ausführen konnte.
Die Wissenschaftler erklärten dem Kriminalhauptkommissar fast einstimmig, dass ein Mensch, der einen Mord auf diese grausame Weise beging, ein Psychopath sein müsse.
Sebastian Bahr erfuhr von seinen Gesprächspartnern, dass es aktenkundige Fälle gab, bei denen die Täter ihren Opfern die Kehle durchbissen, um ihr Blut zu trinken. Auch Teile der Körper ihrer Opfer, wie das Herz oder die Nieren, verspeisten die Täter. Schon in früheren Jahrhunderten habe es solche Fälle gegeben. Die Täter wurden damals für Vampire oder Werwölfe gehalten.
Von Gerichtsmediziner Dr. Ulf Pohl hatte er gehört, dass getötet wurde, weil die Täter dabei sexuelle Lust empfanden. Es gab Menschen, die auf so grausame Art andere töteten, weil sie kein Selbstwertgefühl hatten und ihrer Allmacht Ausdruck verleihen wollten. Solche Täter seien zu allem fähig. Opfer verstümmelten sie mit soviel Anteilnahme, wie andere Menschen einen Schweinebraten aufschnitten. Das hervorstechende Merkmal der Psychopathen sei ihre Seelenkälte. Strafe fürchteten sie nicht, weil sie keine Angst empfänden. Auch Reue würden sie niemals erkennen lassen.
Einen Satz eines Wissenschaftlers hatte Sebastian Bahr an die Pinnwand neben seinem Schreibtisch geheftet:

„Wenn Psychopathen erst mal Geschmack am Töten gefunden haben, wollen sie immer mehr."

Ganz ausschließen, dass ein Wolf für den Tod von Michaela Diekmann und der Frau, deren Identität noch nicht fest stand, verantwortlich war, konnten die Kripobeamten aber weiterhin nicht.

Sandra Borgmann hatte sich noch einmal mit einem Kynologen und einem Biologen, die als Spezialisten für das Verhalten von Wölfen galten, unterhalten.

Wie schon der Naturschützer Hajo Görrissen, waren auch die Spezialisten der Ansicht, dass von einem Wolf keine größere Gefahr als von einem Hund ausgeht. Eher weniger, denn der Wolf sei von Natur aus scheuer als ein Hund und würde dem Menschen, wenn er es könne, immer aus dem Weg gehen. Der schlechte Ruf des Wolfes resultiere aus Märchen vom „bösen Wolf" und dem Konkurrenzdenken der Jäger, die dafür sorgten, dass das Märchen am Leben erhalten blieb. Ab dem Mittelalter wurden die Wölfe bis fast zur Ausrottung bejagt.

Die Kommissarin hörte auch vom übelsten Teil der Kulturgeschichte des Wolfes, als die Nationalsozialisten ihn mit seinen Eigenschaften zum Wappentier machten. Hitlers Befehlsbunker in Ostpreußen hieß „Wolfsschanze", ein U-Boot-Geschwader „Wolfsrudel." Hitler ließ sich von der Wagnerfamilie in Bayreuth „Wolf" nennen.

Ein Gesprächspartner empfahl ihr, Hermann Hesses „Steppenwolf" zu lesen. Den Kevin-Costner-Film „Der mit dem Wolf tanzt", der in einer Wiederholung lief, sah sie sich mit ihrer Tochter noch einmal an.

Am Ende ihrer Recherchen über den Wolf war Sandra Borgmann ein Fan dieser anpassungsfähigen, mit großartigem Sozialverhalten ausgestatteten scheuen Tiere geworden.
Gegenüber ihrem Kollegen gab sie das auch freimütig zu: „Je mehr ich mich mit dem Thema beschäftigt habe, desto stärker bin ich zu der Ansicht gekommen, dass es kein Wolf war, der die Frauen getötet hat. Ich bin mir sicher, dass es der Blonde war, der den Überfall auf Martina Reppler begangen hat. Wenn wir ihn finden, haben wir auch den Mörder der Frauen."

Sebastian Bahr und Sandra Borgmann wollten gerade Feierabend machen, als sie zu einem neuen Tatort gerufen wurden. In der Nähe von Heemsen war die Leiche einer jungen Frau gefunden worden. In der Meldung hieß es, dass die Tote schwere Bisswunden am Hals habe.

11. DER JÄGER

Die Baumriesen warfen längere Schatten. Es wurde Abend. Die Tage wurden kürzer, und der erste Frost ließ die Luft abkühlen.
Der Hunger hatte den Wolf früh aus seiner Höhle getrieben. In einer Mulde neben einem Bach hatte er eine tote Ricke gefunden und sich den Bauch voll geschlagen.
Jetzt lief er durch einen Eichenwald. An einem abgestorbenen Baumstamm hämmerte wie besessen ein Schwarzspecht.
Er begegnete einer Rotte Schwarzwild bei der Suche nach den schmackhaften Eicheln, die die Bäume in

diesem Jahr in großer Menge abgeworfen hatten. Er wich den Tieren in großem Bogen aus. Der Wolf wusste, dass mit dem mit scharfen Hauern bewaffneten Keiler nicht zu spaßen war.

Unter dem Zetern eines Eichelhähers schnürte er weiter, während aus dem Inneren des Waldes ein tiefes Orgeln zu hören war. Die Hirschbrunft hatte eingesetzt.

Obwohl er satt war und ein Verdauungsschlaf im Wurzelwerk eines umgestürzten Baumes nicht schlecht gewesen wäre, ließ ihn ein innerer Drang nach einer Gefährtin immer weiter laufen.

Vor Tagen hatte er die Witterung einer Wölfin aufgenommen. Die Spur hatte er aber in den feuchten Niederungen eines Moorgebietes verloren. Jetzt war er auf der Suche nach der Spur dieser Wölfin, die ihm Tag und Nacht keine Ruhe ließ.

Federnd und wiegend war jetzt sein Traben durch jungen Tannenwald und durch ein von Mischwald umgebenes Stück Kahlschlag.

Plötzlich verharrte er und blieb auf der freien Fläche stehen. Er hielt, wie schon so oft in den vergangenen Tagen, die Nase witternd in den Wind. Diesmal konnte er es deutlich wahrnehmen: Eine Wölfin! Die Witterung, die ihm zugetragen wurde, kam aus einer entfernten Richtung, in der dichtes Buschwerk stand. Dazwischen standen schlanke Ebereschen an denen verfärbte Blätter und rote Beeren hingen.

Der Wolf setzte sich wieder in Bewegung und verschärfte sein Tempo.

Es wurde Morgen. Von einer Weide, auf der Rinder grasten, ertönte ein Kibitzschrei.

Heinz-Herbert Klenke hatte sich den Wecker auf vier Uhr gestellt. Obwohl es den Abend vorher in der Moorhexe sehr spät geworden war, hatte er sich hoch gequält.
Vor ein paar Tagen hatte er in einer mondhellen Nacht von seinem Hochsitz aus schemenhaft einen Wolf gesehen. Die Größe des Tieres ließ ihn vermuten, dass es ein Rüde war.
Auch hatte er in letzter Zeit in seinem Revier mehrfach Losung von einem Wolf gefunden. Hundekot konnte es nicht sein, denn falls mal ein Hund in seinem Revier auftauchte, machte er mit ihm kurzen Prozess.
Am Stammtisch wurde davon gesprochen, dass der Moorteufel, dieser komische Alte, den Wolf auch gesehen habe.
Heinz-Herbert Klenke wollte es genau wissen. Er hatte sein kleinkalibriges Sturmgewehr AK 47 aus dem Schrank genommen. Er wusste, dass ein Tier damit nicht waidmännisch erlegt wird, sondern nur niedergemetzelt. Er wollte sichergehen.
Die Ricke, die er vor ein paar Tagen mit seinem Jagdgewehr geschossen hatte, war ihm entkommen. Die Schweißspuren zeigten ihm, dass er sie getroffen, aber nur verletzt hatte. Es war ihm kein sauberer Blattschuss gelungen. Er würde sich auf seine alten Tage noch einen neuen Hund zulegen müssen. Ohne einen ausgebildeten Jagdhund war ihm die Suche nach dem verletzten Tier zu mühselig gewesen.
Sein Sturmgewehr hatte er in einem Staat des ehemaligen Ostblocks erworben, als er sich in den Karpaten den Abschuss eines Bären erkauft hatte. Auf einer weiteren Ost-Safari hatte er damit einen gewaltigen Keiler und einen kapitalen Sechzehnender,

dessen imposantes Geweih jetzt die Wand seines Jagdzimmers zierte, zur Strecke gebracht.
Er trauerte dieser Zeit nach, als für die Jäger aus dem Westen in den Südkarpaten und der Hohen Tatra für Devisen fast alles möglich war. Besonders hatten ihm die Abende nach der Jagd gefallen. Die Hotels, in denen die gut zahlenden Westgäste untergebracht worden waren, hatten Delikatessen vom Feinsten, erlesene Weine und -- als Krönung des Ganzen -- attraktive, willige, junge Frauen, die zu allem bereit waren, geboten.
Er wusste, dass jetzt in einigen afrikanischen Ländern, die von reaktionären Potentaten regiert wurden, ähnliche Möglichkeiten der Jagd bestanden. Sogar der Abschuss eines Tieres der Big Five (Elefant, Nashorn, Büffel, Löwe, Leopard) war gegen harten Euro möglich. Er träumte auch davon, mit einer doppelläufigen Elefantenbüchse ein Tier zu erlegen. Sein schon fortgeschrittenes Alter mit den beginnenden Gebrechen, ließen ihn aber von der Realisation einer solchen Reise Abstand nehmen.
Als Ersatz für afrikanisches Großwild musste vor Monaten ein eingewanderter Luchs im Revier von Heinz-Herbert Klenke sein Leben lassen.
Er hatte die große Katze erwischt, als sie mit einem gerissenen Wildkaninchen in dichtes Unterholz verschwinden wollte.
Ihm war klar gewesen, dass das Tier aus einer Auswilderungsstation im Harz stammen musste. Und dass der Luchs unter Naturschutz steht, war ihm auch bewusst gewesen.
Wochen davor, bei einem Kontrollgang durch sein Revier, war ihm das Tier aufgefallen, als er sich auf

einer lichten Waldstelle die Sonne nach Katzenart auf den Balg scheinen ließ.
Und jetzt der scheue Graue. Der Abschuss eines Wolfes war ja auch etwas.
Heinz-Herbert Klenke wusste, dass der Abschuss eines Wolfes illegal war. Seit er gelesen hatte, dass in Schweden die Wolfsjagd teilweise wieder freigegeben worden war, hatte er keine Hemmungen mehr, in seinem Revier für Ordnung zu sorgen. Das Thema „Wolf" sollte sich heute in seinem Revier erledigen.
Er hatte seinen Jeep am Waldrand geparkt und pirschte mit der Waffe in der Hand durch lichtes Unterholz. Er vermutete, dass der Wolf hier in der Nähe sein Schlaflager hatte.
Ein leichter Nieselregen hatte eingesetzt, und er musste die Feuchtigkeit von seinen Brillengläsern wischen

Der Wolf verharrte wieder. Unbeweglich blieb er auf einer kleinen Lichtung stehen. Nur seine Muskeln spielten unter dem grauen Fell. Misstrauisch äugte er zum Rand des Waldes hinüber, wo dichtes Buschwerk die Grenze zu einem Acker bildete.
Der Wind hatte sich gedreht. Die Brise, die von dem Acker herwehte, trug dem Wolf die Witterung eines Menschen zu, der sich vom Rand des Waldes näherte.
Er hatte alle seine Sinne gespannt, jedes Haar am Körper war argwöhnisch gesträubt. Er sicherte gründlich, zögerte nicht mehr lange, und schlug einen Bogen um ein Hagebutten- und Haselgestrüpp, um eine unangenehme Begegnung zu vermeiden.

Heinz-Herbert Klenke bog die ausladenden Äste eines Holunderbusches zur Seite und betrat eine kleine

Lichtung. Plötzlich sah er ein schäferhundgroßes, graues Tier davonjagen. Der Wolf! Er riss sein Sturmgewehr hoch und schoss. Der scharfe Knall war wie eine Explosion. Der Rückschlag war gewaltig. Er sah, dass das Tier noch auf den Beinen war und auf ein schützendes Dickicht zulief. Seine Hand zitterte.

„Verdammt", fluchte er laut, „ich hätte mich gestern Abend mit der Sauferei zurückhalten sollen" und drückte noch einmal ab.

Vor dem Dickicht brach das Tier zusammen. Ausgestreckt lag es auf dem Bauch. Vorsichtig ging Heinz-Herbert Klenke schussbereit näher. Mit dem Gewehr im Anschlag vor dem Wolf stehend, sah er, dass das Tier tot war. Und er sah noch etwas: Der Wolf war eine Wölfin.

Um das Zittern seiner Hände zu beenden, nahm Heinz-Herbert Klenke eine flache Flasche aus seiner Umhängetasche und ließ die Flüssigkeit die Kehle hinunter rinnen. Er hatte die Flasche gestern mit hochprozentigem Scotch gefüllt.

Das Zittern seiner Hände ließ nach, und er merkte, wie er ruhiger wurde.

Er durfte keine Spuren seiner Tat hinterlassen und machte sich nach einer kurzen Ruhepause an die Arbeit. Er wusste, dass in breiten Schichten der Jägerschaft ein Umdenken über die Ansiedlung von Wölfen eingesetzt hatte. Er wusste auch, dass er wegen seiner selbstherrlichen Art bei vielen seiner Jagdgenossen nicht gut gelitten war und als das schwarze Schaf unter der Jägerschaft galt. Ein Ausschlussverfahren aus dem Kreisjagdverband wegen anderer Machenschaften von ihm hatte er noch abwenden

können. Einen weiteren Fauxpas konnte er sich nicht leisten.
Die Wölfin war nicht sehr schwer. Sie musste ein noch junges Tier sein. Er trug sie zum Rand des Waldes und legte sie neben seinen Jeep, aus dem er einen Spaten nahm. Ein paar Meter im Inneren des Waldes schaufelte er eine Grube, legte die Wölfin hinein und bedeckte das Tier mit dem angehäuften Erdreich. Einige Hände voll Laub und ein paar verdorrte Zweige warf er über die frische Erde. Damit war die Arbeit getan.
Er wischte sich gerade mit einem Stofftaschentuch die nasse Stirn und den feisten Nacken trocken, als er durch das Knacken von Zweigen auf ein im Unterholz verschwindendes Lebewesen aufmerksam wurde. Da er beim Trockenreiben seines Kopfes die dicke Hornbrille abgesetzt hatte, konnte er nicht erkennen, was es war, was im Dunkel des Waldes verschwand.
„Egal", murmelte er, nahm seine Taschenflasche und trank den Rest Scotch.

12. LICHTENMOOR

Die Kripobeamten Sebastian Bahr und Sandra Borgmann standen wieder vor der Leiche einer jungen Frau. Gerichtsmediziner, Spurensicherer, Polizisten in Uniform und auch ein Vertreter der Staatsanwaltschaft bewegten sich innerhalb eines großräumig mit rot-weißem Flatterband abgesperrten Tatortes.
Vor der Absperrung hatte sich eine Menge von Gaffern eingefunden. Die Menschen wurden von Polizeibeamten in Uniform daran gehindert, das Absperrband

zu ignorieren, um noch näher an den Ort des Geschehens zu kommen.
Es gab Parallelen zum Fall Michaela Diekmann. Die Leiche der Frau wurde von einem Hundehalter, der seinen Boxer ausführte, etwas abseits eines Weges in einer kleinen Tannenschonung gefunden. Der Mann hatte angegeben, dass sein Hund in die Schonung gelaufen sei, gekläfft habe und auch auf mehrmaliges Rufen nicht zurückgekommen sei. Er habe dann nachgesehen und die schreckliche Entdeckung gemacht.
Wie Michaela Diekmann hatte auch diese Frau furchtbare Verletzungen im Hals-, Kiefer- und Kehlbereich. Sie war vollständig bekleidet. Allerdings war die Kleidung stark verschmutzt. Schleifspuren vom Weg in die Tannenschonung deuteten darauf hin, dass die Verschmutzung daher rührte, dass die Frau durch das feuchte, modernde Laub in die Schonung geschleift und dort abgelegt worden war.
Das Mobiltelefon von Sebastian Bahr klingelte. Sandra Borgmann beobachtete, dass ihr Kollege gespannt zuhörte, bis er das Gerät wieder zuklappte.
Er informierte sie über den Inhalt des Gesprächs: „Das Kommissariat war dran. Sie haben einen etwas ominösen Anruf von einer Frau bekommen, die behauptete, dass ihr Ehemann eventuell etwas mit dem Mord zu tun haben könnte. Sie wohnt in der Nähe. Es reicht sicher, wenn Du hier vor Ort bleibst, und ich mir mal anhöre, was die Frau zu sagen hat. Es ist eine Frau Schwarzer aus dem Heideweg."
Sandra Borgmann nickte, während Sebastian Bahr schon unter dem Absperrband durchtauchte und zu seinem Wagen ging.

Er fuhr ein paar Kilometer auf der Landstraße und bog in den Heideweg ein, als er einem Radfahrer ausweichen musste, der mit hohem Tempo die Kurve schnitt. Gleichzeitig wurde ihm bewusst, dass der Kollege im Kommissariat die Hausnummer nicht genannt und er auch nicht danach gefragt hatte. Aber das dürfte kein Problem sein. Der Heideweg war nicht sehr lang und mit Einfamilienhäusern bebaut.
Vor einem der Häuser harkte ein Mann das Laub aus seinem Vorgarten. Der Kommissar hielt an und fragte ihn nach der Adresse der Familie Schwarzer.
Der Mann stützte sich auf seinen Rechen und deutete den Heideweg entlang: „Dort hinten, das rot geklinkerte Haus."
Neugierig sah der Mann dem Kommissar nach, als der das beschriebene Haus ansteuerte.
Vor den Fenstern hingen Wolkenstore-Gardinen. Auf den Fensterbänken standen Topfblumen. Über der Klingel neben der Tür war ein Namensschild montiert, wie es bei Töpferkursen in der Volkshochschule gefertigt wird: „Gernot und Gesine Schwarzer."
„Kleinbürgerliche Idylle", dachte Sebastian Bahr. Er verdrängte den Gedanken wieder. Er wusste aus beruflicher Erfahrung, dass auch hinter einer solchen Fassade das Grauen wohnen konnte.
Er klingelte. Eine verheult aussehende, etwas trutschig wirkende hochschwangere Frau öffnete.
Der Kommissar stellte sich vor: „Sebastian Bahr von der Kriminalpolizei Nienburg. Frau Schwarzer?"
„Ja", sagte die Frau. „Kommen Sie herein." Dabei blickte sie nach draußen, als ob sie prüfen wollte, ob jemand von dem Besuch etwas bemerken könnte.

Sie betraten das Wohnzimmer, das von einem Sofa voller Kissen, Spitzendeckchen und Puppen beherrscht wurde.
Als sie sich auf Sessel gesetzt hatten, merkte Sebastian Bahr, dass die Frau Schwierigkeiten hatte, ihr Anliegen zu formulieren.
Er forderte sie zum Sprechen auf: „Frau Schwarzer, Sie hatten angerufen, weil Sie uns etwas mitzuteilen haben. Worum geht es denn?"
Gesine Schwarzer schluckte zweimal und begann zu sprechen: „Ja, also, der Mord an diesen Frauen. Ich glaube, dass mein Mann etwas damit zu tun hat."
Sebastian Bahr hakte nach: „Warum glauben Sie das?"
Gesine Schwarzer fing an zu weinen und sagte immer wieder von Schluchzern unterbrochen: „Er hat sich in letzter Zeit so komisch benommen. Er hat nur noch in seinem Arbeitszimmer vor dem Computer gesessen und ist dann aus dem Haus gegangen. Angeblich, weil er Notdienst in seiner Firma machen musste. Ich habe dort dann mal angerufen, weil ich wissen wollte, ob ich Essen vorbereiten sollte oder ob er in der Firmenkantine essen würde. Der Pförtner sagte mir, dass mein Mann mit Sicherheit nicht im Betrieb sei. Es kam mir sowieso komisch vor, dass er neuerdings so oft Bereitschaftsdienst hatte."
Gesine Schwarzer wischte sich die Tränen ab und putzte sich die Nase.
Sebastian Bahr wurde etwas ungeduldig. „Frau Schwarzer, das alles ist doch kein Grund dafür, dass Ihr Mann etwas mit den getöteten Frauen zu tun haben könnte!"
Jetzt brach es aus der Frau heraus: „Doch! Zuerst habe ich geglaubt, dass meine Schwangerschaft daran

schuld ist, dass er – na Sie wissen schon, im Bett meine ich – mich nicht mehr angerührt hat. Dabei wollte er das Kind unbedingt. `Wenn ich mal nicht mehr bin, soll doch was von mir übrig bleiben` hat er ein paar Mal gesagt. Dann habe ich geglaubt, dass eine Geliebte dahinter steckt. Aber jetzt weiß ich es besser. In letzter Zeit war seine Wäsche, das heißt seine Kleidung, also auch Hose und Jacke, öfter mit Blut verunreinigt. Als ich ihn darauf angesprochen habe, hat er mir gesagt, dass er sich bei der Gartenarbeit verletzt habe."
Gesine Schwarzer schniefte noch einmal und putzte sich die Nase. „Zuerst habe ich das geglaubt. Heute Morgen, als ich seine Kleidung in Ordnung bringen wollte, war wieder alles mit Blut verschmutzt. Gestern Abend hat er aber nicht im Garten gearbeitet. Er war gar nicht im Haus. Er hatte angeblich wieder Notdienst. Als ich dann im Radio von dem Fund der Frauenleiche hörte, wurde mir klar, was ich zuerst gar nicht glauben konnte. Ich habe ihn auf die Ungereimtheiten und auf das Blut an seiner Kleidung angesprochen. Er hat sehr unwirsch reagiert und nur etwas von einem Fahrradunfall vor sich hingebrabbelt."
Die Frau begann wieder zu schluchzen.
Während Gesine Schwarzer erzählte, hatte Sebastian Bahr auf ein gerahmtes Foto auf der Kredenz neben dem Sofa geblickt. Es zeigte Gesine Schwarzer in den Armen eines blonden Mannes. Er hatte Ähnlichkeit mit dem Mann auf dem Phantombild, das nach den Angaben von Martina Reppler angefertigt worden war. Jetzt wurde ihm auch klar, wo er den Mann schon gesehen hatte. Bei der Anfertigung des Phantombildes

war er nicht darauf gekommen. In der Moorhexe war der blonde Mann unter den Gästen gewesen.
„Ist das Ihr Mann?", fragte er.
„Ja, das ist er."
„Blond, blauäugig und kaltblütig", dachte der Kripomann und wollte mehr wissen. „Wo ist Ihr Mann jetzt?"
„Er ist geflüchtet. Kurz bevor Sie gekommen sind. Er muss mitbekommen haben, dass ich von der Küche aus bei Ihnen angerufen habe", sagte sie tränenüberströmt mit gebrochener Stimme.
Jetzt hatte der Kripomann es eilig. „Zu Fuß oder mit dem Auto?", fragte er.
„Nein, nicht mit dem Auto. Mit dem Fahrrad", schluchzte die Frau.
„Der Blonde, der mich in der Kurve geschnitten hat", dachte Sebastian Bahr. „Dann war es Ihr Mann, der mir eben entgegen gekommen ist. Er fuhr die Straße Richtung Lichtenmoor entlang. Wo könnte er hingefahren sein?" fragte er Gesine Schwarzer.
Die Frau hatte sich wieder etwas beruhigt. „Nach ein paar Kilometern biegt rechts ein Weg ab. Er führt ins Moor. Wir sind dort früher oft spazieren gegangen. Dort hält er sich öfter auf, seit er so absonderlich geworden ist."
„Danke Frau Schwarzer. Lassen Sie in seinem Zimmer alles so, wie es ist. Kollegen von mir werden bald hier sein."
„Ja", sagte die Frau und ließ den Kripobeamten zur Tür hinaus.
Bevor Sebastian Bahr sich in seinen Wagen setzte, telefonierte er mit Sandra Borgmann und schilderte kurz die Situation.

Er warf sich in sein Fahrzeug, ließ den Motor an, stellte das eingeschaltete Blaulicht durch das heruntergelassene Seitenfenster aufs Autodach und fuhr in zügigem Tempo die Landstraße in die Richtung, die der Radfahrer genommen hatte.

Nach ein paar Kilometern, als er die letzten Häuser des Ortes hinter sich gelassen hatte, und die Straße von Büschen, Wiesen und schließlich mooriger Landschaft umsäumt wurde, sah er, wie weit vor ihm ein Radfahrer von der Straße in einen Seitenweg einbog.

An der Einbiegung angekommen, merkte Sebastian Bahr, dass mit dem Wagen wegen des moorigen Bodens kein Weiterkommen möglich war.

Der Kripobeamte ließ sein Fahrzeug an der Straße stehen und nahm die Verfolgung des in der Ferne erkennbaren Radfahrers zu Fuß auf. Der Mann blickte sich um und merkte, dass er verfolgt wurde. Er verschärfte sein Tempo. Nach einigen hundert Metern erreichte Sebastian Bahr das auf dem Boden liegende Fahrrad. Der Weg, der jetzt nur noch ein Trampelpfad war, endete hier. Ein Weiterkommen mit dem Fahrrad war dem Mann auf dem leicht schwankenden Moorboden nicht möglich gewesen. Schuheindrücke auf dem sumpfigen Boden verrieten dem Kripobeamten, dass der Mann zu Fuß weiter geflüchtet war.

Nach etwa hundert Metern sah er den Mann, von dem seine Frau vermutete, dass er der Mörder der so schrecklich verstümmelt aufgefundenen Frauen sei. Ein Steinwurf weit vor ihm steckte Gernot Schwarzer bis zur Taille im Moor. Er versuchte verzweifelt sich aus seiner misslichen Lage zu befreien, versank aber offensichtlich durch seine panischen Bewegungen noch weiter.

Sebastian Bahr musste stehen bleiben. Ein Weiterlaufen war nicht mehr möglich. Ihm war klar, dass er nicht näher an den Mann heran konnte, ohne Gefahr zu laufen, selbst im Moor zu versinken. Der Boden, auf dem er stand, schwankte und schwappte schon bedenklich. Er wusste, dass ehemals trocken gelegte Moore nach der Renaturierung zu gefährlichen Fallen werden konnten.
Gernot Schwarzer sah den Kommissar herankommen und begann laut um Hilfe zu rufen.
Sebastian Bahr blickte sich um. Nur niedrige Moorpflanzen wie Wollgras, Moosbeere und Schnabelried wuchsen in der näheren Umgebung. Es gab keine langen Äste, mit denen eine Rettung des Mannes zu bewerkstelligen wäre.
Er zog sein Mobiltelefon aus der Jackentasche und wählte die Nummer der Feuerwehr.
Plötzlich merkte er, dass der Boden unter seinen Füßen nachgab. Er wollte ein paar Schritte zurückgehen, aber der Moorboden gab seine Füße nicht mehr frei. Im Gegenteil! Er sank tiefer ein.
Gernot Schwarzer war inzwischen bis zum Brustkorb eingesunken. Mit sich überschlagender Stimme schrie er „Hilfe, so helft mir doch, Hilfe, Hilfe."
In der einsamen Moorgegend schien niemand seine Rufe zu hören.
Sebastian Bahr versuchte noch einmal, sich mit eigener Kraft aus der Umklammerung des Moores zu befreien. Aber es hatte keinen Sinn. Je mehr er sich bewegte, desto tiefer versank er.
Hilflos musste er mit ansehen, wie der schreiende Gernot Schwarzer weiter einsank, bis auch sein Kopf im Moor verschwand, und seine Hilferufe in ein tiefes

Gurgeln übergingen. Dann war Ruhe. Ein paar dicke Blasen, die nach dem Aufsteigen auf der Oberfläche zerplatzten, waren das letzte Zeichen des Dramas.
Die Moordecke schloss sich wieder und lag still wie ein grüner Teppich in der untergehenden Sonne.
Während Sebastian Bahr hoffte, dass die von ihm angerufene Feuerwehr eintreffen würde, hörte er hinter sich eine Stimme: „Was das Moor schluckt, gibt es nicht wieder her."
Mit einer Kopfdrehung sah er, dass Fritz Kiesling, der Moorteufel, mit einer langen hölzernen Leiter heran gekommen war. „Ich habe die Schreie des Mannes gehört", sagte er, während er die Leiter zu Sebastian Bahr schob.
„Mit den Armen und dem Oberkörper rüberlegen und festhalten", rief er.
Der Kripobeamte, der inzwischen bis zum Becken im Moor steckte, zog die Leiter dichter zu sich heran.
„Ja, jetzt rüberlegen und ganz leicht hochstemmen", rief Fritz Kiesling.
Sebastian Bahr merkte, dass es nicht funktionierte. Was hatte der Moorteufel gesagt? „Was das Moor schluckt, gibt es nicht wieder her."
Er blieb trotzdem noch ruhig. Er wusste, dass Hilfe kommen musste. Er hatte seiner Kollegin Sandra Borgmann die Situation geschildert und gesagt, dass der Verdächtigte vermutlich ins Moor flüchten würde. Und er hatte die Feuerwehr angerufen. Auch wenn die Wege in dieser abgelegenen Gegend keine Namen hatten, musste eine Ortung seines Mobiltelefons eine leichte Angelegenheit sein.

Fritz Kiesling, der sah, dass mit seiner Leiter allein keine Rettung des Mannes möglich war, lief noch einmal los, um weitere Hilfe zu holen.
Sebastian Bahr, der nun wieder ohne Hilfe von außen in seiner misslichen Lage steckte, bekam nun doch eine leichte Panik. Sich mit einer Hand an der flach liegenden Leiter festhaltend, zog er mit der anderen Hand sein Mobiltelefon aus der Innentasche seiner Jacke. Er wählte noch einmal die Nummer der Feuerwehr.
Aber es war nicht mehr nötig, noch einmal um Hilfe zu bitten. Die Sirenen von Polizeifahrzeugen und Feuerwehr waren deutlich zu hören und kamen immer näher. Es war eine ganze Armada von Fahrzeugen, die an der Straße hielten.
Sebastian Bahr atmete auf. Er sah, wie Feuerwehrleute mit Leitern, Spaten und anderem Gerät vorsichtig näher kamen.
Auch Sandra Borgmann kam mit einem Gefolge von vier Polizeibeamten in Uniform heran. Sie blieben aber in sicherer Entfernung stehen.
„Ist alles in Ordnung?", rief sie zu ihrem Kollegen hinüber, während die Feuerwehrleute mit der Rettungsaktion begannen.
Sebastian Bahr hatte seinen Humor wieder gefunden.
„Ja, bis auf einen nassen Hintern ist bei mir alles okay."

13. HEINZ-HERBERT KLENKE

Sebastian Bahr und Sandra Borgmann waren auf dem Weg zum Wohnhaus des Jagdpächters Heinz-Herbert Klenke.

Fritz Kiesling, der von den Bewohnern der Ortschaften um das Lichtenmoor nur Moorteufel genannt wurde, hatte Anzeige gegen den Jäger erstattet.
Er wollte beobachtet haben, wie Heinz-Herbert Klenke einen unter Naturschutz stehenden Wolf erschossen und vergraben hatte. Seine Angaben dazu waren sehr präzise gewesen
Auf der Fahrt zum Jagdpächter sprachen die beiden Kripobeamten über die Geschehnisse der letzten Tage.
Gleich nachdem Sebastian Bahr von der Feuerwehr aus dem Moor befreit worden war, hatten sie auch die Leiche von Gernot Schwarzer geborgen. Auf seinem heimischen Computer hatten die Experten der Kripo eine Unzahl von Gewalt verherrlichenden Filmen gefunden. Kannibalismus war noch eines der harmloseren Darstellungen. Eine Sonderkommission war dabei, ein ganzes Netzwerk von Konsumenten dieser Machwerke auszuheben.
Die inzwischen vorliegende DNA und Blutspuren an der in seiner Wohnung sichergestellten Kleidung und andere Indizien ließen keinen Zweifel daran aufkommen, dass er Michaela Diekmann und das junge Mädchen, dessen Leiche von dem Mann mit dem Boxer gefunden worden war, auf so schreckliche Weise umgebracht hatte.
Martina Reppler hatte den Mann, der sie überfallen hatte, auf einem Foto sofort wieder erkannt.
Die Identität der Toten, zu der der Landstreicher Ontje Willers die Kommissare geführt hatte, war nicht mehr festzustellen gewesen.
Die Witwe Gesine Schwarzer hatte fünf Tage nach dem Tod ihres Mannes einen gesunden, blonden, blauäugigen Knaben zur Welt gebracht.

Im Schützenverein und in der Moorhexe hatte die Tatsache, dass ihr Stammtischbruder Gernot Schwarzer der gesuchte Täter war, wie eine Bombe eingeschlagen.
Der Landstreicher Ontje Willers saß noch in Untersuchungshaft. Vorgeworfen wurden ihm Leichenfledderei und die Tötung von Vieh des Bauern Willi Olbers. Es waren vergleichsweise harmlose Delikte. Weil er keinen festen Wohnsitz hatte, war er nicht auf freien Fuß gesetzt worden.
Bevor die Kripobeamten in die Wohnstraße des Jagdpächters einbogen, berichtete Sandra Borgmann ihrem Kollegen von ihren Wolf- und Jägerrecherchen.
„Ich habe dabei eine Aversion gegen die Jägerei entwickelt", sagte sie. „Wusstest Du zum Beispiel, dass an den Küsten Norddeutschlands laut einer Untersuchung jeder zweite Seeadler an Bleivergiftung stirbt?"
„Nein", sagte Sebastian Bahr.
„Umweltschützer fordern deshalb schon seit langer Zeit die Verwendung von bleifreier Munition."
„Gut. Aber halte dich gleich mit deinen persönlichen Ressentiments gegen die Jäger etwas zurück."
„Gut", sagte Sandra Borgmann und imitierte dabei den Tonfall ihres Kollegen.
Das Wohnhaus von Jagdpächter Heinz-Herbert Klenke wurde von kurz geschnittenem Rasen, mit akkuraten Rabatten umsäumt.
„Der muss viel Zeit haben oder einen Gärtner beschäftigen, so penibel wie das alles aussieht", überlegte Sandra Borgmann.

Vor den bleiverglasten Fenstern mit den Wolkenstores standen Geranientöpfe. Auch die Haustür war in Bleiverglasung gearbeitet.
„Genau so spießig wie das Haus des Ehepaars Schwarzer", dachte Sebastian Bahr.
Auf ihr Klingeln öffnete der Hausherr persönlich.
Da ihr Besuch nicht angekündigt war, zeigte sich der Jagdpächter sehr erstaunt: „Die Kriminalpolizei bei mir? Um was geht's denn?"
Sandra Borgmann übernahm die Beantwortung: „Wir haben ein paar Fragen. Vielleicht dürfen wir hereinkommen."
„Ja, natürlich. Kommen Sie."
Sie betraten den Eingangsbereich, der auch als Eingangshalle bezeichnet werden konnte.
Sofort fiel den beiden Kripoleuten ein riesiger Wandschrank auf. Auch hier wieder die Frontscheibe in Bleiverglasung, durch die eine sehr umfangreiche Waffensammlung zu sehen war. An den freien Plätzen neben dem Schrank und an den anderen Wänden hingen ausgestopfte oder präparierte Tierköpfe. Mehrere Hirsche, Wildschweine, Rehe, Mufflons und ein Bär blickten auf die Besucher hinunter.
Zwei schwere Sessel und ein Sofa aus Eichenholz mit Ledersitzen bildeten neben dem Waffenschrank das Mobiliar der Eingangshalle.
„Altdeutsch oder Gelsenkirchener Barock", dachte Sandra Borgmann.
Sebastian Bahr ging zum Wandschrank.
„Meine Waffensammlung", sagte Jagdpächter Klenke nicht ohne Stolz.
Der Kriminalbeamte fasste an die Tür. Sie ließ sich öffnen.

„Das wäre schon mal der erste Anklagepunkt. Waffenschränke müssen grundsätzlich verschlossen sein."

„Lächerlich. Und wieso erster Anklagepunkt? Was denn noch?"

Sebastian Bahr wollte es kurz machen. „Herr Klenke, es gibt einen Zeugen, der gesehen hat, wie sie ein unter Naturschutz stehendes Tier, einen Wolf, geschossen und anschließend vergraben haben. Auf Veranlassung der Staatsanwaltschaft wurde der Kadaver sichergestellt. Außerdem gehen Sie mit einer nicht für die Jagd zugelassenen Waffe auf die Pirsch."

Heinz-Herbert Klenkes leicht rötliches Gesicht wurde jetzt dunkelrot. „Haben Sie überhaupt einen Durchsuchungsbefehl?"

„Brauchen wir nicht, Gefahr im Verzug! Außerdem heißt es nicht Durchsuchungsbefehl, sondern Durchsuchungsbeschluss. Im Übrigen haben wir gesehen, was wir sehen wollten. Sie brauchen uns nur noch eine Frage zu beantworten: „Geben Sie zu, dass Sie den Wolf geschossen haben?"

Heinz-Herbert Klenke erweckte den Eindruck, als ob er kurz vor einem Schlaganfall stünde.

„Die Frage ist schwierig!"

„Nein, es ist eine ganz einfache Frage. Schwierig scheint für Sie zu sein, mir eine Antwort darauf zu geben."

„Na ja, einen Wolf geschossen? Ich habe ihn für einen Hund gehalten."

„Gut, beziehungsweise nicht gut. Das geben Sie also zu. Alles weitere wird Sache des Gerichts sein. Das war es schon, Herr Klenke. Sie werden von uns hören."

Die beiden Kriminalbeamten gingen aus dem Haus und ließen einen verstört wirkenden Heinz-Herbert Klenke zurück.

14. SPÄTHERBST

Einsamkeit lag über dem Waldland und den Mooren. Sturm und Regen hatten das Laub der Birken davon geweht. Kuckuck, Blau- und Rotkehlchen hatten sich zeitig auf die Reise in den Süden begeben. Seit Wochen weilten sie schon in ihrem afrikanischen Winterquartier. Kiebitze und Stare waren ihnen gefolgt.

Der Abend war kalt. Ein leichter dünner Nebel lag über dem Moor. Laut schnatternd flog eine Kette Enten über dem Erlenbruch. Sonst war kein Laut zu hören.

Nachdem der Wolf seine Höhle verlassen hatte, war er im Röhricht auf eine verletzte Stockente gestoßen, die er geschlagen hatte. Damit war sein erster Hunger gestillt.

Jetzt lief er über Torfmoore mit dem verblühten Wollgras und durch welkendes Schilf.

Er kam durch ein Stück Hochwald mit Erlen, Silberpappeln und Eichen mit den verlassenen Horsten der Graureiher.

Am Rand eines Gewässers, an dem jetzt kein Reiher mehr auf Fischfang stand, verharrte der Wolf kurz.

Die Landschaft wurde offener. Jetzt, im Schutz der einbrechenden Dunkelheit, konnte er es wagen, ohne schützende Deckung über offenes Gelände zu laufen.

Die Witterung einer Wölfin hatte er schon lange nicht mehr aufgenommen. Für die Gründung einer Familie musste er sich ein neues Revier erschließen.

Der Mondwechsel brachte unbeständiges Wetter. Es stürmte und regnete. Unverdrossen schnürte der Wolf auf der Suche nach einer Wölfin weiter.

In einer der nächsten Nächte gelangte der Wolf auf große Flächen mit Heidekraut. Auch der Waldbestand nahm zu. Baumriesen boten im Wurzelwerk Schlafhöhlen und Verstecke für die Aufzucht von Welpen.

Er hielt die Nase in den Wind und hoffte darauf, die Witterung einer Wölfin aufnehmen zu können.

HERBSTWIND
Die historischen Fakten der Bombardierung und die unmittelbar danach passierten Geschehnisse wurden dem Sachbuch „Angriffsziel Cap Arcona" von Günther Schwarberg entnommen. Erschienen 1998 im Steidl Verlag, Göttingen. Die Krimihandlung und die Personen sind frei erfunden.

Was geschah auf dem Priwall? Nach dem Fund von mehreren Mordopfern steht die Lübecker Kripo vor einem Rätsel. Ist doch etwas dran an den Gerüchten, die sich immer wieder um das rätselhafte unterirdische Tunnelsystem unter dem Naturschutz-gebiet des Priwall ranken und mit dem sich seit Jahrzehnten die Medien beschäftigen?
Über einen Bandenkrieg zwischen russischen Waffenschiebern und Neonazis aus Litauen führt die Spur nach Travemünde in die unter-irdischen Gänge des Priwall. Hans Garbaden lässt die Kriminal-kommissare Sabine Lampe und Matthias Arndt mit ihrem Team in einem spannenden Kriminalroman, der sie auch in die Szene des Nationalsozialistischen-Untergrunds führt, ermitteln.

BoD - ISBN 978-3-7357-3326-9 - 7,90 €

Hans Garbaden im Schardt Verlag

Paulas Töchter. Schardt Verlag ISBN 978-3-89841-509-5

Im Frühsommer des Jahres 1921 gerieten der beschauliche Künstlerort Worpswede und der Bremer Stadtteil Findorff in Aufruhr: Bereits vier kleine Mädchen sind innerhalb kurzer Zeit spurlos verschwunden. Der Bremer Kriminalkommissar Harm Logemann und sein junger Kollege, Wachtmeister Dirk Murken, stehen vor einem Rätsel. Fest steht nur: Alle Mädchen fuhren mit dem Moorexpress, der zwischen Bremen und Worpswede pendelt. Seltsam ist, dass alle Mädchen den Vornamen Paula haben. Ein Zufall? Gibt es möglicherweise eine Verbindung zur Malerin Paula Modersohn-Becker, die bis zu ihrem frühen Tod hier lebte und arbeitete? Zusammen mit dem Worpsweder Dorfpolizisten Johann Behrens und der Bremer Journalistin Lena Geffken versuchen Logemann und Murken den Ursachen auf die Spur zu kommen. Währenddessen macht sich ein geheimnisvoller und gefährlicher Fremder auf die Suche nach einem neuen Opfer.

Hans Garbaden im Schardt Verlag

Ein Mordsdreh am Jadebusen. Schardt Verlag ISBN 978-3-89841-585-9

In diesem Kriminalroman macht Hans Garbaden friesisches Watt und die Umgebung des Jadebusens zu einem filmreifen Tatort. Das Leben des Malers Franz Radziwill wird verfilmt. Als die Hamburger Filmcrew in dessen Wohnort einfällt, ist es mit einem Mal um die beschauliche Ruhe geschehen. Die Einheimischen blicken argwöhnisch auf die Dreharbeiten am Deich. Dann verschwinden plötzlich zwei Mitarbeiterinnen am Set. In den eisigen Fluten der Nordsee kann aber nur eine Leiche geborgen werden. Wer ist der mysteriöse Meuchelmörder? Handelt es sich bei dem Täter womöglich um einen militanten Gegner der Filmproduktion, oder treibt ein Sexualstraftäter sein Unwesen? Und wer ist das nächste Opfer? Die Kommissarin Jeanette Alt und ihr friesischer Kollege Enno Bollmann machen sich auf die Suche nach dem Mörder und treten ein in die illustren Reihen der kapriziösen Filmdiven und gestrandeten Schauspieler...

Hans Garbaden im Schardt Verlag

Eine Geschichte aus Wilhelmsburg. Schardt Verlag ISBN 978-3-89841-638-2

16. Februar 1962: In Hamburg brechen die Deiche. Besonders hart trifft es den Stadtteil Wilhelmsburg, wo viele Menschen seit Kriegsende behelfsmäßig in Kleingartenanlagen leben. Unter den zahlreichen Opfern der Sturmflut ist auch die junge Renate. Sie hat den Abend mit ihren Freunden Heinz und Michael verbracht. Bei dem Versuch, sich auf das Dach der Laube zu retten, wird Renate von den Wassermassen fortgerissen. Die Freundschaft der beiden Männer, die ihren Tod nicht verwinden können, zerbricht an Vorwürfen und Schuldzuweisungen. Ihre Wege trennen sich, doch ihrem Stadtteil bleiben sie verbunden. Während Heinz sich als Lokaljournalist durchschlägt, steigt Michael zur Milieugröße auf. Was einst am Süderelbstrand als harmlose Buhlerei um ein Mädchen begann, endet in einer lebenslangen Feindschaft, die auf Hamburger Boden auf brutale Weise ausgetragen wird.

Wer erschießt Jürgen Prochnow? BoD ISBN 3-8334-0218-0

Geschichten aus der Welt des Films. Unglaubliche, skurrile und haarsträubende Dinge, die sich bei Dreharbeiten zu Kino- und Fernsehfilmen abspielen. Nicht nur vor der Kamera, sondern während der Dreharbeiten aus der Sicht eines Kleindarstellers beobachtet. Wie ticken Regisseure und Stars der Leinwand? Vielleicht ganz anders als Sie es sich bisher vorgestellt haben.

Hunde vor der Kamera und andere Geschichten. BoD ISBN 978-3-8448-3579-3

Witziges und Interessantes für alle Hundehalter, Hundefreunde und Hundehasser! Was bewegt die Menschen dazu, sich einen Hund anzuschaffen? So vielfältig wie die Rassen sind auch die Beweggründe. Dieses Buch soll aufzeigen, auf was sich ein Mensch, der sich einen Hund anschafft, alles einlässt. Auf die Freude, die ein Hund vermittelt, aber auch über die Probleme, die die Haltung eines Hundes mit sich bringen kann. In Form von humorvollen und skurrilen Geschichten erzählt der Autor von seinen Erlebnissen, die sich in langjähriger Hundehaltung zugetragen haben.

Mord und Totschlag. Kurzkrimis vom Feinsten. Kindle Edition 3,99 Euro

Ein bestialischer Serientäter in der Heide, eine sehr neugierige Schnüfflerin in der Nachbarschaft, ein überflüssiger Ehemann auf der Urlaubsinsel und ein Rachefeldzug durch Schleswig-Holstein – in Hans Garbadens Kriminalerzählungen geht es blutig zu. Und am Ende kommt es stets anders, als man denkt. Spannende Unterhaltung mit einer Prise norddeutsch-trockenem Humor!